Under the Texas Sun

El sol de Texas

by/por Conrado Espinoza

English translation by/Traducción al inglés de
Ethriam Cash Brammer de Gonzales

Introduction by/Introducción por
John Pluecker

Arte Público Press
Houston, Texas

This volume is made possible through grants from the Brown Foundation, the City of Houston through the Houston Arts Alliance, the Clayton Foundation, the Exemplar Program, a program of Americans for the Arts in collaboration with the LarsonAllen Public Services Group, funded by the Ford Foundation, and the M.D. Anderson Foundation.

Recovering the past, creating the future

Arte Público Press
University of Houston
452 Cullen Performance Hall
Houston, Texas 77204-2004

Illustration by Alejandro Romero
Cover design by Exact Type

Espinoza, Conrado, 1897-1977.
 El sol de Texas = Under the Texas sun / by Conrado Espinoza; English translation by Ethriam Cash Brammer; with an introduction by John Pluecker.
      p. cm.
   ISBN: 978-1-55885-480-2
   [1. Mexicans—Texas—Fiction.] I. Brammer, Ethriam Cash. II. Title: Under the Texas sun.
   PQ7297.E733S6513   2007
   863'.64—dc22   2006051736
                                                                  CIP

♾ The paper used in this publication meets the requirements of the American National Standard for Information Sciences—Permanence of Paper for Printed Library Materials, ANSI Z39.48-1984.

El sol de Texas was first printed in San Antonio, Texas in 1926

© 2007 by Conrado Espinoza
Printed in the United States of America

7 8 9 0 1 2 3 4 5 6   10 9 8 7 6 5 4 3 2 1

Contenido

INTRODUCCION: UN MEXICO-TEXANO MAS: *EL SOL DE TEXAS* Y
CONFLICTOS DE NACION v

EL SOL DE TEXAS 1

INTRODUCTION: ONE MORE TEXAS-MEXICAN: *UNDER THE TEXAS
SUN* AND CONFLICTS OF NATION 113

UNDER THE TEXAS SUN 139

"UN MÉXICO-TEXANO MÁS": *EL SOL DE TEXAS* Y CONFLICTOS DE NACIÓN

El sol de Texas es la primera representación novelesca del gran movimiento migratorio de mexicanos a los Estados Unidos durante la Revolución Mexicana. Su primera edición aparece en San Antonio, Texas, en 1926, en pleno auge literario y periodístico en la comunidad de inmigrantes mexicanos. A pesar de su evidente importancia histórica, la novela quedó marginada durante muchos años y es desconocida por la mayoría de los especialistas en literatura de inmigración; su lugar dentro del canon emergente de literatura chicana o méxicoamericana todavía no se ha establecido. Por lo tanto, la reimpresión de Arte Público Press, con una traducción al inglés por Ethriam Cash Brammer de Gonzales, permitirá que este importante libro sea por primera vez accesible al lector contemporáneo.

Como parte de la producción de textos literarios escritos por los emigrados mexicanos durante el período que antecede a la Depresión en los Estados Unidos, *El sol de Texas* forma parte del corpus que establece la base de la literatura que décadas después floreció durante el Movimiento Chicano. El libro se caracteriza por sus descripciones detalladas y por un realismo que hace hincapié en las injusticias que enfrentan los inmigrantes mexicanos. Además, debido a la gran cantidad de información sobre la organización social en Texas, las labores del campo y la geografía urbana y rural, *El sol de Texas* resultará muy útil no sólo para los especialistas en literatura, sino también para los historiadores, los antropólogos y los estudiosos de la cultura en general.

En la novela podemos apreciar la posición nacionalista de su autor, el exiliado mexicano Conrado Espinoza, ante la migración en masa de sus paisanos que buscan refugio económico en los Estados Unidos. La postura de su narrador es compleja. Por un lado, celebra la capacidad de resistencia que tiene el inmigrante mexicano, el trabajador común y corriente, que enfrenta en tierra ajena toda la discriminación y maltrato de los anglosajones. Pero por otra parte, la postura nacionalista del autor exige de su narrador (y de sí mismo) una actitud de rechazo frente a cualquier inmigrante que decida quedarse en la tierra de los "gringos". Frente a la decisión de muchos de no regresar a la patria, le resulta imposible al narrador ver la posibilidad de prosperidad; al contrario, ve una degeneración a través de la formación de una raza híbrida, una cultura pocha que rechaza y denigra. La novela nos presenta una clara muestra de la "ideología de retorno", es decir, de la necesidad de no salir de la patria o, por lo menos, de regresar cuanto antes a ella bajo peligro de perder su ética moral y su identidad nacional en los Estados Unidos. Por lo tanto, la obra se transforma en una respuesta nacionalista al Sueño Americano que prometía a todo inmigrante libertad política y oportunidad económica. En toda la narración, la representación de los inmigrantes mexicanos —tanto los buenos y fieles que deciden regresar como los malos y perdidos que se quedan— y de sus costumbres, sus retos y sus luchas ilustra esta tesis nacionalista tan repetida por los autores mexicanos en el interior de los Estados Unidos durante esta época (Kanellos, "Early").

Sobre Conrado Espinoza y su texto

Casi toda la información disponible de Conrado Espinoza proviene de una biografía escrita por Adrián García Cortés, *Espinoza: El hombre, el maestro*, publicada en México en 1983, seis años después de la muerte del autor en Sinaloa, México. Esta biografía, un compendio de escritos de García Cortés que también incluye una variedad de fotografías y textos suplementarios —varios ensayos y crónicas autobiográficas escritas por el mismo Espinoza, entrevistas con Espinoza y testimonios de otras personas que lo conocieron. De esta fuente sabemos que después de 1920 Espinoza colaboró con el sistema educativo de México bajo la administración de José Vasconcelos, el entonces rector de la Universidad Nacional, estableciendo escuelas y varios proyectos de educación a lo largo de la República Mexicana (71-73). Vasconcelos trabajó con Adolfo de la Huerta en su candidatura para la presidencia de la República, y con el país dividido entre callistas y delahuertistas en 1924, Espinoza fue identificado como miembro de este último grupo por su asociación con Vasconcelos y tuvo que exiliarse, dirigiéndose primero a Nueva Orléans, Luisiana para después llegar a San Antonio, Texas en el mismo año (95). En la ciudad de El Álamo, colaboró con varios periódicos, incluyendo *La Prensa*, y luego se trasladó a McAllen, ciudad colindante con Reynosa, Tamaulipas, donde trabajó en un periódico[1] que describe como "modesto, con una gran penetración entre la chicanada y que me permitía desenvolverme con libertad" (99).[2] La palabra, "chicanada", refiere a los inmigrantes mexicanos de la clase trabajadora residentes en los Estados Unidos. "Chicanada" también es utilizada en otro texto de carácter fundacional para la literatura de la inmigración mexicana, *Las aventuras de Don Chipote, o cuando los pericos mamen* (1928) de Daniel Venegas. Aunque García Cortés no menciona la publicación de *El sol de Texas* en San Antonio, es evidente que el tema de éste es la misma "chicanada" —representada por dos familias de inmigrantes mexicanos pobres. Espinoza vivió varios años en distintos estados de la Unión Americana: California, Illinois, Kansas y Texas, entre otros, ejerciendo su profesión periodística a menudo en las publicaciones de Ignacio Lozano, editor de *La Opinión* (1926-) en Los Ángeles y *La Prensa* (1913-1962) en San Antonio (García Cortés 151). Durante los seis años en que Espinoza estuvo radicado en los Estados Unidos, entró y salió de México con libertad a pesar de su exilio. En 1930, Espinoza regresó a México, a Los Mochis, Sinaloa, para seguir con sus proyectos de educación.

    García Cortés nos presenta la imagen de Espinoza como un ilustrado nacionalista, siempre dedicado a la educación del sector popular mexicano: "el Profesor Espinoza amaba a los mexicanos con un amor visceral, y cuando se quiere con esta dimensión, no podemos querer siempre a las gentes como son, las queremos ver con un rostro distinto de perfeccionamiento, y quien así ama, así exige" (388). En su novela, Espinoza emprende este trabajo ideológico de mejorar a la raza; crea una historia para guiar al lector a una sola conclusión: que el regreso a la patria no sólo es recomendable sino obligatorio para cualquier mexicano decente. Espinoza es, sobre todo, un intelectual que milita por los derechos de las masas desde una postura superior, siempre retratando desde cierta distancia. Como afirma Kanellos, "En estas novelas de inmigración . . . se desarrolla un estilo y una ideología literaria de inmigración que, en parte, responden a los intereses de clase de los empresarios y escritores, pero que también reflejan al campesino y al obrero hispano inmigrado" ("Literatura", 223). La representación del mexicano inmigrante que nos ofrece Espinoza es compleja; no sigue al pie de la letra la ideología del "México de afuera" creada por intelectuales como Ignacio E. Lozano y Nemesio García Naranjo, quienes proponían, entre otras cosas, que el México que los exiliados construyeran en el exterior durante la Revolución fuera aún más auténtico que el México territorial.

Juan Bruce Novoa, en su estudio sobre *La Prensa* de San Antonio, ha destacado la importancia de esta ideología no sólo para los exiliados mexicanos de la élite, sino también para las masas de inmigrantes mexicanos y los méxicoamericanos ya residentes en los Estados Unidos por generaciones. Según él, "Lozano provided the opportunity to fulfill their ideological illusion of still being Mexican without, of course, actually returning to Mexico" (152). En este sentido, Espinoza pudo haber compartido la misma posición social que los intelectuales del "México de afuera", pero cuando escribió su novela abogó explícitamente por el regreso al territorio de la patria. Aquí su meta entra en conflicto con la ideología de Lozano quien siempre sostuvo que el México que crearon los exiliados en Texas, y en particular en San Antonio, guardó mejor los valores mexicanos tradicionales y porfiristas que el "México de adentro".

La complejidad de *El sol de Texas* permite diversas lecturas si se estudia con profundidad. La novela, como señala Kanellos con respecto a la literatura de inmigración escrita por los exiliados mexicanos, es "altamente lírica e idealista en su poesía y elegante en su prosa" y está "caracterizada por un tono agresivo y un alto compromiso político en sus argumentos" ("La expresión", 20). Kanellos ha considerado *El sol de Texas* "la más impactante novela de protesta contra el maltrato de los braceros inmigrados" ("La expresión", 16). Sin embargo, él mismo argumenta que los exiliados mexicanos que huyeron durante la Revolución, "se apoderan de la cultura oficial y de los medios de comunicación y se prestan a la difusión de una cultura conservadora que se articula en novelas porfiristas como *Ladrona* (1925) de Miguel Arce y otras que si bien se refieren a obreros, como *El sol de Texas* (1926), lo hacen desde una perspectiva elitista y con un lenguaje sentimental que al obrero le es extraño" ("Las Aventuras", 359). Éstas son las complejidades más importantes: la relación con la ideología del "México de afuera" y su posición siempre distanciada y satírica frente al sufrimiento del inmigrante mexicano de clase obrera.

El sol de Texas: la literatura de inmigración y la literatura chicana

El estudio de *El sol de Texas* puede aportar mucho al campo del estudio de la literatura de inmigración, en particular en los Estados Unidos porque no se ha prestado especial atención a la experiencia de los inmigrantes mexicanos y a su producción literaria. Por ejemplo, en *The Immigrant Experience in North American Literature: Carving Out a Niche*, Katherine Payant le asegura al lector en la introducción que los ensayos presentados en su libro representan la diversidad en la literatura de inmigrantes tanto del pasado como de la actualidad. No obstante, el único estudio sobre la experiencia mexicana de inmigración se ocupa de *Woman Hollering Creek* de Sandra Cisneros, nacida en Chicago en 1954 y, por lo tanto, no una immigrante, sino una escritora nativa del estado de Illinois. Payant explica que en su investigación encontró muy pocos escritores inmigrantes de países hispanohablantes y por esto decidió incluir la escritura de sus nietos y bisnietos de segunda y hasta tercera generación en los Estados Unidos. Defiende la decisión de llamar estos textos "literatura de inmigración" asegurando que "This reflects the fact that first-generation, non-English speakers of any nationality seldom produce much literature, with the exception being the Jews . . ." (xxii). Sin embargo, esto no es así. Debido a los hallazgos del Proyecto de Recuperación de la Literatura Hispana en los Estados Unidos, se sabe y se puede comprobar que la producción literaria de los inmigrantes hispanos es muy amplia y diversa. Además, dice Payant que "One salient difference between older and more recent immigrant writing is the tendency of newer writers to critique American culture and find it wanting" (xxiii). Pero, en la literatura hispana, por lo menos, siempre ha habido una crítica muy fuerte de la cultura estadounidense. Por ejemplo, la crítica presente en la actual literatura latina viene de una larga tradición de protesta, como bien lo demuestran *El sol de Texas, Las aventuras de Don Chipote,* y *Lucas Guevara*[3], la novela más antigua del género conocido hasta ahora. Lamentablemente, esta idea de que los inmigrantes hispanos no escriben o que no existía literatura hispana en los Estados Unidos antes de los movimientos comuniarios de los sesentas todavía persiste y sigue siendo bastante común.

Leer la literatura de los inmigrantes y exiliados mexicanos de la época de la Revolución Mexicana nos puede ayudar a profundizar nuestra lectura de la literatura chicana de la segunda mitad del siglo veinte. Otros críticos han señalado el beneficio de relacionar la literatura chicana post-1960 con sus antecedentes. Por ejemplo, Héctor Calderón, en *Criticism in the Borderlands* (1991), afirma que así podemos alcanzar una comprensión dialéctica, "a dialectical understanding", de la evolución desde la literatura de las primeras decadas del siglo XX hasta nuestro momento chicano actual (98). Calderón, además, problematiza la clasificación de autores mexicanos residentes al norte del Río Bravo en el periodo temprano: "Are the Mexican writers and expatriates traveling through or living in Texas and California to be included among Chicano writers? These questions are not easy to answer. My solution is to pose them in another form. If we are to radically historicize Chicano literature, shouldn't we study, instead, how the forces of change have formed Chicanos and their literature in the twentieth century?" (103). Es exactamente esta historización de la literatura chicana lo que nos permite una lectura cuidadosa del texto de Conrado Espinoza, porque al entender mejor los textos de la primera mitad del siglo, la lectura de textos de la segunda mitad se complica, se enriquece y se profundiza considerablemente.

El sol de Texas—Estructura y temática

El sol de Texas sigue la trayectoria de dos familias de refugiados económicos que emigraron en busca de mejores posibilidades de vida. Cada familia sufre su propia evolución bajo el sol de Texas, continuamente topándose con una multiplicidad de personajes. Así le resulta posible a Espinoza representar la experiencia colectiva de los inmigrantes, porque la novela no se limita a un solo personaje, sino que la constituyen las experiencias de varios de ellos. De esta manera, las observaciones de Espinoza nos proveen la diversidad de experiencias de los mexicanos en los Estados Unidos, pero siempre a través de sus propios juicios personales —inmigrantes que regresan a México por el nivel abrumador de opresión, los que se quedan en Texas corrompidos culturalmente y deshonrados, los mexicanos aventureros, los méxico-texanos que mutilan el inglés y el español, los inmigrantes que vinieron escapando de la ley en México y los méxico-texanos que han triunfado a fuerza de su trabajo y se han arraigado en suelo conquistado.

A pesar de esta aparente diversidad, Espinoza manipula sus distintos personajes siempre para justificar su propia ideología nacionalista. La nación, como se ha conceptualizado en las formaciones teóricas de Benedict Anderson (1983) y Eric Hobsbawm (1983, 1990), es un ente imaginado, que se construye contínuamente respondiendo a las exigencias del momento histórico. Para Espinoza, la nación mexicana únicamente existe allá, en el territorio físico de la nación. En este sentido entra en conflicto con la ideología del "México de afuera", la cual afirma la autenticidad y hasta la superioridad de la comunidad mexicana residente en los Estados Unidos. Espinoza imagina una edad de oro mítica antes de la Revolución que siempre el buen mexicano debía de anhelar y valorar. Las convulsiones de la Revolución y la inmigración masiva que ésta provocó son las causas del sufrimiento de la nación. Desde una perspectiva sumamente conservadora, Espinoza critica estas circunstancias como las verdaderas tragedias para la nación, motivos de la división, la perdición y una melancolía posterior que aprieta el cuerpo nacional. A la vez critica las formas de acomodación e hibridismo que se encuentran en suelo texano: las pelonas (las mujeres "liberales" de los años veinte), los pochos (los méxicoamericanos que a Espinoza ya no le parecen mexicanos), el materialismo, la falta de honradez. Entonces, el único camino para un mexicano inmigrante honrado es el regreso. Para él, un méxico-texano, nacido y arraigado profundamente en Texas, quizá pudiera triunfar en su estado natal a fuerza de trabajo, pero ya no es mexicano. Si los mexicanos deciden quedarse fuera de México, se van convirtiendo en un híbrido méxico-texano, rezagado y perdido, muerto para la patria y rechazado por Espinoza.

Las dos familias se juntan por primera vez en la "troca" que los lleva desde Laredo en la frontera a San Antonio. La primera familia, los García, consta de los padres, Quico "o Federico, el de los Guajes", su esposa Cuca y sus cuatro hijos. La otra familia se compone de un anciano, Serapio, y sus dos hijos, Matías de treinta años y José de diecisiete. Ambas familias llegan al país por el "Laredo gringo" que para ellos es "su asilo soñado", el lugar que ha sido objeto de toda su esperanza para un futuro mejor. Por el lado estadounidense, los inmigrantes imaginaron "la paz, el trabajo, la riqueza, [y] la felicidad", y ya no temerían "de los villistas ni de carrancistas, de gobierno ni de rebeldes" porque dejaron todos los conflictos atrás en México (8). Sin embargo, las primeras pistas del destino que les espera en Texas se encuentran en el puente, donde "en las oficinas de migración los habían tratado con brusquedad, con cierta manera burlesca y denigrante" (8). Aunque pareciera que este tratamiento queda en el pasado, la verdad es que es un indicio de los problemas que los esperan. Espinoza cataloga las injusticias que enfrentan sus personajes como una forma de denunciar, revelando el maltrato al que los mexicanos reciben en los Estados Unidos.

Al llegar a Texas, Quico tiene ilusiones de quedarse algunos años; sabe que unos amigos de su pueblo "habían logrado hacerse de terrenos y eran ricos" y él imagina que la misma suerte les espera a ellos. Pero no puede pensar en la posibilidad de quedarse a vivir en Texas porque siempre pone "su patria antes que todo" (12). Piensa que si regresara a Los Guajes, "volvería rico, traería suficiente dinero para comprar un terreno" y quizás hasta podría desplazar a los caciques que "tantos años le robaron jornales y trabajo" (12). Como es evidente, sus esperanzas están enfocadas en la posibilidad de regresar y de conseguir la venganza en su pueblo natal.

Ya en San Antonio, se retrata un territorio con numerosas marcas de mexicanidad, debido a lo reciente —apenas 70 años antes— de la conquista por los texanos de este territorio profundamente mexicano. San Antonio es "la ciudad yanqui que más signaturas mexicanas o españolas conserva" y éstas están tan arraigadas en la tierra que "crecen y se avaloran con el tiempo" (14). Estas signaturas anuncian la Edad de Oro perdida, lo que pudo haber sido San Antonio si no hubiera pasado a manos estadounidenses. La descripción de la ciudad se enfoca en los símbolos de la presencia antigua de los españoles y de los mexicanos —la misión de San José y la misión de San Antonio de Valero, el Álamo. La primera misión es evidencia no sólo de "nuestra madre Castilla", sino también de la nacionalidad mexicana: una estatua de la virgen de Guadalupe "permanece íntegra" enfrente de la misión (14). Al referirse a el Álamo, Espinoza celebra las contribuciones de ambos lados del conflicto para la independencia de Texas, alabando a los "héroes indiscutibles" de Davy Crockett, William Travis y James Bowie y también a "nuestros 'juanes'" que "siguiendo su bandera, olvidaron la poquitez de su caudillo" (15). El narrador, identificándose como un mexicano, utiliza la primera persona plural para referirse a los mexicanos, rendir homenaje a los soldados ninguneados y criticar al poderoso general Santa Anna, detestado en México por haber perdido tanto territorio mexicano. No obstante, como dice el narrador, "San José y el Álamo son recuerdos" relegados a esa Edad de Oro perdida.

Más impresionante aún es la presentación de la plaza del Zacate, un espacio hondamente mexicano aunque en suelo estadounidense. Es un lugar que se llena de mexicanos por la noche mientras el resto de la ciudad duerme. Durante el día, la plaza es "lugar de cita para vendedores y contratistas" (17). El narrador recurre a don Quijote —y la Edad de Oro ficticia que representa— para señalar las raíces profundamente españolas de este conglomerado de gente en San Antonio. En este sentido, la Edad de Oro no se ubica en México sino en España. Espinoza redirige su mirada hacia España en la búsqueda de "un origen" que legitime la grandeza de la nación mexicana. De este modo, las alusiones a España y al Quijote entran en contraposición con lo materialista y lo vulgar de la modernidad norteamericana. A la Plaza, "llegan los mexicanos o méxico-texanos que han logrado principiar su redención en el cultivo de la tierra" (17). Ésta es la primera vez que se hace una distinción clara entre los mexicanos inmigrantes y lo que el narrador llama, "los méxico-texanos", lo cual es muy significativo para los estudios de esta época porque vemos a un Espinoza conciente de la presencia de la comunidad hispana nativa en los Estados Unidos y reconociendo las raíces profundas que tienen algunos en esta tierra que antes era parte del territorio nacional mexicano.

Después de llegar a San Antonio, las dos familias, la de Quico y la de Serapio, se separan en búsqueda de trabajo y ganancias económicas. Quico y su familia no logra irse de San Antonio porque no encuentran trabajo. Aunque les hace mucha falta, no tienen trabajo ni dinero y sobra la discriminación y el maltrato, de todas formas Quico está resuelto a quedarse en Texas porque "estaban mejor aquí, al fin y al cabo el enganchador era uno sólo, los tendría bajo su yugo una sola vez y, allá, eran muchos y los martirizaban siempre" (24). En esta cita, se nota la distinción entre el acá y el allá; la patria, que queda atrás, no les ofrece ninguna oportunidad para avanzar. Sin embargo, en Texas, no encuentran ningún apoyo para resistir la discriminación que enfrentaron, ni siquiera en el consulado, porque "sabían que un cónsul regañaba duro a todos los mexicanos que venían en busca de fortuna" (24). Aunque Quico tarda bastante en

Introducción xv

encontrar trabajo en San Antonio, "el viejecito de Cuitzeo con sus dos mozos", es decir Serapio, entra a trabajar en el traque (como llaman a la construcción de la vía ferroviaria) en la región alrededor de la ciudad. Las labores del traque son sumamente difíciles para Serapio y sus hijos; los obligan a trabajar duro, haciendo reparaciones de emergencia y reforzando los campamentos bajo los fuertes rayos del sol. El narrador nos presenta a los otros trabajadores que laboran en el traque, unos que son "honradotes y francos", algunos "sujetos prófugos de la justicia" y otros "meros mozos de aventura, alegres siempre" (31). Desde luego, los héroes de la novela son honrados y honestos, y el narrador nos lo confirma en una pequeña conversación en la cual Serapio, "con su lenguaje sencillo y fuerte", recuerda a los familiares que se quedaron atrás, en Michoacán, y sobre todo a las mujeres "rezando por ellos, afanándose también para volver a fincar la fortuna deshecha, sacrificándose siempre para no desperdiciar un centavo" (32). Los tres hombres llegan a la conclusión de que todo el trabajo y todas las ganancias son para su familia que se quedó atrás. Tan pronto como dicen estas palabras, presenciamos la muerte de José en un accidente en los rieles; el tren lo atropella mientras busca dos palas perdidas. Lo entierran en un cementerio de la comunidad mexicana del lugar, cementerio que existe debido a la segregación racial, ya que los mexicanos no son admitidos en el cementerio oficial del lugar. Dos días después de la muerte, reciben su pago, que incluye el dinero del ya fallecido José. Mientras los otros trabajadores comienzan a festejar con su dinero, Serapio y Matías ven "el espectáculo con rabia, con vergüenza y con dolor" (39). Su desengaño con el traque culmina cuando se les acerca una de las prostitutas que han invadido el campamento. La mujer le echa los brazos al cuello del viejo y lo besa "asquerosamente en la boca" (41). Esta mujer es una representación de la pelona, la opuesta a toda buena mexicana, ejemplificada en las mujeres que se quedaron en México y siguen rezando por Serapio y Matías a pesar de la distancia entre ellos. Con esto, los dos hombres se van del lugar y dejan el trabajo del traque para regresar a San Antonio donde se encontrarán otra vez con Quico en la plaza de Zacate, el lugar donde se reúnen todos los inmigrantes mexicanos. En el pasaje sobre su regreso a San Antonio, el narrador se sale de la trama de la novela para hacer observaciones acerca del barrio mexicano de San Antonio. Resultan muy interesantes sus descripciones de la ciudad, porque muestran la existencia de una comunidad mexicana ya residente y establecida. Hasta la ciudad recibe turistas estadounidenses del Norte que vienen en búsqueda de lo exótico: "Creen tropezar con un charro en cada hombre y con una china en cada mujer" (48). Pero la comunidad resulta un gran desengaño para ellos al enfrentarse con una colonia pobre con la misma arquitectura del resto de la ciudad y que "[e]n general, tiene un aspecto de pobreza y abandono" (49). En este mismo pasaje de la novela, Espinoza nos enseña la diversidad de los mexicanos, en particular los mexicanos que tienen bastante dinero para escapar de las masas y vivir juntos con la población anglosajona. Espinoza los rechaza: "Son estos descastados los que proclaman su hispanismo y niegan su sangre indígena, los que más falsos se arrojan sobre los mexicanos de abajo, esto sin perjuicio de explotarlos y los que vienen a ser el baldón mayor de la colonia" (49). Espinoza se posiciona como un defensor de la raza, de "los de abajo". Al mismo tiempo hace una crítica aún más fuerte de las "muchas familias . . . que han perdido su catalogación mexicana y son por el lenguaje (pésimo español, pésimo inglés), por las costumbres (groseras y licenciosas), por los anhelos (ambiciones fútiles y necias), grupo híbrido que no se acomoda ni entre los elementos de este país ni entre los nuestros" (50). Al parecer, este grupo, el que luego es tildado de "pocho", representa a los más despreciables para el narrador. Pero no todos los mexicanos en Texas son "descastados" ricos o pobres "pochos"; "también hay muchos, muchísimos, que conservan el culto de la patria" y son éstos los que ayudan a los inmigrantes oprimidos a regresar.

Después del regreso de Serapio y Matías a San Antonio, las dos familias se juntan otra vez para viajar a los campos de algodón, donde se dice que hay mucho trabajo y una ganancia amplia. Quico y su familia no han tenido suerte en la ciudad y no han podido encontrar un trabajo fijo. Ahora van a la "pizca" de algodón, pero sólo los espera la desilusión en el campo, el sufrimiento bajo el yugo de "bolillos" exigentes y crueles. Después de su primer día de trabajo, quieren renunciar debido al escaso sueldo. Como dice el narrador, "Qué palidez, qué desencanto, qué rabia sufrió" (70). A pesar de todo, se quedan y siguen con la cosecha porque no les queda otra opción para salir adelante. Después de la cosecha, afortunadamente vienen las fiestas patrias.

Al describir las fiestas patrias, el narrador se burla de la falta de educación de los inmigrantes y de sus pobres esfuerzos por honrar a la patria en suelo extranjero. En esta sección, se ve la distancia entre el narrador y el pueblo trabajador al satirizar los modestos esfuerzos de estos últimos por emular el estilo de los letrados al pronunciar sus arengas patrióticas. En sus discursos, los campesinos tienen que valerse de "ediciones de 'Tribuna Popular', 'Perfecto Orador Mexicano' y otros librajos por el estilo" (74). Instalan todo tipo de puestos para los que van a festejar, y en "en el lugar preferente ármase . . . el altar patrio, la tribuna para innumerables oradores" (75). Allí ponen una galería de los héroes más reconocidos de la nación mexicana, incluyendo a Juárez, Hidalgo y "raras veces Madero". Los inmigrantes se entregan "a la comunión de la patria lejana, más amada, más reverenciada, porque se ha comido con lágrimas el pan extranjero, porque se han soportado las explotaciones del tirano extranjero" (75-76). Para el narrador, existe una contradicción: ahora con su patria tan lejana, los inmigrantes han llegado a valorar lo que ésta les ofrecía, justamente porque han sufrido en suelo extraño. Como ha comentado Benedict Anderson, los grupos siempre recurren a símbolos identificadores: lengua, formas de vestir, banderas, himnos, monumentos, que suelen hacer referencia a un pasado ideal mitificado, una Edad de Oro que es necesario recuperar. En este caso, los inmigrantes mexicanos anhelan más que todo la patria lejana con la que ya no tienen contacto.

La comunidad quiere crear un "México de afuera," pero el narrador no lo apoya; al contrario, lo ataca como inauténtico, como un simulacro, como diría Jean Baudrillard. Cuando se alzan las banderas, la "mexicana siempre está a la izquierda de la bandera estadounidense" (75). Traen todo tipo de artefactos culturales, y estos artefactos componen, como dice Anderson, su nacionalidad (14). Hobsbawm se refiere a estas prácticas como casi obligatorias, diciendo: "But if the content of . . . 'Americanism' was notably ill-defined, . . . the practices symbolizing it were virtually compulsory" (*Nations*, 11). Aunque al celebrar el 16 de septiembre los inmigrantes no podían definir exactamente qué significaba la bandera norteamericana, sabían que tenían que ponerla como un símbolo de la nueva nación que les daba "hospedaje" (75). Para el narrador de Espinoza, poner las dos banderas es absurdo. No sólo se burla de los símbolos patrióticos híbridos, sino que embiste en contra de la falta de educación de los declamadores, de su vocabulario inadecuado y hasta de su uso de léxico prestado del inglés criticando lo que es para él un nacionalismo falso. Por ejemplo, cuando el orador dice, "Necesitamos que todos nuestros hijos mamen la santísima leche de la Patria," la respuesta inmediata de un "guasón anónimo" es "¡Los alimenta mejor la de su madre!" (79) El narrador se burla de las pretensiones de su retórica altisonante.

Espinoza aprovecha la oportunidad de las fiestas patrias para hablar a través del narrador, esta vez en un soliloquio extenso sobre la Revolución en México, la Edad de Oro y la población creciente de mexicanos en los Estados Unidos. Su narrador apela otra vez a la memoria de una Edad de Oro en la que don Quijote y Sancho Panza iban errantes: "¡Oh tiempos y edades aquellas en que los hombres no conocieron fronteras circunscritas por la codicia! ¡Oh días felices en que ni el color, ni la lengua, por ser una misma y armoniosa, encajaban diferencias entre los hijos de Adán!" (81) La nación tiene que regresar a esa Edad de Oro para forjar una nueva identidad. Como ha descrito Anderson, todo nacionalismo requiere un mito fundacional que se sitúa en una época heroica. La creación de esta Edad de Oro inventa un legado auténtico mexicano que sólo puede existir en la patria territorial y, por ende, justifica la ideología de regreso que tanto promulga Espinoza.

Los cambios que los inmigrantes sufren no son los mismos; Espinoza retrata un binarismo marcado: una familia que va por el camino recto y honrado, mientras otra familia se pierde desde muy temprano. Serapio y Matías son los que parecieran no sufrir cambios, siguen fumando cigarrillos de hojas de maíz en vez de adoptar el cigarrillo americano. En cambio, Quico y su familia están en un proceso continuo de cambio —desde su hija Juana con su nuevo traje y nuevo estilo, hasta su hijo Doroteo quien ha aprendido los nombres de todas las marcas de los carros americanos. Quico mismo ya no fuma cigarros en hoja de maíz y usa todo tipo de léxico que el narrador antes llamó "barbarismos", tales como "Ché-ra-p!" (Shut up!) para callar a los niños y "jatqueiques" (hotcakes) (78).

Después de las fiestas patrias, el ranchero en cuyas tierras las dos familias han estado laborando les ofrece un lugar dónde quedarse en su propiedad y una parcela para trabajar, requiriendo un tercio de su producción. Las dos familias piensan tomar ventaja de la oportunidad, pero antes van a visitar Houston. La gente que trabajó en la cosecha se divide: unos van al norte, "hacia regiones donde aún había cosecha por hacer", y otros se quedan en Texas, "esparciéndose por las refinerías de petróleo, por los aserraderos, por las escasas grandes factorías" (85). En el camino hacia Houston, se detienen en Sugarland, donde topan con un grupo de inmigrantes que regresan a México y que les cuentan una larga historia sobre la discriminación y de la represión que han encontrado en Texas. Dicen que un ranchero mató al hijo de una de las familias bajo el pretexto de un robo. También los otros muchachos cuentan como unos "bolillos" los habían esclavizado para trabajar en un bosque, pero lograron escapar y van de regreso a México para enrolarse "en el ejército o en las filas rebeldes" para morir "en un peligro que ellos habían buscado y no asesinados cuando sólo pretendían ganar honradamente un miserable jornal" (90). Por unos momentos, las dos familias piensan en qué hacer. Serapio y Matías deciden regresar a México, y la familia de Quico sigue adelante. Aunque les es difícil y les cuesta mucho trabajo ganar dinero en los Estados Unidos, la familia de Quico considera que es bueno no temer que un día el dinero caiga en manos de alguien que, "a título de revolucionarios, con pretextos de salvación nacional, los despojaran de aquel tesoro tan caro y tan precioso" (86-87).

Serapio y Matías emprenden el regreso a México sin haber "logrado una riqueza" pero con bastante dinero "para los pasajes, para comprar algunos regalos que llevar a la familia y para volver de nuevo a emprender, allá en su tierra, la reconquista de la fortuna" (100). En el regreso pasan por el camposanto donde habían enterrado a José y encuentran allí que el cementerio ha sido destrozado por "unos bolillos, quizá los alemanes del pueblo vecino que siempre fueron enemigos del mexicano" (101). Debido a esta infamia que ha sufrido el camposanto, deciden exhumar el cuerpo y llevarlo a la cremación para poder llevar la urna cineraria a su pueblo.

Con la ayuda financiera de la Cruz Azul, una sociedad benéfica mexicana, logran regresar a Laredo para seguir de allí en tren a Michoacán. Esta organización mexicana hace todo lo posible para regresarlos a México y, para el narrador, representan lo mejor de lo mexicano en suelo americano: "aquellas mujeres unieran sus ternuras mexicanas, su patriotismo, su desinterés y se echaron a buscar al paisano caído para levantarlo, para ayudarlo" (107). Su objetivo no es ayudarlos a vivir bien o triunfar en los Estados Unidos, sino a regresar de dónde vinieron. Llama la atención que no es hasta este momento, casi al final del libro, cuando se revela que el apellido de Serapio es Quijano. Esto se da a conocer cuando los oficiales de la Cruz Azul preguntan por Serapio con su nombre completo. Esta revelación hace aún más estrecha la relación ya mencionada de *Don Quijote de la Mancha* como subtexto de *El sol de Texas*. Al parecer Espinoza quiere identificar a Serapio, en particular en este momento de regreso, con un don Quijote desilusionado y a Quico con el Sancho Panza que se rinde a sus aspiraciones materialistas. Esta relación entre Alonso Quijano —el Bueno— y Serapio Quijano hace hincapié en los paralelismos de los personajes de *El sol de Texas* con *Don Quijote* y con la Edad de Oro. El regreso a México de Serapio se parece al regreso desilusionado y cansado de don Quijote a su casa, mientras Quico sigue en los Estados Unidos, como un Sancho

Panza tras el materialismo y el progreso que supone el mito del Sueño Americano. La distancia entre el narrador y los personajes aumenta otra vez cuando Serapio y Matías llegan al Río Grande en su viaje de regreso. En un párrafo, el narrador cuenta lo que él imagina que serían sus pensamientos al ver la frontera: "Ahora se sabía lo que significaba patria". Ahora reconocen la grandeza de su país y perdonan "a los caciques de pueblo y a los caciques de la nación". Ya no hay rencor ni coraje porque los caciques se van a morir pero "la Patria, aquella tierra bendita, aquella raza hermana, era inmortal" (110). El narrador imagina un país recuperado y mejorado, olvidándose de lo malo y difícil que fue la vida durante la Revolución en México. Pero, dice el narrador, "Todo esto pensaban aquellos hombres, aunque sin expresarlo por falta de palabras" (110). Otra vez, la postura del narrador es superior a la de sus personajes, traduciendo a su lenguaje más elaborado los sentimientos nacionalistas que no pueden verbalizar ellos mismos.

Cuando llegan a la frontera, Serapio y Matías especulan acerca de lo que habrá pasado con los Garcías, la familia de Quico: "ellos ya se hicieron a la tierra, están todos, se quedarán, quizá se hagan ricos de veras" (109). Tan pronto como Matías imagina un futuro mejor para sus amigos, aparece el mismo Quico —flaco, amarillo, triste y cabizbajo— para desengañarlos. Al pisar la tierra de su patria, los Quijano andan "garbosos sobre ella, sintiéndose libres de miradas ofensivas, sintiéndose soberanos, iguales a todos, dueños de aquel país como el potentado y el magnate" (111). Se sienten liberados y fuertes, lo cual cumple la promesa del regreso tal y como Espinoza lo ha construido. Pero Quico no regresará. Humillado, les cuenta de la perdición de su familia, de cómo ha llegado a sentir que le falta "lo que antes [le] sobraba, la honra". Perdió a su hija, Juana, en un salón de baile a "un holgazán famoso por pendenciero, por jalea, por bebedor" y a lo mejor, su destino es un "miserable burdel" (111). Quico confiesa haber perdido también a su hijo Doroteo, que antes "tan trabajador, era ahora un perdido, un jalea más que rodaba y rodaba en el maldecido carro yendo del prostíbulo a la cerveza" (112). El destino de Doroteo, y acaso el de toda la familia, es claro:

> Sería un méxico-texano más, pero no de aquéllos que aquí triunfaron a fuerza de fatigas, no de aquéllos que aquí se arraigan por la tierra conquistada, no; sino de los otros, de los rezagados porque se habían empapado en las manchas que caían sobre la raza, de los perdidos entre la canalla que se entregaba al bulegaje y a la miseria, de los que andarían escabulléndose a la ley, de los que soportarían con la frente baja todas las afrentas. (112)

Espinoza está claramente en contra del hibridismo y de lo pocho, tachándolo como un destino vergonzoso. En esta cita, también vemos que el narrador apuesta por una división entre los méxico-texanos buenos —los nativos que han estado en Texas desde antes de la conquista de los gringos, los arraigados que triunfaron por su propia mano— y los malos, los que se entregan a la miseria, a la pobreza, los que pierden la honra y no protestan contra la opresión de los bolillos. Es sumamente importante la selección del termino, "méxico-texano" porque ya el destino de Quico y de sus hijos no es ser mexicano, sino ser otro, ser mitad mexicano, mitad texano. Juana y Doroteo son los antepasados de los personajes que luego aparecerán en la literatura chicana de los años sesenta y setenta: los que se quedaron en los Estados Unidos.

Quico todavía guarda la esperanza de que sus hijos pequeños puedan crecer mejor, y dice que "si sabía encaminarlos mejor, entonces quizá volverían a la tierra. Los otros quedarían muertos" (112). Para el autor, no existe otra opción honrada sino el regreso a la patria; para los que se quedan sólo les espera la muerte. Aquí vemos la semilla de la relación entre México y los chicanos —los mexicanos que se quedaron están muertos para la patria. El mensaje del libro resulta didáctico: Quico les implora a Serapio y Matías que transmitan el mensaje "a los paisanos, que se aguanten como hombres, que se queden en su tierra . . . aquí se encuentra más fácilmente la muerte y la deshonra que el dinero" (112). La pérdida de Quico y de su familia representa una crisis para el nacionalismo mexicano, y por lo tanto provoca el fuerte rechazo del autor exiliado que trata de mantener la patria intacta a pesar de la crisis. La melancolía de Quico al despedirse de sus amigos es una reflexión de esta profunda crisis: México es su tierra natal pero no la de las generaciones venideras. Ésta es la clave de la ruptura generacional, rechazando a Quico y a sus hijos mientras abre un espacio para otras representaciones de estos hijos y sus hijos que vendrán después en la literatura del Movimiento Chicano. Entendemos la actitud de Quico y la ideología de regreso de Espinoza como reflexiones de la profunda crisis que provoca la emigración para el nacionalismo mexicano. Representa la imposibilidad de concebir la nación sin límites geográficos o de lograr la invención de una nueva mexicanidad al otro lado del Río Bravo. En este sentido, para Espinoza, todo buen mexicano honrado tiene que regresar a la patria, o de lo contrario se perderá. La división del pueblo provoca una crisis de representación y de conceptos tradicionales de la nación fundados en el terruño y en una historicidad siempre ligada a la patria territorial. Sin embargo, tenemos las pautas para una (re)construcción de la identidad mexicana residente en los Estados Unidos; todos los elementos —los pobladores originales del suroeste, la diversidad de historias de inmigración, la decisión de quedarse— están presentes en la novela pero no logran combinarse, quedando dispersos y dominados por la ideología nacionalista del autor, que no permitirá una resolución distinta a la del regreso. Sin embargo, el mero hecho de representar tanta diversidad, no sólo a los "honrados" sino también a los "perdidos", es un logro para la literatura. Para establecer este logro, resulta muy fructífera la comparación de la novela de Espinoza con . . . *y no se lo tragó la tierra* de Tomás Rivera porque nos revelará la segunda parte de la historia que no nos pudo escribir Espinoza —qué es lo que pasa después con los que se quedan en los Estados Unidos.

Desde lo didáctico a lo performativo: La nación en proceso de articulación en *El sol de Texas* e . . . *y no se lo tragó la tierra*

Más de cuarenta años después de la publicación de *El sol de Texas*, otros autores, como Tomás Rivera en . . . *y no se lo tragó la tie-*

rra (1971), representan a los méxico-texanos de una forma nueva, totalmente distinta al acercamiento en el libro anterior lo cual marca una evolución histórica. En Rivera, ya no son inmigrantes sino méxico-texanos que migran por los Estados Unidos siguiendo las cosechas, la "pizca" como ellos lo llaman. Para entender las diferencias entre los dos libros, hay que analizar las relaciones que se han establecido anteriormente entre . . . *y no se lo tragó la tierra* y la literatura de inmigración de las décadas anteriores. Para Nicolás Kanellos, la edición del libro de Tomás Rivera marca un momento sumamente importante para la historia literaria chicana, porque se vuelven a publicar novelas en español, esta vez ligadas al Movimiento Chicano:

> Estas novelas reproducen el dialecto chicano . . . y también están motivadas por una intensa protesta contra el maltrato del mexicano en tierras norteamericanas. Pero en lugar de infundir en el lector chicano un sentido de culpa por haber abandonado a la familia y a la tierra natal . . . el protagonista pasa por un largo proceso de autoidentificación en que llega a reafirmar el valor de su herencia bicultural y su patrimonio en el sudoeste de los Estados Unidos. (362)

Kanellos explica que mientras las novelas de inmigración de los años veinte resuelven el conflicto cultural con un eventual regreso a la tierra de origen o con el fracaso en los Estados Unidos, en las novelas como . . . *y no se lo tragó la tierra* "la enajenación del personaje central es vencida por un profundo cariño para con sus familiares y su cultura en Texas" (362) y para la comunidad que se establece entre los campesinos migrantes.

El establecer una relación entre estos dos libros nos puede ayudar a entender la nación emergente del mexicano-estadounidense y sus representaciones. Para Homi Bhabha, la pregunta que sobresale es una que ignoran los historiadores rutinariamente: "the essential question of the representation of the nation as a temporal process" (204). La nación emergente que vemos en *El sol de Texas* es una representación de su momento histórico en 1926, antes de la Depresión y la Gran Repatriación, y décadas antes de los movimientos por los derechos civiles de los años sesenta. Sin lugar a dudas, Espinoza

Introducción   xxv

rechaza a los que se quedaron, como renegados y perdidos. Sin embargo, los personajes de Rivera son los descendientes de la misma gente que se quedó y Rivera rearticula a la identidad de este grupo para representarlos como una nación resistente a la discriminación y a la opresión de los gringos y del país en general.

Según Bhabha, "The language of culture and community is poised on the fissures of the present becoming the rhetorical figures of a national past" (203) lo cual nos ayuda a entender las divisions materiales y políticas. La fuerza con la cual el primer texto rechaza a los inmigrantes que se quedan nos enseña la ruptura evidente entre la patria y los inmigrantes que no regresan. Como dice Kanellos, "Las novelas de inmigración . . . representan el conflicto entre las culturas anglo e hispana, la resistencia a la asimilación y un nacionalismo mexicano fuerte. . . . Estos textos muestran una perspectiva de doble mirada: el comparar siempre el pasado con el presente, la tierra natal con el país nuevo, su propia cultura con la del angloamericano, y sólo se ve la resolución del conflicto en el retorno a la patria" ("La expresión", 11). Como señala Bhabha, son precisamente estas fisuras las que van a llegar a formar las más importantes figuras retóricas del legado nacional. En este caso, Rivera retoma la existencia de los hijos y nietos de los inmigrantes que se quedaron para formular una nueva imagen unificadora para su comunidad en el momento en que el Movimiento Chicano también se empeñaba en el mismo trabajo de resignificación.

El tono narrativo en cada novela es totalmente diferente. En la primera novela, presenciamos un narrador altamente nacionalista; el narrador tiene mucho que ver con el autor exiliado, quien se autoconcibe en sus notas autobiográficas como un "alborotador" y que milita en varios movimientos políticos a nivel nacional mexicano (García Cortés, 159). Su meta es, al fin, didáctica, digna del maestro que Espinoza era; el propósito de *El sol de Texas* es prevenir que más mexicanos se vayan de la patria. Trata de convencerlos de que se queden allá, aunque al mismo tiempo una gran cantidad de mexicanos huía de la inestabilidad y la violencia de la Revolución. Pero esta migración (opuesta por Espinoza) es la base para el crecimiento de la población méxico-americana o chicana; los hijos y nietos de los obreros mexicanos inmigrantes de los años veinte llegarían a ser chicanos de los años sesenta y setenta, chicanos en el sentido de nativo, de Aztlán, una nueva nación. Bhabha comenta sobre este proceso y su representación narrativa:

> We then have a contested conceptual territory where the nation's people must be thought of in double-time, the people are the historical "objects" of a nationalist pedagogy, giving the discourse and authority that is based on the pre-given or constituted historical origin in the *past*; the people are also the "subjects" of a process of signification that must erase any prior or originary presence of the nation-people to demonstrate the prodigious, living principles of the people as contemporaneity: as the sign of the *present* through which national life is redeemed and iterated as a reproductive process. (208)

Estas dos novelas representan este "tiempo-doble" del cual nos habla Bhabha, el pasado y el presente. *El sol de Texas* se auto-concibe como una historia del pasado, con una retórica didáctica y nacionalista, con los personajes siempre mirando atrás, allá, al México de donde vinieron, a una Edad de Oro mexicana pre-Revolución, cuando la nación supuestamente no presenciaba divisiones ni desterritorializaciones. Los personajes en la novela representan a los inmigrantes mexicanos, la chicanada, los objetos de una pedagogía nacional mexicana que les ha dado su autoridad y discursividad. Los inmigrantes enfrentan una crisis porque en los Estados Unidos pierden la autoridad de pertenecer a una nación unida y definida física e históricamente. En *. . . y no se lo tragó la tierra*, vemos el mismo pueblo, la comunidad de descendientes de los inmigrantes mexicanos que ahora enfrentan el proceso de resignificación, sin un México al que añoran regresar y deseosos de la articulación de una contemporaneidad como comunidad. Vemos este proceso en cada uno de los fragmentos que cuentan las experiencias de sufrimiento de los trabajadores agrícolas a lo largo del nuevo país estadounidense.

En este sentido, *. . . y no se lo tragó la tierra* puede ser leída desde la siguiente afirmación: "The present of the people's history, then, is a practice that destroys the constant principles of the nation-

Introducción xxvii

al culture that attempts to hark back to 'true' national past, which is often represented in the reified forms of realism and stereotype" (Bhabha, 218). La atención a lo contemporáneo del libro de Rivera destruye los binarismos destructivos de *El sol de Texas* entre el aquí y allá, que se basan en los estereotipos exagerados y un moralismo duro. . . . *y no se lo tragó la tierra* funciona por medio de su falta de estabilidad narrativa: un niño recuerda el año que perdió y nos narra de una manera insólita lo que ha observado. Tal como lo articula Bhabha, existe una tensión entre lo didáctico y lo performativo en, lo que él llama la literatura postcolonial o migrante (209). En este caso, *El sol de Texas* representa la etapa didáctica del proceso de nación, y . . . *y no se lo tragó la tierra* llega a ser el *performance*, la parte del proceso donde la nación enfrenta la necesidad de demostrar una cierta unidad en la actualidad fragmentada y dispersa. Los migrantes de la novela de Rivera no miran atrás a las generaciones de antepasados para encontrar su autonomía cultural, sino a los conflictos del presente. Además, están siempre buscando maneras de salir del círculo vicioso del trabajo migratorio en los campos agrícolas. De este modo, . . . *y no se lo tragó la tierra* demuestra uno de los puntos más acertados de Bhabha "the nation turns from being a symbol of modernity into becoming the symptom of an ethnography of the 'contemporary' within modern culture" (211). La narrativa de la situación contemporánea del migrante y de las comunidades mexicano-estadounidenses deconstruye lo que antes fue la nación mexicana añorada por Espinoza en *El sol de Texas*.

Conclusión

El sol de Texas no podría ser reeditado en un momento más propicio. Con el clima actual anti-inmigrante en los Estados Unidos, bien nos sirve regresar a las raíces de la inmigración mexicana a este país y acordarnos de las luchas, desafíos y la producción cultural que ha emergido de sus experiencias. La novela nos revela una historia a menudo olvidada en las culturas oficiales no sólo de los Estados Unidos sino también de México. Presenta material incomparable para los estudios culturales, de la historia y, desde luego, de la literatura. La narrativa nos muestra fascinantes detalles que aluden a la diversidad de experiencias dentro de las comunidades mexicanas residentes en el sudoeste de los Estados Unidos en esta época, seguramente observadas por el mismo Espinoza en sus viajes por este territorio. Además, aunque Espinoza no puede imaginar un fin optimista a menos de que los inmigrantes regresen a México, nosotros como críticos contemporáneos podemos poner este libro en diálogo con la literatura chicana de la segunda mitad del siglo XX. Aunque Espinoza ve a la familia de Quico como perdida, exiliada por su propia deshonra, nosotros podemos recuperar a estos personajes. Sin tacharlos de "pochos", "perdidos" o "traidores", podemos verlos en su posición clave en la historia de los mexicanos en Estados Unidos, como fundadores de una nueva cultura dinámicamente híbrida. Hasta ahora, *El sol de Texas* es la primera imagen novelística que tenemos de esta comunidad, que en ese momento histórico apenas había entrado en proceso de formación. Entonces, podemos decir que este libro es la semilla y la plétora de libros por latinos en los Estados Unidos son los frutos de ese árbol increíble.

Notas

[1] Según la investigación de Kanellos y Martell (2000), circulaban muchos periódicos en el Valle de Texas durante esta época; el más probable para un intelectual como Espinoza habría sido *El Cronista del Valle*, publicado en Brownsville a poca distancia de McAllen.

[2] En lugar de retratar a los inmigrantes que se quedan como muertos, Rivera lo invierte; el único mexicano en el texto es el que se muere, asesinado por una familia de méxico-texanos.

[3] *Lucas Guevara* por Alirio Díaz Guerra, originalmente publicado en 1914, fue reeditado en 2001 con una introducción crítica de Nicolás Kanellos e Imara Liz Hernández. El libro fue posteriormente reeditado en el 2003 con una traducción al inglés de Ethriam Cash Brammer.

Bibliografía

Anderson, Benedict. *Imagined Communities*. London: Verso, 1983.

Azuela, Mariano. *Los de abajo*. México: Fondo de Cultura Económica, 1983.

Bhabha, Homi. *The Location of Culture*. New York: Routledge, 2004

Bruce-Novoa, Juan. "*La Prensa* and the Chicano Community". *The Américas Review* 17 (1989): 150-156.

Calderón, Héctor. "The Novel and the Community of Readers: Rereading Tomás Rivera's . . . *y no se lo tragó la tierra*". *Criticism in the Borderlands: Studies in Chicano, Literature, Culture, and Ideology*. Ed. Hector Calderón y José David Saldívar. Durham: Duke UP, 1991. 97-113.

Espinoza, Conrado. *El sol de Texas*. San Antonio: Viola Novelty, 1926.

Fredericksen, Brooke. "Cuando lleguemos/When We Arrive: The Paradox of Migration in Tomás Rivera's . . . *y no se lo tragó la tierra*". *Bilingual Review/La Revista Bilingüe* 19 (1994): 142-50.

García Cortés, Adrián. *Espinosa: El hombre, el maestro*. Los Mochis: Editorial el Debate, 1983.

Hobsbawm, Eric. Introduction. *The Invention of Tradition*. Ed. Eric Hobsbawm and Terence Ranger. Cambridge: Cambridge UP, 1983. 1-14.

____. *Nations and Nationalism since 1780: Programme, Myth, Reality*. Cambridge: Cambridge UP, 1990.

Kanellos, Nicolás and Helvetia Martell. *Hispanic Periodicals in the United States, Origins to 1960: A Brief History and Comprehensive Bibliography*. Houston: Arte Público Press, 2000.

Kanellos, Nicolás. "Early Twentieth-Century Hispanic Immigrant Print Culture in the United States." *American Literary History*. Publicación próxima.

____. "La expresión cultural de los inmigrantes mexicanos en los Estados Unidos desde el Porfiriato hasta la Depresión". Manuscrito inédito, 2004.

____. "La literatura hispana de los Estados Unidos y el género autobiográfico". *Hispanos en los Estados Unidos*. Eds. Rodolfo Cortina y Alberto Moncada. Madrid: Ediciones de Cultura Hispánica, 1988. 221-230.

____. "Las Aventuras de Don Chipote, Obra Precursora de la Novela Chicana". *Hispania* 67 (1984): 358-363.

Payant, Katherine and Toby Rose, Ed. *The Immigrant Experience in North American Literature: Carving out a Niche.* Westport, CT: Greenwood, 1999.

Perucho, Javier. *Los hijos del desastre: Migrantes, pachucos y chicanos en la literatura mexicana.* México: Verdehalago, 2000.

Venegas, Daniel. *Las aventuras de Don Chipote, o, cuando los pericos mamen.* Houston: Arte Público Press, 1999.

El sol de Texas

por
Conrado Espinoza

PORTADA

Chorreando sudor pegajoso y sucio, arrastrándose, jadeante, casi a punto de caer sobre el surco, sigue la "pizca". . . . Es fuerte todavía, sus cuarenta años tiénelos él como liviana y regocijada carga; esto, la "pizca", es una mala jugada de la vida, un resbalón necio, pero saldrá de él, podrá recuperarse, juntará algún dinero y luego vendrán los días tranquilos y los obrares recatados. No más locuras. Pero, llega el mayordomo, esperan la "pesada", hay que seguir. . . Y, arrastrándose, jadeante, chorreando un sudor pegajoso y sucio, sigue por el surco jalando un saco enorme, más pesado mientras más se avanza, avasallador. . . "parece un canguro" que, imposibilitado para el ligero salto, apenas camina llevando trás sí la carga martirizadora de su cuerpo deforme. Tras él, marcha ella, la madre de los críos que, unos jóvenes, otros niños, todos hasta sumar cuatro, marchan también enardecidos por el sol y la esperanza, "pizcando" aquellos copos que fingen nieve y que se queman bajo el sol de fuego que cae a plomo sobre los humedecidos lomos, que afiebra las cabezas hasta enloquecerlas, que vuelve a la tierra una brasa negra y sorda martirizadora siempre para los ampollados pies . . .

Y marchan él y ella y ellos, los seis, como condenados miserables, bajo las miradas del capataz, asusados por burlas impías y por la esperanza lisonjera de la próxima "raya". Hay que seguir, hay que recoger mucho algodón, más, siempre más . . . ¡sólo así podrá salirse de aquel infierno!

El plantío se extiende inmenso, finge un mar en donde las matas hacen oleaje y en donde las espumas son los copos que se exaltan en su blancura y se multiplican, deslumbrando, como una esperanza de abundancia, como un seguro enriquecimiento del amo, como una sarcástica bodega cuyas migajas, las más miserables, irán a caer sobre las manos de aquellos infelices para sostenerlos un poco más, para prolongar su existencia a fin de que sigan pizcando. El cielo, intensamente azul, está limpio de toda nube, su comba parece reposar sobre los lejanos y miserables lomeríos del confín . . . el sol marcha pausadamente, casi no avanza y entretiene su pachorra arrojando fuego, flechando a la tierra y a los hombres con dardos que achicharran . . . ni una sombra, ni un vientecillo ligero, todo está sofocado, quieto, ahí no hay más movimiento que el cansado caminar de los pizcadores, el trotar rutinario de las mulas que se llevan carros y carros cargados de algodón y, a ratos, la carrera loca de algún automóbil que, por la carretera cercana, pasa llevando a gentes felices, camino del balneario alegre, de la ciudad rica o del pueblecito endomingado y fiestero que celebra su feria anual. . . .

Hay un momento en que no se puede más . . . la mujer se ha detenido de pronto, asaltada por agudo dolor que le clava agujas en las espaldas y en la cintura, los muchachos ven, con mirada estúpida, la cara gesticulante de la madre y se quedan parados, boquiabiertos, bañados en sudor. . . . él, que va adelante, sigue, la surcada está pidiéndole más trabajo, los algodones se ofrecen fuera del capullo, sigue borracho de trabajo y de sol, dando fortaleza, con su imaginación loca a aquel sueño que vislumbra entre los reverberos del suelo y del espacio . . .

Pizcará diariamente cien libras, trescientas, mil, las que sean necesarias para juntar cien dólares siquiera; hará que pizquen todos los suyos, volverá a San Antonio para comprarse trapos, pondrá endomingados a la mujer y a los hijos, sobrará dinero para eso y, con ello, a México, a su rancho de donde nunca debían de haber salido y a trabajar lo suyo, su tierra . . . podrá hacerlo ahora sin recurrir a los prestamos . . .

Y, esto le recuerda la explotación de los caciques de su pueblo, los robos de que fuera víctima cuando sembró como mediero, las fatigas que sufriera cultivando una tierra cuyos productos le robaron descaradamente y casi se alegra de sufrir ahora en tierra extraña, ¡de sentirse explotado por extraños! Estos, no son de su sangre, pero aquellos . . .

Y continuaría en su ensueño, pero un grito, un alarido de moribunda, le hace incorporarse, vuelve la cabeza y ve cómo cae la mujer, desplomada sobre el surco, como un saco maltratado de carne sin alma. . . . Ve como los hijos la rodean y escucha sollozos, ve cómo el capataz, sonríe desde el toldo que le da sombra y, rabioso, enfurecido, deja el saco, corre hacia los suyos, levanta a su mujer que gime, le da agua, un agua tibia y nauseabunda, calma a sus hijos . . . el capataz se ríe . . .

Él, enfurecido, siente que arde su sangre con las rabias de todos sus abuelos, saca una navaja, corre hacia el que se burla, la abre y va a hundirla en aquella carne que escarnece, cuando dos pistolas apuntan hacia él . . .

El capataz ríe y ríen sus compañeros, mocatones rubios, fuertes, bien armados, que están pesando la cosecha y afirmando su autoridad de grandes, de poderosos, de intocables. . . .

Él entiende que si toca a uno de aquellos burladores, podrá morir como un perro, quedarán sus gentes abandonadas bajo aquel sol de fuego, sobre aquella tierra que quema, entre aquellos hombres que sólo saben despreciar y exprimir la vida y, ¡se detiene! Baja la cabeza, se traga sus bríos y ¡vuelve al surco!

¡Ni siquiera puede decirles algo! ¡Qué gana! No le entenderían, como él no entiende aquella algarabía que forman ellos entre risas y palmotadas . . .

La mujer se ha recuperado y sigue pizcando de rodillas, los hijos han vaciado sus sacos y vuelven para llenarlos copo a copo, él hace otro tanto.

Y así pasan días y semanas y meses, se agota el algodón en una sementera y van a otra, muchas veces deben andar millas y millas, amontonados sobre una troca desmantelada, descansando del surco en la fatiga del camino; otras veces el cielo se encapota inesperadamente, el agua inunda los surcos, el lodo aprisiona los pies y hay que esperar. . . . Se impacienta el amo por la pérdida que sufre, se rebajan los jornales y los ahorros se van, se escurren logrando apenas sostener a la familia con la compra de comidas pésimas, de conservas podridas; la ropa se ha ido acabando, las espaldas van desnudas y cuando vuelve el sol y cuando se regresa al surco, hay más fatiga y más dolor..., pero hay nuevas esperanzas....

Sí, hay nuevas esperanzas, pueden tejerse en las noches de luna, con aquellas lunas encendidas de agosto, cuyos rayos son de plata, cuyos rayos fingen dólares al colarse por los agujeros de la maltrecha tienda de lona o de la enramada de zacate....

El vuelve a soñar, la mujer sueña también y los hijos se entregan confiados a la borrachera paterna.

Unos días más, ya hay algún dinero anudado en el paliacate mugriento, ya se ha salido de alguna deuda, ya se ha encontrado un amo más benigno, hay esperanzas....

Pero el sol vuelve y vuelve la realidad. ¡A la pizca!

A arrastrarse sobre los surcos jalando aquellos sacos enormes y pesados, a rasgarse las carnes con los guijarros y las espinas, a volver quizá, bajo un sol inclemente o bajo una lluvia impía, a la ciudad devoradora de todos los dineros y quedarse ahí, casi mendigando, en espera de otro año, imposibilitados para regresar a la tierra, caprichosos por hacer fortuna, resignados a sufrir nuevas explotaciones a cambio de la posibilidad para adquirir un mendrugo...

Capítulo I
ESPEJISMOS

—¡Por fin llegamos, Quico!
—Sí, vieja, hora sí que estamos seguros... eita, eita, tonta, hágase pa cá, ¡parece que no mira!
—¡Jesús! si ese animal iba a machucar a esta muchacha. ¡Oye, Juanita, vente, hija, arrímate! Aquí no estamos en Los Guajes, fíjate.
—¡Ea, Doroteo, traite a esa boba!

Y de esta guisa, el matrimonio se afanaba por juntar a la cría y retenerlos a su lado: cuatro retoños bien dados y mejor plantados ya qué, pues se iba nada menos que a Texas, a Estados Unidos, la familia había apurado sus últimos recursos para presentarse bien puesta y campechana.

Quico, Federico, jefe y padre de la prole, habíase procurado un buen sombrero charro, una mascada de seda roja y brillante, una camisa dispuesta a sorberse medio kilogramo de almidón y unos zapatos que, con rechinar siempre, tenían para seguir haciéndolo sin cansancio y con brío. Los pantalones, ajustados a los muslos y piernas, eran reafirmados en la cintura por una faja de estambre, obra de la misma Cuca, en donde los colores más alegres hacían trenzados y vislumbres. En cuanto a la madre, esta Cuca laboriosa y tierna, llegaba a la frontera con aromado rebozo de bolita, zarcillos de filigrana sobredorada, collar de corales y unas enaguas que, María Santísima, ¡ni las propias amapolas habíanse presentado jamás tan rojas y esponjadas!

El pie fino, apenas se adivinaba bajo la bota mal forjada, pero quedaba suplantado el defecto con un brillo magnífico, como que era aquella piel nada menos que charol. Doroteo, el hijo mayor, competía con su padre en el atavío, Juana, la hija segunda, moza de catorce años, iba a los alcances de su madre y los otros dos: Justa de nueve y Pedrito de ocho, habían sido trajeados con más humildad, pero con el suficiente tino para que no desdijeran de los grandes.

Acababan de cruzar el puente internacional. Estaban al fin en el Laredo gringo, iban poniendo firmemente el pie en la tierra que era su asilo soñado y en donde, por meses y meses, estuvieron inflándose todas sus esperanzas.

¡Habían llegado! ¡Bendita la virgencita de Guadalupe! ¡Ahora sí que nada habían de temer de villistas ni de carrancistas, de gobierno ni de rebeldes! ¡Aquí estaba la paz, el trabajo, la riqueza, la felicidad! Cierto que en las oficinas de migración los habían tratado con brusquedad, con cierta manera burlesca y denigrante, pero aquello había pasado, Federico pudo contenerse para no hacer una de las suyas y ahora sí que iban a entrar entre los gringos para ganar chorros de pesos, pero de pesos dobles, de los de aquí, que valen dos pesos mexicanos . . .

Cerca del puente, esperábalos la troca que los había de llevar hasta San Antonio. Los muchachos corrieron a instalarse en ella, era vieja y pobre, pero para ellos resultaba un vehículo de príncipes, algo que jamás se hubieran atrevido a esperar. Era la primera vez que iban a viajar en automóvil y ahora se acordaban con desprecio de las carretas de Los Guajes, un pobre rancho de Jalisco donde habíase mecido su cuna y de donde se arrancaron para venir en busca de fortuna.

Cuca y Quico, aniñados como sus hijos, embobados, apenas podían salir del paso cuidando a los chiquillos para que no fueran barridos por carros que, veloces, pasaban sin que sus conductores pararan mientes en aplastar o no a aquellos inmigrantes. El acomodo de los trastos se hizo rápidamente. En un rincón de aquel carromato quedaron aseguradas las maletas, las infladas servilletas que guardaban todavía comida de la tierra y los santitos con vidrio y marco de hoja de lata que, con un perro de caza, propiedad de Doroteo, acompañaban a la familia para guardarla de las asechanzas del diablo y de los hombres. Ya estaban impacientándose de tanto esperar, cuando llegó el chofer, venía acompañado del resto del pasaje y dispuesto a partir.

Entre discusiones, nuevos acomodos y compras de baratijas se pasó otra media hora, (¡medio siglo para los que esperaban saborear el movimiento de la troca!) y por fin se pusieron en marcha. El arranque fue brusco, todos se bambolearon como si fueran a caer, pero se restableció el equilibrio, el apiñamiento en que iban los aseguraba en su sitio y disolvieron en bromas y risas el sustillo que cada uno llevaba en su interior.

Once, excepto el conductor, formaban el pasaje de la troca. Los seis García, que tal era el apellido de Quico o Federico el de Los Guajes, dos señoras solas que iban a juntarse con los suyos en un pueblo inmediato a San Antonio y un anciano con dos hijos varones, de treinta años uno, de diez y siete el otro.

Pronto, la amistad amarró lazos entre aquellos expatriados y cada uno contó espontáneamete su historia y delató su pensar y sus ambiciones.

El chofer oía, a ratos volteaba a ver su carga con cierta sonrisa de burla, a ratos obscurecíase su mirada pero seguía siempre imprimiendo velocidad a su desvencijada máquina.

Las mujeres solas, madres las dos y hermanas entrambas, venían, la una, en pos de su marido y un hijo, la otra a recogerse con sus hijos después de haber sepultado a su marido. Su ignorancia hacíales silenciosas y el saberse esperadas dábales aplomo y confianza. Oían casi con indiferencia.

El anciano, con sus hijos, venía de Michoacán. Quedaban allá su mujer, dos hijas doncellas y un hijo varón encargado de velar por la familia. Él, con aquellos muchachos, el mayor y el menor de su prole, venía a buscar la vida, a trabajar para poder rehacer la fortuna que la revolución le había arrebatado. Tenía un pequeño terreno cerca de Cuitzeo, habíase soñado rico alguna vez, era casi un cacique de su pueblo, pero la revolución lo obligó a no trabajar; los bueyes y las vacas fueron sacrificados por los soldados, su vida y la de los suyos fue amenazada muchas veces y todo ello lo hizo arrancarse de aquellos terrones para venir a este país en donde el oro se prodiga, donde la honradez brilla siempre limpia y en donde, trabajando con ardor se hace pronto una fortuna, ¡porque siempre hay paz y trabajo y dinero!

El sol caldeaba y los chiquillos fueron amodorrándose con el traqueteo de la troca y con el calor del día; se durmieron después y sólo quedaron en vela los jóvenes y los grandes. La conversación languidecía y cada uno echábase a mirar ansiosamente, ávidamente, el paisaje que se tendía en todas direcciones. Allá muy adentro, en el secreto de su corazón, sentían todos una desconfianza, un temor inexplicable, que crecía a la vista de aquella tierra sin montañas, sin las variantes rápidas y prodigiosas de su país natal.

La llanura inmensa, apenas quebrada por bajos lomeríos, dábales una impresión triste. Los recuerdos de la patria iban imponiéndose a las excitaciones del viaje y a la emoción del arribo. Ahora recordaban sin saber que apenas dejadas, representarían para ellos un valor inmenso.

Sentían deseos de encontrar caras amigas, rostros que, al verlos, sonrieran anunciando un saludo cariñoso. Todo les parecía extraño, el campo mismo, presentábaseles con cierto aspecto inexplicable para ellos, les infundía respeto. Aquella red de caminos asfaltados como cuidadas calles de ciudad, aquella sucesión de sementeras y sementeras perfectamente cultivadas, aquella cadena de pueblecitos y ranchos con casas risueñas y limpias, dábales un escozor molesto, sentíanse como en jardín donde hay que guardar siempre mucha compostura y añoraban la libertad campesina en medio de la cual, lejos de la civilización, perdidos entre la serranía abrupta, habían crecido y amado. . . .

Del fondo de su espíritu, emergían las montañas azules y enormes de su tierra, los bosques frondosos y terroríficos a fuerza de suntuosidad y ante la inevitable comparación, veían todo esto como una naturaleza artificiosa, a la cual había de llegarse de puntillas, cuidadosamente, para no maltratarla.

Cuando se cruzaba con ellos algún nativo, ya a caballo, ya en automóvil, veíanlo asombrados. Estos hombres grandotes, colorados, de pelo como jilote y ojos azules, infatuados todos, causábanles más temor aún. A estos sí que veían hechos con toda la mano. Estos sí que parecían, todos y cada uno, hombres potentes y nacidos para mandar. Quico, a cada nativo que pasaba, preguntaba al chofer si era del ejército o de la política. Cuando sabía que era un ranchero, un simple trabajador, quedábase asombrado. Era entonces cuando sus sueños tomaban fuerza y cuando su lengua volvía a soltarse forjando proyectos y asegurando victorias. Sus oyentes se contagiaban fácilmente y todos se echaban a soñar en la felicidad inmediata.

Sí, ya estaban seguros, ya iban entendiendo cómo aquel pueblo era trabajador y rico. Los algodonales que circundaban el camino los saludaban con sus flores amarillas y rosa y veían en aquello una sonrisa de riqueza.

Trabajarían fuerte, trabajarían como ninguno, juntarían muchos dólares y después . . . ¡quién sabe! ¡Había tantas cosas buenas por hacerse!

El anciano hizo una observación:

—¿Y cómo iban a hacer para entenderse? —Ellos no sabían inglés.

—¡Qué va hombre! —contestó Quico apresuradamente—, eso se aprende pronto y si no se aprende, mejor, lo mismo da. Hay intérpretes.

—Sí, —contestó el viejo—, hay intérpretes, pero cobran, a nosotros nos dejaron casi sin dinero. Apenas si tendremos para vivir unos ocho días.

—Y eso qué, sobra, si luego habrá trabajo. ¡Si en llegando a San Antonio tendremos dónde ganarnos muchos pesos!

Y Quico iba haciendo una relación de todos los trabajos que él sabía y tenía como seguros y luego remataba contando como uno, dos, tres, muchos de sus paisanos, habían venido también a correr la aventura y habían regresado rumbosos y gastadores, con buenos vestidos, con muchos vestidos y hartos pesos.

—¡Como que al volver nos dan dos por uno! ¡Como que aquí cuando ganamos uno hicimos dos! ¿No es cierto amigo? —preguntaba dirigiéndose al chofer.

El chofer contestaba con evasivas, luego se atrevía a poner algunas dudas pero terminaba al fin asegurando lisonjeros éxitos.

Quico se atenía a lo último y quedábase un rato pensativo, sonriente, embelesado en el panorama interior que su propia ilusión había forjado.

A poco rato reanudaba la plática:

—Lo que siento, lo único que siento un poquito es que aquí no usan el vino, ¡tan buen Tequila el de mi tierra! Habíase visto tíos más idiáticos. ¡Quitarle al hombre uno de sus mejores gustos!

—Anda, sinvergüenza, mejor está así —saltaba su mujer— de ese modo no habrá copas para los amigos y tendremos más dinero.

—Dices bien, vieja, más dinero, ¡a eso venimos!

Y el varón, volvía a callarse y a sonreír maliciosamente, acordándose cómo la noche última, aquella que habíase pasado apenas y bajo cuya sombra estuviera aún en suelo mexicano, habíase escabullido de la familia para ir a tomar unas copitas y despedirse así de su tierra.

¡Claro que sí había echado su pisto! Tenía que despedirse bien de la patria, tenía que saborear el buen mezcal ya que habría que aguantarse sin él algunos meses, quíza algunos años. Porque, habrá que decirlo, Quico pensaba en la posibilidad de permanecer varios años en Texas. Sabía él cómo dos o tres de sus amigos habían logrado hacerse de terrenos y eran ricos. ¿Por qué no hacer él lo mismo? ¡Tener propiedades en Estados Unidos! ¡Cosa más buena!

Sí, volvería a su tierra, pero cuando pasara la bola, claro que no iba a quedarse entre los gringos. Eso no, su tierra antes que todo: pero volvería rico, traería suficiente dinero para comprar un terreno; quizá pudiera hacerse de un parte de Los Guajes, quizá de todo, qué caramba, y ¡entonces sí!

Ya habría que ver cómo trataba a los caciques que tantos años le robaron jornales y trabajo; ya habría que ver cómo se las componía con el gobierno que por tanto tiempo lo esquilmó con contribuciones. Y si salían sinvergüenzas gritando buen manejo y más libertad y robando mucho y esclavizando más, ya sabría él cómo arreglarlos.

Y de esta manera resolvíase todos los problemas, sobrábale empuje y azuzaba las esperanzas de sus compañeros, prometiéndose una continuada serie de triunfos imaginándose que entraba a una bodega en la cual sólo habría que llenar de oro para distribuirlo pródigamente y al antojo.

La troca corría, era alcanzada a veces por otras más potentes, solía a su vez alcanzar y dejar a otra más miserable y corriendo, corriendo, devoraba la carretera como todas, llevando aquella carga de ilusos, de inermes, borrachos de ilusión y confiados en su fatalismo de mirajes altos y realidades sangrientas.

Capítulo II
LA PLAZA DEL ZACATE

San Antonio de Bexar es quizá la ciudad yanqui que más signaturas mexicanas o españolas conserva y las conserva de calidad tal y con arraigamiento tan firme que crecen y se avaloran con el tiempo. El nombre castellano suena en muchas calles, el recuerdo de México se levanta en muchos sitios, la gloria de España refulge viva todavía. Feliz ella, nuestra madre Castilla, que supo dejar hasta en estas tierras casi olvidadas en los días de su esplendor, ¡el sello de su grandeza! Ahí está la misión de San José, una pobre misión perdida en los desiertos del siglo diez y ocho, pregonando el esfuerzo de aquellos franciscanos españoles que sabían redimir al espíritu con el catecismo y con la belleza. ¡Ahí queda esa arquitectura plateresca, hija de una decadencia artística, admirando aún y con qué! ¡Con su barroquismo!

¡Ahí está aquella vegetación pétrea replegándose todavía como si la caricia del cincel acabara de crearla! Ahí están aquellas rosas cuyos pétalos parecen desafiar al sol y al salitre con su frescura; ahí aquellos acantos llenos de gallardía y aquellas guirnaldas en donde la granada se teje con la flor para ser gala a los ojos y remembranza grata al espíritu. La ruina de hoy, cuidada mimosamente por estos hombres que la toman como una presea, ¡sigue cantando la gloria de Castilla!

Y, sobre la portada, está la rosa de México, la Guadalupana de la leyenda pastoril y magnífica, la de rostro piadoso y manos plegadas en oración eterna, como imprecando justicia para aquella tierra en donde puso su planta y la cual se le escarnece, por ignorancia o por mala fe.

Las otras estatuas han sido vencidas, mutiladas por el tiempo. Ella no, permanece íntegra, animando a la piedra con un gesto de maternal protección, elevando su plegaria eterna y conquistadora, avizorando al porvenir, en espera de soles mejores para su raza, para los morenos como ella que, como esa estatua, aún siguen sobre esa tierra, aún no han sido mutilados por el tiempo, y esperan vencerlo...

Y está el "Álamo", la misión de San Antonio de Valero, convertida justamente en el tabernáculo de la libertad texana. La libertad texana, una epopeya cuyos versos llevan entretenidas muchas dudas.... pero, vamos, eso pasó; "culpas son del tiempo...", dejemos el asunto por la tangente y tengamos la firmeza para admirar, sin reservas en aquel momento de lucha, a los defensores del Álamo y a sus asaltantes, no al necio General en Jefe, no a su Alteza Serenísima, a los de abajo, a los soldados que cruzaron los desiertos de Coahuila, que pasaron hambre y sed para venir a ofrendarse en un ansia de valor y de cumplimiento del deber.

Héroes fueron aquellos nuestros "juanes" que, en el tercio primero del pasado siglo, siguiendo su bandera, olvidaron la poquitez de su caudillo. Héroes indiscutibles, para ser admirados por todos, son Crokett y Travis y Bowie y el puñado de mártires que cayeron por su ilusión, bajo la mano de la muerte. Está bien, es justo el epitafio: "En las Termópilas sobró uno para que contara la derrota, en el Alamo murieron todos."

Pero San José y el Álamo son recuerdos; están en el archivo de ayer, y San Antonio tiene algo vivo, mucho que lo signa con la cinta tricolor y que proclama su ascendencia; sobre todo ello, por típico, por popular, está la plaza del Zacate.

Es ahí donde se exaltan el Sancho y el Quijote de nuestra gleba mexicana. Sancho tiene las bodas de Camacho. El Quijote sufre el desengaño de los batanes, la ingratitud de los galeotes y la pedriza de los cabreros.... También ahí, levanta su cátedra anunciando o rememorando la edad de oro.

En las noches, cuando la ciudad se entrega al intermedio de descanso y oculta sus miserias y olvida sus fatigas, la plaza del Zacate se llena de fondas al aire libre en donde los guisos populares de la tierra, tienen parroquia ávida. Las mesas se cubren de un hibridísmo mexicano-sajón, pero triunfa la nota nuestra y hay cierto sabor de romería pueblerina, cierta jácara que recuerda la jácara de nuestros rancheros y nuestros rufianes, cierto toque de burguesía sencilla, como la burguesía de nuestros pueblos, que llega para solazarse frente a una mesa simple tornada en mesa de banquete y para ratificar con sus hartazgos la potencia económica que se conquista. Ese es Sancho con su glotonería, con sus picardías, con las gazmoñerías suyas . . .

Y, entre esas mesas, alejado de ellas por el asco a la vulgaridad o por la impotencia del bolsillo, pasea don Quijote suspirando de cuando en cuando por la lejana Dulcinea.

Y es don Quijote, aquel músico coplero que va con su guitarra de mesa en mesa, cantando su ensueño y su recuerdo; es aquel joven pálido que viene a comer un mendrugo para sostener su esperanza, es aquel astrado que lleva la derrota proclamándose en su destrozada vestimenta y tiene muy firme la victoria en su bien puesto corazón.

Es el espíritu de Alonso Quijano el bueno, el que alienta en aquel grupo que rememora a la Patria, que discute sobre remedios nacionales, que se afana por encontrar panaceas milagrosas. . . .

Y es Sancho aquel político prevaricador que viene maquinando un segundo asalto a las alforjas del presupuesto mexicano; aquel descastado que llega ufanándose porque ha sabido apañar algunos miles de dólares, maguer el juntarlos haya sido mañoso y equívoco.

Mozas del partido, se entrecruzan entre la parroquia y pasan junto al Quijote sin adivinarlo o respetándolo instintivamente y se pegan a Sancho para aligerarle los bolsillos. Los pinches, las meseras y los jefes de aquellas fondas, alborotan y se afanan para aumentar la clientela, los olores de la fritanga impregnan el aire, no pocos sajones vienen a gustar de guisos y costumbres y todo queda fundido en un color de populachería mexicana que, aunque pálida y desgarbada simpatiza por la debilidad del recuerdo y la nostalgia.

Cuando don Alonso Quijano el bueno, por el alma de un músico callejero, canta sus ansias, oh, entonces, ¡cómo se avivan los dolores propios y se goza en aquel sufrir que habla de la tierra amada!

En el día, es la plaza del Zacate lugar de cita para vendedores y contratistas. A ella llegan los mexicanos o méxico-texanos que han logrado principiar su redención en el cultivo de la tierra. Los carros de legumbres y frutas se alínean junto a las banquetas, los pregones castizos tienen aquí un eco y lo tiene también aquel deporte de las comadres mexicanas: el regateo.

Y los cuadros de dolor, también se extienden. Ahí y bajo los árboles del cercano parque, el "Milam", se apelotonan los braceros, nuestros hombres de abajo que han llegado impulsados por la necesidad propia o por la perversidad extraña y buscan ávidos el recurso del trabajo para no ser triturados por este engranaje férreo.

Ahí, bajo esos árboles, sobre aquellas bancas, llega el desengaño a desbaratar sus rosadas ilusiones; ahí llega el enganchador mezquino y avieso a cebarse en su buena fe y en su necesidad; ahí llega el polizonte injusto a tildarlos de vagos, a amenazarlos con la cárcel, cuando su vagancia es peregrinación dolorosa en busca de trabajo en busca de pan conquistado con el propio sudor, ¡con la propia vida!

Ahí, sobre aquellos prados de fofa grama, semiocultos entre los pocos macizos de adelfas y coyoles, también suelen resbalarse, por mejillas viriles, ¡lágrimas amargas de desesperanza y de rabia!

Bajo aquellas sombras, bajo aquellas ramas entre las cuales alborotan los gorriones, cuantas veces una familia entera encuentra transitorio, ¡instantáneo refugio para su desolación y su hambre!

¡Cómo se tejen ahí ilusiones, cómo se tejen ahí desengaños...!
Y las tardes domingueras...

Entonces Sancho, sin la pelambre cerdosa de las barbas y con los trapos de cristianar, se aglomera en corrillos para destripar las alforjas de sus picardías y olvidar un momento las hambres de la andanza.

Entonces el Quijote, es misionero de Cristo que, con palabras de Lutero o de innovadores más nuevos, ofrece abrir de par en par las puertas de los cielos. Cuántas veces, quien habla es uno de la raza, lleno de ese fatalista fanatismo nuestro, llevando estereotipado su fe en rostro y ademanes, mientras le hacen fondo grupos de mujeres encendidas en el apostolado y desafiadoras del sarcasmo y de la burla por la fuerza de su locura mística.

Cuantas otras, es cualquier solitario que de pronto se yergue y arenga y discute y se afiebra ante aquella audiencia tan nuestra, cuya actitud ante lo incomprensible es fundamentalmente irónica.

Y fue en la plaza del Zacate, donde terminó la primera jornada de nuestros viajeros en tierra extranjera. El chofer los violentó para que bajaran cuanto antes. Él no podía perder tiempo, estaba listo ya el viaje de regreso.

Quico el de Los Guajes, se bajó un poco amoscado; en el camino había sufrido una merma enorme de su corto peculio. La comida habíalo dejado hambriento y asqueado. Los muchachos no lo estaban menos y Cuca declaraba abiertamente que más prefería los frijoles frescos, la carne salada de su rancho, que aquellas porquerías de bote que olían a rancias.

El varón, por amor propio o para infundir ánimo, no confesaba tanto. Inculpaba a su mujer de ranchera y a sus hijos de necios y aseguraba que aquellas comidas eran magníficas, aún cuando su estómago bien lo desmentía.

Los michoacanos se aliaban con los descontentos y ahora sentían afirmarse sus temores con la casi extinción de su caudal.

—Caramba, hombre, lamentábase el viejo; ¡por unos cochinos huevos fritos con tomate acedo cobrar una peseta! Un tostón como quien dice! ¿Habrá más ladrones? En mi tierra con medio está listo eso y más.

—Un tostón —corregía Quico— qué tostón ni que tostón. Aquí no se usan, una peseta nada más hombre.... claro que cuesta, en el camino todo es más caro, pero así como se gasta se gana, adelante.

Y por fin, suspendieron la discusión sobre tan importante asunto, para ocuparse del no menos importante de buscar techo. Traían la dirección de una o dos casas de enganches pero antes habría que dejar en alguna parte a la familia, no podrían ir todos con tanto bullicio y tanto endemoniado coche sin caballos. Y, para abreviar, preguntando a éste y consultando a aquel, fueron a parar todos a un cuchitril inmediato en cuya puerta había un rótulo que afirmaba ser Hotel.

Ahí, amontonados en un cuarto obscuro y hediondo, los grandes sintieron como una opresión en el pecho, como falta de aire, como si de pronto se les hubiera encarcelado.

El perro, Capitán, empezó a aullar lastimeramente. Vino el patrón del mal llamado hotel para imponer la expulsión del perro, alborotáronse los recién llegados, disgustóse Quico, a punto estuvo de patear al posadero y acabó todo con la intervención calmadora de Cuca y con la aceptación del perro como huésped, a condición de un aumento en los pagos.

Los muchachos estaban ansiosos por lanzarse a la calle y pronto pudieron hacerlo mientras las mujeres, Cuca, Juana y Justa, con Pedrito que quedaba a su custodia, apelotonábanse en la pequeña ventana del cuarto para contemplar el movimiento callejero.

A la salida del hotel, esperaba al bien puesto Quico un nuevo disgusto: su indumentaria charra atraía la atención de los transeúntes algunos mirábanlo con marcado asombro, otros con mal encubierta burla.

—Rediablo, hombre, si parece que estos tales no han visto gente. ¡Como si uno fuera el único forastero!

Y no entendiendo el motivo de aquella actitud siguió como jefe de su hijo y de sus compañeros, los michoacanos que habíanse pegado a él como a propicia salvaguardia, preguntando aquí y ahí hasta que llegó por fin a una de las famosas agencias de enganches.

Quico el de Los Guajes, que todo lo bueno esperaba después de haber pasado por la prueba de aquellas famosas agencias, o casas enganchadoras, suponía a estos establecimientos unas oficinas lujosas, llenas de bien puestos y respetables empleados, como que eran nada menos la entrada al camino de la riqueza. Así, cuando llegó a la realidad y contempló las destartaladas paredes, el piso nauseabundo a fuerza de suciedad, los muebles lustrosos de mugre repulida y los enganchadores unos personajillos labiosos, entre zorros y menguados, Quico recordó a los caciques de su tierra, a aquellos que lo habían explotado tan miserablemente y ganas tuvo de dar media vuelta y salirse con su tropa. Seguro se había equivocado. Ya iba a hacerlo, cuando llegó un nuevo grupo de individuos en busca de trabajo; se rehizo y empezó a tratar valientemente su negocio.

El hombrecillo escuchó un rato a aquel iluso; luego, riéndose sin recato, le hizo ver toda la grandeza de su equivocación y después suavizó su fuetazo pintándole las perspectivas que tenía, augurándole ganancias locas si iba a tal o cual campo propuesto por él. En aquellos momentos había salidas para trabajos de ferrocarril, necesitaba cincuenta hombres, ya tenía arreglados unos cuarenta y ocho, podría dar cupo para dos hombres grandes, fuertes. Doroteo quedaba descartado. Quico discutía, él necesitaba trabajo para los dos, necesitábalo luego, tenía familia.

—Ah, no, familiares no queremos ahora. Quizá mañana.

Y después de nuevas discusiones y nuevas promesas, abandonaron aquella agencia para ir a otra. Los michoacanos tampoco aceptaron. Querían ir juntos los tres. Y, de agencia en agencia, fueron toda aquella tarde, sin haber podido encontrar el deseado acomodo.

Cuando regresaron al hotel, un tanto desesperanzados, un tanto creyentes en la mejor suerte del siguiente día, la novedad mayor fue que Quico y su hijo, por consejo de un enganchador, habían dejado su indumentaria charra trocándola por vestidos de obrero.

Cómo sintió extraño Quico al cambiar su vestido por aquel otro, ¡comprado a lance! ¡Él que se sentía tan apuesto, tan hombre, con aquellos atavíos que más de cuatro le envidiaran en su tierra!

¡Y el sombrero! ¡Qué gorra la nueva más puerca!

Casi no se atrevía el hombre a presentarse ante su mujer, pero, apechugando una vez más, se mostró satisfecho del cambio y hasta tuvo razones para demostrarlo.

Con la compra de los nuevos vestidos el capital estaba más que quebrado. Podría apenas alcanzar para un día más; después. . . .

—Nada, que después ni que después, Dios dirá. Ya verás, ¡si mañana vamos a tener trabajo!

Y con esto, fue la familia en busca de cena a la plaza del Zacate, para regresar más tarde a entregarse al sueño, durante el cual sus ilusiones se tornaban asibles.

Capítulo III
LA BOLA DE ORO

Por la calle Comercio, cerca de la plaza del Zacate, sobre una casona de madera destartalada por el tiempo y por el descuido, se obstentaba el rótulo bombástico: "La Bola de Oro". Una gran esfera pintada de amarillo chillón, hacía el papel de símbolo y, a ambos lados de la puerta, en pizarrones desteñidos, leíase el complemento del rótulo: "CASA DE ENGANCHES: Ce nesecitan cien hombres solos para traques del Sur Pacífico. Pasajes a Laredo, Fort Worth, Houston. Automóviles para todas partes, pacen a informarse".

Todo se completaba ahí. Lo viejo de la casa se crecía con la suciedad rebosante de ella, la nefanda esquina del primer cuarto, en cuyo ángulo un rotulo decía que era la "Ofisina," cobijaba al diablo mayor de aquel antro o séase a un hombrecillo maltrecho, con tantas faltas en su físico como en su traje y que delataba a ojos vistas estar en perfecta consonancia con aquellos crímenes ortográficos que lucían tan campantes en los viejos pizarrones, y en el rótulo de la "Oficina".

En bancos laterales y resobados, se apiñaban varios mocetones mexicanos en espera de enganche, de chamba, de chanza, como se dice por aquí.

Unos venían desde el interior de México, otros de los Estados fronterizos, todos delataban su estado de inquietud, ahogado con el esfuerzo propio por vencer la adversidad. Como Quico el de Los Guajes, habían sido obligados a dejar sus vestimentas ancestrales para meterse en los holgados trajes de mezclilla azul, muchos de los cuales eran de medidas distintas a aquellas que se requerían para vestir a su nuevo dueño.

¡Qué pobres, qué lastimeros, aquellos mozos que quizá en el lejano rancho, en la abandonada sementera, se presentaban garridos y airosos, tras de la yunta, con su calzoncillo blanco, con su faja roja, con su sombrero ancho, con sus huaraches dobles y claveteados! Su entrada a la civilización era una entrada ridícula, un acceso que parecía haberles castrado el garbo y la soltura.

Muy pronto todavía para que se acostumbraran su nueva vestimenta, movíanse torpes, sus pies parecían protestar de los zapatones burdos que los aprisionaban, sus espaldas encorvábanse, su cabeza tomaba cierto aire de payaso ramplón con la gorra tejana mal llevada y peor ajustada. En la cara, en los ojos escrutadores, bailoteaba la esperanza enlazada con el temor. Seguían atentos los movimientos del enganchador quien tomaba aires de petulancia y de protección e iba y venía disponiendo salidas de carros y arreglando contratos.

Aquellos infelices, lo esperaban todo del sujeto aquel; muy hondo, en lo íntimo de su conciencia, una voz les decía que estaban en la guarida del lobo, pero su estómago gritaba más fuerte, su temor a la tierra extraña se revelaba, su recelo a los hombres gringos, esos hombrazos tan desparpajados y violentos, los hacía arrimarse con más fuerza a aquel sujeto que, siendo de su raza, hablándoles su propia lengua, les ofrecía la solución de todos sus problemas.

Lo de encontrarles trabajo era cosa muy difícil, habría que hacer contratos, se necesitaba no pocos gastos, pero él, que sabía ayudar a todos los paisanos, se sacrificaba gustoso por servirles. Venía luego la relación de todas las agencias verificadas para que pudieran ir seguros y para que lograran un buen pago; se les presentaban esqueletos enrevesados y llenos de preguntas a las cuales, con más celo que en el confesionario, había que satisfacer a todo pasto. Como aquellos cuestionarios estaban escritos en inglés, el mismo enganchador servía, a tanto llegaba su amabilidad, de intérprete gratuito, él mismo solía llenar los huecos cuando el solicitante no sabía o no podía hacerlo con la propia mano y así iban desfilando todos saliendo con su esperanza afirmada o retardada para el día siguiente.

Algunas veces, había rebeldes, algún ladino adivinaba las maquinaciones del enganchador, comprendía que se estaba tratando con ellos como con un rebaño de carneros, quería protestar, pero se estrellaba ante el imposible de la lengua, se rendía ante las necesidades apremiantes de la vida y acababa por someterse al capricho del personajillo, hecho todo un cacique y resguardado fuera de toda responsabilidad.

Se podría ir al consulado, el señor cónsul velaría por ellos con más honradez... pero no, ¿quién iba a casas de gobierno? Y luego, ¿no resultarían peores ahí? ¿No saldrían con papeles y papeles, con vueltas y vueltas y los harían perder muchísimo más tiempo? Además, sabían que un cónsul regañaba duro a todos los mexicanos que venían en busca de fortuna. ¡Les tachaba de haber abandonado su tierra, de haber dejado a la patria sin su auxilio; maldito viejo! ¡Ésa no más faltaba! Después de que allá los obligaban a matar o los mataban, después que allá los dejaban sin trabajo, después que los hacían salirse de su pueblo, abandonar a los suyos, con todos los malditos mitotes de las revoluciones, salirse ahora conque hicieron mal en venir, ¡conque deberían devolverse! ¡Devolverse! ¿A qué? ¡Llegar ya sin ni siquiera los centavos juntados para el viaje! ¿Qué iban a hacer? ¿A robar por los caminos? ¿A arriesgar el pellejo para que los colgaran en cualquier árbol en nombre del orden público y de la seguridad? No, estaban mejor aquí, al fin y al cabo el enganchador era uno sólo, los tendría bajo su yugo una sola vez y, allá, eran muchos y los martirizaban siempre....

Y, con estas reflexiones, quedaban entregados en las artimañas de aquel enganchador, Maquiavelo de baja estofa, hipócrita sin alma, que los vendía como carne de cañón, que seguía imponiéndoles el yugo fatal de la explotación y del escarnio.

Cierto que se encontraban excepciones entre el gremio de enganchadores. Garbanzos de a libra, ¡mirlos blancos! Pero ¿cómo ir a perder muchos días buscando al hombre honrado que de verdad se interesara por ellos? El hotel necesitaba pagarse, el estómago pedía alimentos tres veces cada día, el bolsillo protestaba de tanto vacío y tanta exigencia y, no había más: buscar dinero para llevar al bolsillo y poder así exigirle el pago de hospedaje y de comida.

Cuántos tenían que pasar la noche en galerones inmundos, pagando una peseta por un camastro incómodo y sucio, plagado de parásitos, apretado contra otro camastro y otro y muchos, sobre los cuales exhalaban la pestilencia de sus fatigas hombres y hombres amontonados ahí como cerdos.

Quico el de Los Guajes, su hijo Doroteo y los michoacanos, llegaron a La Bola de Oro; la noche anterior habían sabido que ahí era muy fácil encontrar trabajo, que el patrón de aquella casa tenía siempre muchas plazas y entraron a ella con la seguridad de salir colocados.

Quico sufrió un grave desengaño; no se necesitaban familiares, había que esperar algunos días.

—Algunos días, jefe, pero si ya no tengo cuartilla y la vieja y los muchachos y yo necesitamos comer. Yo debo trabajar desde luego! Yo soy fuerte, yo puedo ir de albañil, no le tengo miedo al pico y la pala; este muchacho irá también. . . . Despáchenos.

—Yo qué quisiera, ya sabes, estoy para ayudarles, pero ahorita no hay modo, vuelve mañana.

Mañana . . . No, no podía ser, ese mañana amanecería para encontrar a nuestro hombre sin dinero y ante tal amenaza salió resuelto a recorrer todas las agencias. Los michoacanos salieron mejor. Los tres pudieron colocarse en aquel enganche de hombres solos y desde luego se pusieron a arreglar los contratos a fin de estar listos. Aquella misma tarde deberían salir.

Quico sentía casi envidia de la suerte de sus amigos; amaba mucho a los suyos y esto le impedía arrepentirse de haberlos traído.

El viejecito de Cuitzeo, con sus dos mozos, cobraba ánimos. Ahora sí iban a salir de apuros.

Ganaría cada uno dos pesos diarios o más y tendrían bordo.

—¿Bordo? ¿Qué es eso?

—¡Amigo, usté no sabe! ¡Comida, alimentos y de balde . . . !
Y . . . usté sabe: "¿Quién te hace rico? ¡Quien te mantiene el pico!"

—Hora sí, muchachos, a alistarse.

—Hasta la tarde, jefe. —Y salieron los tres para ir al hotel y liar sus pobres maletas.

Cuando Cuca y las muchachas supieron el fracaso de los suyos, renunciaron a seguir pegadas al ventanucho por el cual veían la vida de la ciudad. La tristeza iba ahogándolas y, sin decirse una palabra, fueron a un rincón del cuarto, colocaron en fila a los santitos y se pusieron a orar.

Pedrillo, revuelto con el perro, dormía amodorrado.

Juana, muchacha en cuyo cuerpo iba brillando el secreto de la nubilidad, de ojos negros y vivos, de ademanes resueltos, interrumpió de pronto a su madre para decirle:

—Oiga, madre, pos si ellos no jayan trabajo nosotras si podremos. . . .

—¿Pero en qué muchacha? ¿Qué sabes hacer?

—¿Cómo qué? Podremos echar tortillas, podremos lavar. . . .

—Hombre, tienes razón. La Gualupita nos ampara. Sí, vamos a preguntarle a la señora del hotel.

Y las dos mujeres, dejando a la otra chiquilla con su hermano, salieron en busca de la hostelera para informarse de los lugares en donde pudieran ser empleados sus servicios a cambio de algún dinero.

El hostelero, quien refunfuñaba cerca de su costilla, escuchó atentamente las preguntas de aquella mujer, midió luego el peligro en que se encontraba de perder la paga de los clientes y saltó desconfiado:

—Cómo, ¿luego no traen dinero suficiente?

—Qué vamos a traer —respondió ingenuamente Cuca— si aquel hombre apenas pudo juntar unos cuantos centavos y luego, ¡todo tan recaro . . . !

—Necesitan pagarme ahora mismo, por adelantado, lo del cuarto por el día de mañana. Yo estoy muy amolado, los negocios andan muy mal. Yo necesito ese dinero.

—Tan luego llegue mi esposo le diré, señor.

La posadera fue más benigna, su solidaridad de mujer, su compasión mexicana, hízola simpatizar con aquellas gentes que se esforzaban por vencer a la miseria y prometió a Cuca buscarle trabajo, proporcionarle algo ella misma. Podrían ayudarla a lavar los cuartos, a barrer, vería qué tal se portaba en la cocina Juana.

—No, nosotros no podemos tener criadas —salió el posadero— nosotros somos pobres también.

Su mujer lo calmó asegurándole que no quería servidumbre, que sólo era para ayudar en algo a aquella gente y el buen hombre acabó por callarse ocupándose en contar algunos billetes ante los ojos atónitos de la muchacha y su madre, que sabían cómo cada papel de aquellos teñiditos de verde, valía un peso o más y, en México, el doble.

—Pocos pesos se carga el tío ese, madre, y ¡tan gruñón . . . !
—comentó Juana cuando estuvieron otra vez en el cuarto.

—Cállate, malcriada, ¡si te oyera . . . !

Y se interrumpió la conversación con la llegada de todos los varones. Quico venía un poco cabizbajo, Doroteo manifiestamente triste. Los michoacanos llegaban decidores y activos. Iban ya a marcharse, venían a despedirse de la familia. Hacía apenas dos días que se conocían aquellas gentes. Fue hasta en Laredo donde se vieron por vez primera, pero sus espíritus sencillos, sus corazones francos, impulsados por la mutua semejanza de circunstancias, habían creado una limpia y dulce amistad. Esa espontaneidad de la raza para todos los afectos, sean nobles, sean mezquinos, levantábase uniendo a aquellos seres con lazos más estrechos, ya que eran todos unos buscadores de fortuna en tierra extraña, en ciudad donde todas las caras éranles desconocidas, donde parecían esconderse misteriosas desgracias que, a pesar de su optimismo, presentían todos y que principiaban con un posible machacamiento por cualesquiera de aquellos coches endiablados, o una desgraciada carencia de trabajo y de pan y de techo . . .

El viejecito de Cuitzeo, acordándose de su mujer, de sus hijos ausentes, casi se despidió llorando de la familia de Quico.

—Bueno, nos vamos, ya volveremos a encontrarnos.

—Sí, amigo, ya sabe, las piedras rodando se encuentran . . .

—Bueno, pos nosotros ya tenemos trabajo, ya nos dieron un peso a cada uno. Voy a dejarles éste, servirá para algo . . .

Y su mano pródiga, se tendía cariñosamente ofreciendo la moneda a Quico. Él rehusó primero, su cara se encendía en la vergüenza. No, pronto tendrían ellos trabajo también. . . .

—Tómelo amigo, es muy poco, pero a veces hasta un centavo sirve.

Iba a rehusar nuevamente Federico, pero en ese instante se despertó Pedrillo pidiendo de comer. Aquel hombre contempló a su hijo, paseó una mirada por todos los suyos y, rojo de pena, cogió silenciosamente la dádiva. Luego se la dio a su mujer, se rehizo y concluyó:

—Vayan a comer, después iremos nosotros; ahorita vamos con estos amigos a dejarlos al dipo . . .

Capítulo IV
EL GRITO

Iba cayendo el sol, allá, sobre las curvas de las lomas lejanas, se perdía la rueda de fuego entre incendiadas nubes; sobre los valles iba alzándose un velo de niebla y todo se entintaba en azul claro, aperlado, en las partes altas; fuerte, violeta, en las bajas. Los pueblos arrebujábanse entre las arboledas alzando apenas alguna torre como para otear los caminos; los depósitos del agua, con sus panzas negras, eran solamente, en varios puntos, el objeto que delataba, entre aquel boscaje, la existencia de alguna pequeña ciudad . . . los ranchos quedaban esparcidos y soñolientos; a lo largo de las canteras, los automóviles pasaban veloces; los rieles se estiraban largos, larguísimos, sobre el terraplén rojizo que acababan de limpiar, a trechos, las cuadrillas del campo volante, allá, donde la vía tenía un ramal pequeño, cerca de una estación ínfima, los carros de ese campo reposaban acéfalos de locomotora.

Algunos arrojaban azuladas columnas de humo por sus chimeneas: eran las cocinas y, a los últimos rayos del sol, como entintados en almagre, podían verse los cocineros asomándose tranquilamente a la puerta de los carros-comedor, en espera de la peonada que se preparaba a regresar.

Se había recogido la herramienta. Sobre dos góndolas estaban amontonados palas y zapapicos, barretas y hachas y, el mayordomo, sentado tranquilamente junto a la barrica del agua, fumaba enorme pipa mientras los muchachos iban acomodándose.

El día había sido caluroso, el sol de julio vertió su fuego durante muchas horas sobre aquel campo de trabajo en el cual fulguraban los enardecidos rieles, reberveraba la tierra y era el agua una pócima tibia, que en vano se apuraba y apuraba para mitigar la sed.

El mayordomo era hosco, infatuado, regañón, pero cuando se cumplía con el trabajo, aquel hombre rubicundo solía apiadarse de la cuadrilla y daba a todos un rato de descanso.

Hasta cuarenta mexicanos figuraban como trabajadores en aquel campamento. Con el mayordomo y los cocineros, todos sajones, se completaban cincuenta individuos que iban, siempre camino adelante, haciendo las reparaciones de emergencia, reforzando los campamentos fijos, permaneciendo unos días estacionados cerca de cualquier pueblo para quedar después, por semanas y semanas, en pleno campo, lejos de todo centro humano que proporcionara distracciones a aquellos individuos entregados al trabajo rudo, siempre bajo los rayos del sol.

Entre los mexicanos de este campamento, figuraban aquellos tres sujetos, padre e hijos, que un día entraran a los trabajos del traque, en La Bola de Oro, con las esperanzas más lisonjeras de redención.

Don Serapio, así se llamaba el viejo, Matías, tal era el nombre del mocetón treintañero, el mayor de la familia, y José, el hijo más chico, muchacho de diez y nueve años, habían sufrido su primer gran desengaño; se habían convencido de que sus temores, ante la labia de aquel enganchador mañoso, eran fundados. El salario resultó más corto, casi la mitad, de lo que aquel sujeto les asegurarara; el famoso bordo les costaba no poco y tenían que aceptarlo. ¿Quién iba a cuidarlos en aquel abandono?

A la segunda semana, trataron de rebelarse. Podían ellos mismos hacerse su comida, se proveerían en los pueblos; pero pronto se convencieron de que aquello resultaba imposible para ellos. No sabían comprar; en cada tienda, adonde ingenuamente llegaban a preguntar por los comistrajos de ellos conocidos, se reían de ellos o, cuando menos no les hacían caso. Compraron conservas, quisieron amoldar sus estómagos a las comidas del país, pero ni supieron condimentarlos, ni sintieron satisfecha su hambre. Entonces regresaron al redil. Ahí siquiera tenían a su hora la comida, era suficiente aunque no variada y acabaron por acostumbrarse a los nuevos potages.

—Que se llene la tripa y basta —decía el viejo— comiendo en gringo quizá aprendamos a entender a estos tíos con su parola enrevesada.

Y pasaron días, los muchachos y el viejo se afanaban trabajando, sentíanse briosos, imaginábanse que a más trabajo más jornal y mayores economías. Matías y José, conservándose sumisos y respetuosos para con su padre, como lo fueron siempre allá en su tierra, entregábanle al viejo su jornal íntegro. Era el padre quien liquidaba cuentas, quien proveía de cigarros a sus muchachos, quien, cuando se presentaba la ocasión, regalaba golosinas. Aquellas tres almas, sencillas y limpias como las aguas de aquel lago a cuyas orillas se nutrieron sus vidas, hacían un conjunto respetable y apacible. Las burlas de los primeros días, las puyas de muchos por el tutorazgo prolongado de los mozos, acabaron por estrellarse ante la fortaleza de los sujetos y se convirtieron en respetuosa y afable amistad.

El mayordomo, un gringazo que mascullaba bárbaramente el español o el mexicano, como él llamaba a nuestra lengua, sentía especial afecto hacia los tres michoacanos y alguna vez lo demostró brindándoles una soda, una bolsa de tabaco, cualquier fruslería, que no por serlo era menos agradecida.

El resto de los mexicanos, compañeros ocasionales de nuestros hombres, era una masa híbrida en donde figuraban individuos de todas clases y de todas condiciones. Los había honradotes y francos, animosos y caprichosos por juntar algo para regresar a la tierra en donde ya la madre, ya la novia, ya los hijos, esperábanlos ansiosos. Los había de procederes dudosos, sujetos prófugos de la justicia, encanallados algunos, que necesitaban aquella brega ruda para aplacar su bestialidad activa y caer, por las noches, sobre su camarote, en donde la vista al techo, mascullaban recuerdos bochornosos o entonaban canciones de una melancolía presidiaria.

Otros, meros mozos de aventura, alegres siempre, siempre confiados, fuertes para soportar sin enojos ni penas los trabajos del día, listos para encontrar ya con una guitarra, ya con una baraja, ya en el corro, a veces hasta con algún libro; listos para encontrar, decimos, motivos de descanso, eran como el agua refrescante de aquel campamento y en torno de ellos apiñábanse todos para oírlos cantar, para azuzarlos en sus gracejadas, para escuchar sus chistes salpicados de todos colores, pero dichos siempre con la mejor intención de entretenimiento.

Aquella tarde en que volvimos a encontrar a los michoacanos, regresaban al campamento, padre e hijos con nuevos bríos y mayores esperanzas: el pago estaba próximo; a lo ahorrado se juntaría por esta vez casi la totalidad de los tres jornales; pronto, según les había dicho el mayordomo irían a trabajar cerca de Houston, una gran ciudad sobre la cual habían escuchado muchas alabanzas y la primera en donde se permitirían algún lujo de diversiones y, sobre todo, un exceso de bobería. ¡Qué caramba, tenían casi dos meses en Estados Unidos y no conocían bien a bien una ciudad gringa! San Antonio fue para ellos como una rápida y truncada visión, apenas si se alejaron algunas cuadras de la plaza del Zacate, apenas sí, cuando ya iban de salida, pudieron ver dos o tres calles llenas de carros y de gente, ¡con casonas altísimas y con mucha catrinada! En Houston sí tendrían tiempo de gozar: lo primero, escribirían a la vieja mandándole buenos tlacos, podría desempeñarse algo, podrían comprarse algunos marranos, luego, con todo y el envío, dinero sobraría para comprarse ellos hábitos más decentes, para ir haciendo una buena provisión de ropa.

Durante el descanso del medio día, el viejo, sentado con sus hijos bajo la sombra de frondoso árbol, con su lenguaje sencillo y fuerte, habló largo rato de los suyos, de aquellas mujeres que quedaban rezando por ellos, afanándose también para volver a fincar la fortuna deshecha, sacrificándose siempre para no desperdiciar un centavo. Recordó al hijo que quedaba como varón y jefe de la familia, un muchacho que prometía mucho y bien merecía que fuera más tiempo a la escuela.

Matías y José estuvieron de acuerdo con su padre. José, quien quería entrañablemente a su madre y a su hermano ausente, echóse a hacer proyectos de compras y de obsequios para ellos. Todo para ellos, ellos primero.

—¿Nosotros pa qué queremos nada, padre? ¿Quién nos conoce aquí? A qué fandango hemos de ir . . . Todo pa ellos . . .

Y mientras hablaba, resobábase las manos encallecidas, como no lo estuvieron jamás con el manejo del arado.

Y en aquel atardecer, suntuoso primero, lleno de oros y carmines, luego melancólico, de una suave melancolía que invitaba al recuerdo y al descanso, los tres hijos del Cuitzeo, en cuyas pupilas parecían esmaltadas para siempre las visiones de aquel lago, marchaban sobre los rieles, uno tras otro, para juntarse al resto de los peones. Cuando llegaron al grupo, el mayordomo ordenó un recuento de herramientas. Faltaron dos palas. Una mirada de inquisición fue dirigida sobre todos para encontrar al olvidadizo o . . . al ratero.

Sí, el mayordomo afirmaba que más de una vez, eran escondidas las herramientas para venderlas más tarde, para cambiarlas por cualquier fruslería.

Entre los trabajadores había un mocetón disipado, sospechoso, y sobre él detuvo el capataz sus miradas.

—Yo, no soy ladrón —dijo el ofendido con marcada y mal contenida rabia.

—No digo eso, hombre, mí no dice eso, perro pus ¿dónde están las palas rejijo?

José, adelantándose hasta acercarse al mayordomo, se ofreció a ir en busca de ellas, podrían estar atrás, en la alcantarilla donde estuvieron desazolvando por la mañana, en cualquier matujo habrían quedado olvidadas.

Algunos otros se ofrecieron también a ir en busca de los instrumentos, pero José dijo que iría más pronto él solo. El mayordomo asintió. A lo largo de la vía, fue perdiéndose la silueta del muchacho, comenzaba a anochecer, el resto de la cuadrilla, montando sobre los rieles las góndolas, esperaban fumando unos, charlando todos.

Y al final de una curva, se vio a José inclinarse y alzar del suelo dos objetos largos: eran las palas. Habíanse quedado tiradas cerca de los rieles. El sospechoso, con encono, hizo ver al mayordomo su equivocación, el capataz siguió fumando y ordenó que una góndola fuera a encontrar a José.

Matías y su padre empezaban a empujar la máquina, cuando se divisó, lejos, corriendo en dirección hacia ellos, por el lado que seguía José, un tren expreso.

El convoy avanzaba vertiginosamente; era como un gusano poseído de vértigo, el humo de la chimenea quedaba tendido, como línea gris y luego iba cayendo desmadejado en cenizas...

El mayordomo ordenó que desenrielaran las plataformas, todos se hicieron a un lado. El tren avanzaba, oíase ya la trepidación continuada de la locomotora, su fanal, como ojo brillantísimo y potente, les echaba ya la luz encandiladora sobre los rostros.

Por un momento, aureolada con la ráfaga intensa, vieron la silueta de José sobre la vía, después nada....

Sólo Serapio, el viejo, creyó escuchar un grito entre el traqueteo del convoy. El expreso se acercó, pasó ensordeciendo a todos, se alejó después. Las caras volviéronse en busca de José. Nada, las paralelas de la vía estaban escuetas, rígidas.... ¿Nada? Ah, sí, allá, al terminar la curva había un lienzo blanco flotando como banderola en un zarzal, nada más.

—¡José! ¡José! ¡Hijo!

Nada, la noche caía más triunfal envolviendo al campo entre sus paños, el eco respondía a las llamadas, ¡sólo el eco!

Serapio, Matías luego, después muchos, echáronse vía adelante en busca del muchacho. En aquellos corazones había un convencimiento de desgracia, corrían todos atentos y desconfiados, nerviosos.

¡Llegaron al zarzal en cuyas espinas flotaba un lienzo blanco, un trozo de la camisa de José reconocido por su padre! Desde ahí, se arrancaba un surco sobre los yerbazales y la tierra, un surco como hecho con hoz, sanguinolento, macabro, largo . . . en donde terminaba, junto al paredón de un vallado, había un montón informe de carne ensangrentada, huesos triturados, trapos confundidos con intestinos y con vísceras, un cráneo deshecho . . . ¡los restos de aquel hijo amado y amante!

Más tarde que nunca, regresaron los trabajadores al campamento volante. Sobre una góndola iba un viejo abrazado a un liacho formado con mantas; abrazado al viejo su hijo único. Ambos mudos, atónitos, incrédulos, dejaban rodar, indiferentes, gruesas lágrimas por sus caldeadas mejillas....

Capítulo V
¡Solos!...

Y otro día, cuando el sol volvía a tender por el cielo los lujos de su veste, un cortejo salía del campo volante siguiendo un féretro azul.... Sobre la caja, marchitábanse, como ahogados de dolor, ramos de flores campesinas que fueron hechos por aquellas manos de hombres endurecidos en el trabajo, pero en cuyas almas vivía el manantial piadoso que se les formara en el seno de la familia. José, desfigurado, hecho un montón horripilante de huesos y de carne, iba a dormir en aquella tierra sobre la cual vertiera tantos sudores, bajo aquel sol a cuyos rayos se afiebrara por el recuerdo de los suyos, lejos, muy lejos, de aquella casita en donde había una madre llena de amor esperándolo siempre.

Serapio y Matías llevaban, ayudados de otros dos amigos, el féretro en hombros. Abrazábase el viejo a la caja como si allí fuera su propio corazón, en su pecho, en su cabeza enloquecida, seguía vibrando aquel grito de angustia que escuchara.... venía luego a su memoria la infancia de su hijo, los días aquellos en que lo llevaba de la mano hasta el pueblo vecino de su rancho para comprarle todos sus antojos, aquellos felices en que, cargados con aperos de pesca, seguíalo cantando y luego remaba, incansable, mientras el viejo iba tendiendo la redada; los otros, cuando ya mozo regresaba tranquilo y ufano tras la yunta, después de haber aventajado en el sembrado.... ¡Cuántas esperanzas, cuántos amores, muertos en aquel hijo!

¡En aquel hijo que él, él, su propio padre, había traído para sacrificarlo en la suerte más negra! No en vano siempre había sentido odio hacia aquellas bestias de acero que se resbalaban por los rieles sembrando espanto y admiración. No en vano siempre creyó que en aquellas máquinas vivía el mismo diablo.

¡Asesinas, asesinas! Y cuando el viejo recordaba a su mujer, a la madre que habría de pedirle al hijo muerto, un sudor frío cubríale las sienes y por las arrugas de su cara resbalaban lágrimas que se bebía ansioso. . . .

Matías iba tan consternado como su padre y en vano se esforzaba por encontrar algún pretexto de consuelo. Su corazón de hombre era ahora una roca sorda a fuerza de sufrir y callaba, repegando su cabeza a la caja, de cuyo seno percibía leves y fúnebres ruidos: los huesos triturados de su hermano, que se frotaban al movimiento.

La peonada iba triste también. Sabían todos que aquella desgracia podría repetirse con cualquiera; claro que no le tenían miedo a la muerte; morir, para los mexicanos, no es problema de finalidad, es de circunstancias.

Se muere hasta con gusto, con tal de que se muera bien. En el campo de batalla, afrontando todos los peligros, sembrando la consternación en el enemigo, en una empresa de hechos heróicos, en una gresca callejera donde aún moribundo se mantenga el hombre en toda su acometividad, en la cama, vamos, pero en la cama cuando se está rodeado de los que se quieren, cuando el médico ha declarado su impotencia y el enfermo ríe tranquilamente viendo que llega la muerte . . . ¡pero morir así, triturado por una maquinaza de aquellas que se ve, que llega, que pasa y sin conciencia, sin misericordia, sin valor, con toda las ventajas de su peso y de sus ruedas . . . ! Aquí, lejos de los suyos, lejos de aquel pueblo en donde todos los jardines se podarían para cubrir con sus mejores flores la tumba, donde los amigos se juntarían para honrar al muerto, donde el cura echaría sus latines para dar llamada en la gloria . . . ¡morir aplastado como un perro!

Y, con aquellas consideraciones, su piedad se exaltaba y sentíanse unidos más que nunca a aquellos paisanos desgraciados; solícitos estuvieron todos ayudando a los arreglos del entierro; hasta el más miserable entregó al viejo Serapio algunas monedas para ayuda de gastos y hasta los más hoscos fueron por el campo cortando flores para cubrir aquella caja azul que se llevaba un compañero, un paisano y, ¡para siempre! Ahora sentían todos los lazos íntimos de la raza, ahora se creían hermanos. Aquí, en la tierra extraña, México vivía fuerte y amoroso en todos sus corazones.

El panteón elegido fue el cementerio de un pueblo cercano, cuadrilátero de terreno apenas acotado que, con esfuerzos tremendos, con sacrificios continuados, había sido adquirido y semiacondicionado por la colonia mexicana del lugar. ¡Siquiera José dormía entre los de su raza!

Ahí se alzaban, como en los cementerios humildes de México, cruces azules y cruces negras, lápidas blancas y árboles, teniendo todos aquellos homenajes póstumos, coronas floridas de trapo o de papel, algunos flores frescas; en piedras y en cruces, leíanse nombre y fechas. Cuántos paisanos, nacidos en distintas partes de la patria, habían venido a juntarse ahí, bajo aquel manto de tierra negra, ardiente de sol, reberverante . . .

La fosa estaba abierta y la caja descendió poco a poco, ante las caras lívidas de todos: luego las paletadas de tierra. ¡Cómo sonaban aquellos terrones! Primero fueron puñadas pequeñas, echadas con la mano mientras se decía entre dientes alguna plegaria sencilla, luego grandes montones arrojados con la pala, montones que iban cubriendo la caja azul, que llenaban la fosa, que fueron haciendo una inflazón más, entre tantas hinchazones que delataban otras tumbas. Cuando terminó el sepelio, Serapio, cabizbajo, seguido por Matías y ambos rodeados de sus compañeros, emprendieron el regreso, la noche venía, pronto la sombra cobijó a aquellos hombres y entonces ¡el viejo y el mozo se echaron a llorar silenciosamente!

Tenían casi miedo, un secreto pavor de regresar al carro en donde estaba un camarote vacío. ¡Qué falta hacían las mujeres! ¡Qué agrio aquel duelo sin el sentimiento femenino! ¡Qué amargura aquella, bebida entre puros hombres, esclavos del trabajo, obligados a reanudar luego la tarea, como si nada hubiera pasado!

El terraplén pedía más esfuerzo, las herramientas reclamaban a los brazos, ¡había que seguir!

Dos días después llegó el pago. La cuadrilla olvidaba la tragedia y sólo Serapio y Matías seguían cabizbajos, más tristes, más inconsolables. El campamento se animaba. Después de recibir los cheques, los peones fueron a cambiarlos al pueblo cercano. Muchos se quedaban por allá toda la noche, otros volvían trayendo ropa nueva, fruta, baratijas que habían comprado llenos de ansia por sentir la satisfacción de gastar, de ver el fruto de su trabajo compensando sus antojos.

En torno de los carros iban formándose vendedores ambulantes; unos pregonaban la excelencia de sus manzanas, ofrecían otros sandías rojas, grandes, frescas y dulces, algunos vendían quincalla y otros más, que llegaran en automóviles destartalados, iban sigilosamente de carro en carro ofreciendo bebidas clandestinas. Whiskey, cerveza de fabricación casera, vinos alcoholizados horriblemente y hechos con materias y procedimientos nauseabundos. Muchos juerguistas cantaban ya un tanto beodos.

Un poco más noche, llegaron nuevos carros, las sirenas silbaban incansablemente, apagaron las luces, pararon la máquina y descendieron de ellos algunas rameras, la hez de las ciudades inmediatas, mujerzuelas que en días de raya venían desde centenares de millas, para desquitarse aquí, en la soledad de los campos, de la competencia imposible que tenían en los grandes centros; perdidas encanalladas, de cuerpos asquerosos y enfermas, coimas de algún "bolega" cínico, que traía al mercado los dos géneros: el vino y la carne, con una desfachatez de bestia.

La canalla del campamento se encabritaba, ahora iban a olvidar sus vigilias, la bestia carnal bramaba en muchos camarotes; las rameras pasaron al carro del mayordomo, siguieron por aquellos ocupados por los cocineros y luego fueron esparciéndose por los restantes.

Serapio y Matías, sentados ambos sobre un montón de leña, frente a los carros, veían el espectáculo con rabia, con vergüenza y con dolor.

Aquellas arpías, pobres piltrafas destrozadas por la maldad, iban subiendo el encanallamiento de los hombres estragados, parecía como si llevaran fuego en sus almas y lo fueran arrojando a su paso. Cinco, diez, quince machos esperaban ansiosos el turno asqueroso, servido por una sola hembra. Trotando, de prisa, iban las rameras procurando gastar el menor tiempo posible y acaparar la mayor clientela, doblaban precios con los impacientes, simulaban ternuras con los incautos y a todos les encontraban el lado flaco para sacarles mayor cantidad, para llevarse el jornal que aquellos infelices, en la brega impía, habían conquistado durante quince días.

Tras ellas, con ellas o primero, iban los taberneros recogiendo su parte. Si alguno no caía por el vino o por la lujuria, pronto estaba el expediente de la baraja, de los albures y entonces el dinero venía en cantidades mayores.

¡Qué espectáculo aquel para el padre dolorido y para el hijo que lloraban al hermano! Aún tenían transido el corazón del dolor sufrido por la tarde, cuando ellos cobraron el cheque que perteneciera a José; aún sentían aquel dinero como dinero de brasas y, sobre ello, la bestialidad desenfrenada, asquerosa, de aquel rebaño que ahora era una piara bañándose en albañales.

Las canciones, los rasgueos de la guitarra, los gritos de los ebrios, los dicharachos procaces de las rameras y sus perseguidores, caían sobre aquellos hombres como piedras de fuego. Ellos habían visto ya ese espectáculo, pero entonces se apartaron de él, el viejo cogió a sus hijos y se fue al pueblo y ahí olvidó la bacanal; pero ahora, cuando faltaba José, cuando no tenían humor de divertirse, cuando deseaban encerrarse en su camarote para seguir llorando al difunto, sentían ganas de abofetear a aquella canalla, olvidaban los favores que esos mismos hombres les hicieron, tenían como burla y ultraje la piedad que apenas dos o tres días atrás les habían demostrado. Sus conciencias sencillas y rectas no comprendían las variaciones y mezclas humanas y sólo detestaban a aquellos infelices.

Una ramera, saltando de un carro, se dirigió veloz hacia el lugar en donde estaban nuestros hombres. Faltábale parroquia y pensaba en tenerla. Sin rubor, se desplomó en los brazos de Matías balbuce-

ando caricias y convites obscenos. El mozo se irguió apartándola con fuerza; el viejo, atónito, se levantó también.
—Ah, ¿no quieres tú? Entonces tú, abuelo, ven p'acá.

Y echó los brazos al cuello del viejo y, riéndose, en risa de burla, le besó asquerosamente en la boca.

El viejo no pudo más, sin miramiento alguno arrojó lejos a la mujerzuela, cogió con fuerza a Matías por un brazo y le dijo:
—¡Vámonos! ¡Vámonos de aquí!
—Vámonos, padre.

Y los dos, comprendiéndose sin hablar, fueron a sus camarotes, cogieron precipitadamente sus miserables propiedades y se dirigieron al carro del mayordomo.

El capataz estaba muy entretenido; en su carro había gresca más costosa pero no menos sucia. Nuestros hombres se detuvieron frente a la puerta, contemplaron mudos el cuadro interior, rojizo a la luz de las lámparas y luego dieron media vuelta y siguieron la vía. . . .
—¡Hijo!
—Padre, ¿qué quiere?
—Por la vía no, buscaremos un camino.
—Vamos.

Y, en la sombra de la noche se fundieron aquellas siluetas de dolor, mientras del campamento venían voces de ebrios y carcajadas de ramera, glosadas con pespuntos torpes de guitarras.

Capítulo VI
LAS PIEDRAS RODANDO SE ENCUENTRAN

¡Y otra vez regresaban a San Antonio! ¡Ahora sí que iban a conocer una ciudad gringa! ¡Pero cómo! ¡Cuántos dolores habían sorbido en tan pocos días! ¡Cómo habían probado la vida más amarga en la tierra del dinero, de la abundancia y de la felicidad! Por la carretera de Seguín, cojeando, ampollados los pies, entraba el viejo Serapio, seguido de su hijo, a la ciudad del Alamo. En las primeras casas, bajo tinos miserables mezquites, se detuvo el viejo para tomar aliento. El mozo, solícito, empezó a tender unos zarapes para que su padre durmiera la siesta. El sol de agosto incendiaba la tierra, arrancaba vibradores y cálidos reflejos de los techos y las paredes, calcinaba las piedras, marchitaba las yerbas. Sobre el paño azul del cielo, deslizábanse irónicas grandes y desmadejadas nubes, en vano aclamadas por todos para que se disolvieran en lluvia. ¡Aquella canícula era horrible!

—Acuéstese, Padre, descansaremos un rato y cuando caiga la tarde entraremos al pueblo.

—¿Y tú?

—Me acostaré también; no tengo sueño, pero me acostaré también.

Y uno cerca del otro, tiráronse aquellos hombres largo a largo encerrándose con sus propios pensamientos en un mutismo de estatuas.

Serapio serenábase un poco. Al fin habían llegado, al fin podrían encontrar en aquella ciudad, centro de donde eran expelidos y a donde volvían siempre los emigrantes, un trabajo nuevo, algo que los apartara de los odiados traques... Pero, con el descanso material, iban reviviendo en él las peripecias del camino. ¡Qué camino! ¡Cuánta amargura!

Recordaba su huida nocturna del campamento, su vagar al acaso por la carretera, sus temores infantiles a cada vez que un automóvil pasaba cerca de ellos. ¡Cuánto había temido perder en aquel camino a su otro hijo! ¡Cómo lo llevaba fuertemente cogido por el brazo! Si una máquina de aquéllas era asesina también, que se los llevara a los dos, ¡que se lo llevara a él!

Después las veces que tuvieron que pernoctar entre las malezas del monte, sobre el lecho de los arroyos secos, porque no encontraron posada, porque en aquella tierra de las casas risueñas, la hospitalidad tenía distingos para las razas y sólo franqueaba sus favores a los de ojos azules, a los de cabello de jilote y, ellos, eran de bronce, eran mexicanos, barro rojo hecho para tener la dureza del fierro!

Cuánto sufrió aquel viejo en la primera vez que, pidiendo posada lleno de fatiga, afiebrado, esperanzado en obtenerla porque el bolillo a quien se la pedía hablaba español, recibió la negativa más dura.

—Amo —qué rabia recordar que le había dado a aquel sujeto ese tratamiento— amo, es lejos el pueblo, no podemos caminar más, déjenos usted dormir en el corral....

—Ni en el corral. ¡Ni en los potreros inmediatos!

Y más que las palabras, lo hería horriblemente el recuerdo de aquel mirar del bolillo; una inspección minuciosa y sarcástica, desconfiada e impía, en cada uno de cuyos gestos parecía decir: no, eres mexicano, querrás matarme, ¡podrás robarme!

Y, cuando hambrientos llegaron a otro pueblo, cuando desenrrollando aquellos papeles verdes que fueran el último jornal de José, pidieron de comer. Qué rabia, ¡qué vergüenza! El fondero miró a los viajeros, miró al papel moneda extendido y luego, bruscamente, con voz de desprecio:

—No, ¡aquí no servimos a los mexicanos!

Matías, (¡qué bien lo recordaba el viejo!) adivinando el dolor de su padre ante la humillación, se precipitó sobre una piedra, la

empuñó decidido a quebrarle la cabeza a aquel majadero, pero el viejo lo detuvo.
—No, hijo, tengamos hambre, pero no deshonra. Vámonos. Y como ese caso, muchos. Hasta que no volvieron a acercarse siquiera a los cafés gringos. Pasaban por los pueblos siempre de largo, siempre buscando ávidamente una casa mexicana en donde mitigar el hambre, en donde calmar la sed para seguir adelante.

Algún paisano les había dicho que por qué no tomaban el tren. Tenían dinero suficiente para pagar los pasajes, podrían llegar más pronto y hasta economizarían.

—¡No, el tren no! ¡Jamás!

Y el viejo empuñaba valientemente su bordón y seguía adelante con los bríos recobrados a fuerza de dolor y de odio.

¿Tomar el tren? ¡Uno de aquellos animales hermanos del asesino! Si parecía que sobre todos los rieles, en el traqueteo de todas las locomotoras, ¡escuchaba el grito angustioso de su hijo muerto! No, a pie, a reventar si era necesario, ¿pero tomar el tren? ¡Ni muerto!

Entre aquellos recuerdos agrios, venía uno de descanso, uno sólo bastaba para que aquel patriarca del Cuitzeo, recto y sano, sintiera derramarse su gratitud sobre aquella tierra.

Un día, el sol quemaba más que nunca, el camino reseco y blanco, cegaba los ojos, los pies sangraban. Matías ayudaba fatigosamente a su padre; en cada sombrajo, por más miserable que fuese, tenían que hacer paradas, tomar alientos para poder continuar. En uno de estos descansos, los alcanzó una troca piloteada por un bolillo viejo y afable. Ver a los dos sujetos y detenerse, todo fue uno; luego los llamó:

—Súbanse, muchachos.

Serapio no lo creía. ¿A ellos? ¿Un bolillo les brindaba su automóvil? Y ansioso, buscaba por todas partes esperando encontrar otros bolillos a quienes les fuera dirigido aquel convite.

—Ea, que se suban, ¿adónde van?

—Es a nosotros, Padre, venga, pagaremos.

Y se subieron y fueron con aquel hombre que no sólo hablaba español, sino que conocía México, que había vivido allí muchos años y amasado buena fortuna y confesaba su cariño para los mexicanos.

—Pero hombres, ¿por qué no se subían luego?
—Qué quiere, como hemos sufrido tantos desprecios. . . .
—¿De quién?
—De muchos, de sus paisanos.
—Ah, sí, es que no conocen a los mexicanos, es que piensan que todos son malos, es que son . . . —y aquí soltaba un terno castizo y quemante, cuya aplicación saboreó malignamente Serapio.
—Sí, hombre, eso son, ¡como si aquí no tuviéramos gente mala!
—Que vayan a México y verán. . . . ¡lástima que ustedes hagan tantas revueltas, hombre! Aquello sí que es rico. . . .
—¿Revueltas? Pero ¿qué revueltas hacemos nosotros los hombres de trabajo?
—Ya, ya lo sé, no son ustedes, son los políticos, ladrones que sobre robarles a ustedes su sudor, los obligan a venir a sufrir, ¡a venir a soportar el castigo que ellos han conquistado!

Y de esta guisa, siguió la conversación dando a aquellos peregrinos un momento de piedad y de descanso. El de la troca los llevó a su propia casa, los retuvo un día, les buscó trabajo en los alrededores y todavía al siguiente, cuando reanudaban la jornada por no haber encontrado medios de subsistencia ahí, los llevó buen trecho en su automóvil.

—Si el algodón se nos hubiera dado. . . . ¡pero está seca! ¡Qué lástima que no pueda detenerlos conmigo! Adiós, ¡que les vaya bien!

Y Serapio todavía repetía medio adormilado las bendiciones y los agradecimientos que prodigara a aquel benefactor. Sí, también había hombres buenos, también había bolillos que reconocieran a los mexicanos como sus semejantes; el trabajo era dar con ellos.

Después más fatigas, más hambres, comidas a medio hacer para lograr que aquel dinero se conservara lo más posible. ¡Aquel dinero! ¡El que ellos destinaban para los suyos, el que José pedía para que fuera todo, todo, para la madre y los hermanos!

Y agobiado con los recuerdos y el cansancio, Serapio se quedó dormido. Matías roncaba. Sus años mozos, su conciencia limpia, daban fácil entrada al sueño.

Se había ya encendido la luz eléctrica, cuando Serapio despertó sobresaltado, llamó a Matías y ambos se dispusieron a terminar aquella jornada. Había que llegar hasta el barrio mexicano; en el camino habíanse encontrado una buena gente que les indicara medios más económicos para vivir en San Antonio y llevaban un domicilio en donde encontrarían posada a bajo precio.

Antes de ponerse en marcha, recontaron su capital: bien mermado había quedado a pesar de todos sus ahorros, apenas si se ajustaban quince pesos, lo suficiente para vivir apenas, con más economías aún, durante una semana.

Luego siguieron calle abajo, alcanzaron por fin el distrito central, el movimiento de las primeras horas nocturnas, estaba en su apogeo, los cines atraían con el parpadeo luminoso de sus anuncios, los cafés y casas de refrescos estaban llenos, de donde quiera venían ecos de música, de risas, de alegría, ¡aquella gente parecía no sufrir!

Nuestros viajeros pasaron de largo y al fin estuvieron otra vez en la plaza del Zacate, sentados junto a una de aquellas mesas en donde se servía chile con carne, platillo metido a fuerzas en la cocina mexicana y agua turbia con pasaporte de café.

¡Qué importa! Siquiera podían comer con tranquilidad, entre los de su raza, sin temor de que, a pesar de pagarlo, les fuera negado el servicio por ser mexicanos!

Con qué avidez comía Matías, con qué amargura Serapio; ¡cómo le hacía falta el otro hijo!

Cuando llegaron hasta ellos los músicos callejeros, entonando canciones de la tierra lejana, Serapio dejó de comer, Matías se quedó con el bocado en la boca.

Nunca hubiera pensado que una canción de aquéllas, tantas veces escuchadas con indiferencia, ¡les daría tan profunda emoción!

Ellos ignoraban que por eso mismo, por haberlas escuchado muchas veces con indiferencia, por tenerlas como cosa natural y congénita de su patria, habrían de hacerlos sentir aquello que ellos no sabían explicarse, pero que sí sabían respetar permaneciendo mudos, ¡atentos, como en oración!

El viejo lloraba. ¡Si su otro hijo estuviera oyéndolas . . . !

De pronto, una voz entre temerosa y suplicante los arrancó de su meditación:

—Paisano, ¿quiere mercarme esta mascada fina? Es de puritita seda. . . .

Serapio se limitó a mover negativamente la cabeza sin voltear a contemplar al vendedor. Matías dijo que no y no trató de continuar comiendo, pero insistió el otro:

—Mire que es muy buena, yo la vendo porque . . . qué quiere amigo, tengo familia y no tengo dinero . . . mérquela . . .

Entonces les pareció a ambos reconocer la voz, voltearon precipitadamente hacia el de la oferta. Se quedaron los tres contemplándose mudos y pasmados, luego se levantaron los que cenaban y formaron todos un sólo hombre confundidos por estrecho abrazo.

¡Era Quico el de Los Guajes!

—Cómo, ¡don Serapio, Matías. . . y José! ¿Dónde está Chepe?

El viejo se arrancó a llorar sollozando fuerte, Matías contestó:

—Se . . . murió, lo mató un tren. . . .

El rostro de Quico quedó pálido, su mutismo habló más sobre el duelo que sus palabras y envolviendo cuidadosamente la mascada echósela al bolsillo, cogió por el brazo a sus amigos y los invitó a ir a su casa.

—No, cenaremos primero, cene con nosotros, don Quico.

—No, no, si ya cené, si vengo de cenar.

Pero en sus ojos se leía la negativa y después de haber sido invitado una vez más, fue él quien tuvo que precipitarse en los brazos de don Serapio para ocultar sus lágrimas.

—No amigo, la verdad, al cabo somos amigos y hombres. No he cenado, ni la vieja tampoco; ¡apenas si pudimos este día alcanzar para los muchachos! ¡Qué suerte perra!

Entonces Matías pidió cenas para llevar y se fueron todos hacia la casa de Quico en donde, según él prometiera, sabrían las amarguras que en aquellos meses, años, siglos para él, había sufrido.

Capítulo VII
EL BARRIO MEXICANO

Arrancando de la plaza del Zacate, hacia el sudoeste, se ensancha el barrio mexicano de San Antonio. Disforme, inmenso, tiene su avanzada en el mismo corazón de la ciudad y va a perderse en los terrenos montaraces aún; por varios puntos se derrama, tiene derivaciones, y así, hacia todos los vientos de la ciudad, hay apiñamientos de casas mexicanas, muchas veces manzanas enteras, cuadras y cuadras, pero nunca como en ese rumbo del sudoeste, al cual se tiene como el barrio típico de la raza.

Ahí están sus cementerios, las escuelas en que más concurrencia de niños mexicanos hay y en donde más se les comprende, sus templos y hasta sus cantinas y sus lupanares. No pocos estadounidenses del norte, turistas de esos que van buscando lo exótico, de los que vienen en pos de la ciudad del sol brillante y del clima insuperable, según rezan los reclames sanantonianos, inquieren luego por el barrio mexicano. Imagínanse encontrar aduares indígenas, tipos vestidos a la azteca, costumbres de otro planeta.

Creen tropezar con un charro en cada hombre y con una china en cada mujer.

Se imaginan ir a vivir momentos de zarzuela viva, de bailes típicos y canciones románticas. Cuando lo han visitado, ¡qué desengaño! Un barrio de casas más o menos pobres, de gentes más o menos bien vestidas, más o menos morenas pero fundamentalmente igual al resto de la ciudad en construcciones, tragines y costumbres.

Algunos chuscos suelen divertirse con los incautos, otros los explotan. Verídica es la anécdota siguiente:

Dos mozalbetes mexicanos, llenos de buen humor y faltos de trabajo, dirigíanse cierta mañana luminosa hacia el barrio central de la ciudad. Al cruzar el puente de San Pedro, por callejuela angosta y poblada de cambalaches, encuéntranse de manos a boca con varios místeres y míseres que, parados, temerosos, alargaban los pescuezos procurando descifrar todo lo que tras del puente hubiera. Algunas muchachas guapas, alegraban el grupo.

Nuestros mozalbetes se detienen ante los visitantes, éstos preguntan si por ahí se pasa al barrio mexicano, les contestan afirmativamente y entonces los incautos, creyendo hora de pagar como se hace en todo sitio de exhibición que se visita, alargan medio dólar por cabeza a aquel par, juzgándolos nada menos que ¡guardianes del viaducto!

Y, gesticulando, apretujándose unos con otros, comentando y emocionados, avanzan hacia el misterioso barrio mexicano nuestros norteños, en tanto los otros avanzan hacia el cine para celebrar la fácil y providencial cosecha.

En general, tiene aspecto de pobreza y abandono. La mayoría de sus calles carecen de pavimento y tras el polvo de las sequías, vienen los fangales tremendos de las lluvias, el bloqueo para muchas manzanas a las cuales es imposible llegar a menos de enterrarse en el lodo. Los mexicanos de dinero, los de posición social distinguida y los pedantes, habitan barrios mejores, se pierden entre los nativos o los europeos, algunas veces, intencionalmente, ya para escapar el bulto por pecadillos políticos, ya por la penosa necedad de pretender, con candor monumental, querer agringarse hasta tornar amarillo el pelo negro, alabastrina la bronceada epidermis y gutural el lenguaje. Son estos descastados los que proclaman su hispanismo y niegan su sangre indígena, los que más falsos arrojan sobre los mexicanos de abajo, esto sin perjuicio de explotarlos y los que vienen a ser el baldón mayor de la colonia, ya que no pocas cursilonas flappers y estúpidos botarates, proporcionan para los botines de la juerga y la crápula.

Sí, desde luego, los barrios mexicanos son los más feos de San Antonio, están destinados por la previsión edilicia a ser la avanzada de la ciudad, a ir conquistando terreno a los campos, a ir urbanizando hoy lo que ayer fue yerbazal o pantano. Cuando se ha logrado cambiar la faz de aquel distrito, cuando nuestras mujeres han multiplicado su afán para henchir de rosas sus jardines, cuando los hombres hanse fatigado en horas extras, al regreso del trabajo, para formar banquetas, para vencer al polvo y al lodo, suben las rentas, se impacienta el vendedor del terreno y vienen habitantes sajones, se enclavan casas elegantes, se transforma en un barrio distinguido. Pocos mexicanos logran aferrarse a la conquista, los más siguen adelante, a la orilla, ¡a urbanizar nuevo lote!

Pero, ese barrio mexicano en donde se tolera el afirmamiento de lupanares y cantinas, en donde se disimula la juerga y la crápula de muchos perdidos, cuya mayoría no son mexicanos, en donde la policía llega como a barrio de peligro, es bodega para muchas aves de rapiña, es sementera de cosecha fácil para traficantes de variados ramos, cuyo nido, cubil a veces, tienen enclavado entre los barrios del dinero y sólo vienen hacia él, para explotar sin escrúpulos y ¡sin conciencia!

¿Culpables? ¿Quién? ¡Nadie! ¡Destino de las razas! Hay pueblos hechos para la cúspide o para el escarnio. El mexicano es así: o deslumbra en la cima de sus tiranías indígenas, o se arrastra bajo el peso de sus befadores. Aquel conjunto, aquellos miles de mexicanos que forman ese barrio, tienen todas las enfermedades y todas las grandezas de la raza; entre esa herencia, van las influencias de su nuevo medio; muchas familias hay que, en la forma, han perdido su catalogación mexicana y son, por el lenguaje (pésimo español, pésimo inglés), por las costumbres (groseras y licenciosas), por los anhelos (ambiciones fútiles o necias), grupo híbrido que no se acomoda ni entre los elementos de este país ni entre los nuestros.

Pero también hay muchos, muchísimos, que conservan el culto de la patria, que siguen añorando sus cielos y sus lagos, sus valles y sus montañas, que suspiran por el día del regreso y que siempre se sienten ligados a ella, sufra o goce, ría o llore.

Es entre estas gentes donde encuentran alivio los desgraciados que inmigran llenos de espejismos, es aquí donde se secunda toda actividad de humanos fines y, tras la desconfianza que ha creado la explotación continuada, se encuentra siempre un venero de franqueza, de buena fe, de bondad...

A esto, algunos.... no sé cómo llamarles, le llaman tontería, ignorancia, ¡hasta estupidez!

A la fecha, el alcalde de la ciudad, un hombre comprensivo y entusiasta, de espíritu amplio y justo, secundado por sus ediles, está mejorando el barrio mexicano. Se han abierto o ensanchado calles, se han pavimentado algunas, se han construido puentes sobre el arroyo del Alazán, vertedero que cruza el distrito y a cuyas márgenes se levantan las casucas más miserables, aquello toma mejor aspecto.

Durante el día, bajo el sol bochornoso, corren por aquellas calles vehículos de todas clases y cataduras. Trocas de carrocería panzuda, como almacén, en donde judíos rusos o polacos llevan mercadería barata para vender a crédito y obtener así una asombrosa multiplicación de su capital. Cuántos, después de haber corrido de puerta en puerta durante dos o tres años, abandonan el negocio a otro que llega en busca de fortuna y se plantan en el centro con buena tienda, ¡con boyante bazar! Esos hombres, activos, formados para la lucha por su luchar de raza eterno, asombrosamente predispuestos para hablar pronto cualquier lengua extraña, son como alícuotas de nuestros braceros. Van siempre tras de ellos surtiéndoles el guardarropa y haciendo su agosto. Entre los "dromas", barbarismo que se ha metido en la lengua para nombrarlos, se cruzan los agentes de seguros de vida. La "aseguranza" (otro barbarismo y, como hemos de citar no pocos; quede a cargo del lector espigarlos) la aseguranza, decimos, se impone. El día menos pensado llega la muerte y esta natural liquidación exige siempre un crecido saldo que ha de cabalgar sobre los supervivientes. Con aseguranza se aligera la carga. El ataudero hace a crédito el entierro, puede comprarse alguna lápida que inmortalice al ignorado patán que vivió y sufrió y, sobre ello, hasta quedan algunos pesos para tapar algún desfalco para emprender algún negocio o para mejorar a la familia en habitación y traje.

Con trote cansino o paso de pachorra, se entretejen también cabalgaduras jalando de miserables vehículos, muebles, en los cuales se lleva de venta verdura, fruta, loza de barro importada de Jalisco y de Puebla, yerbajos mexicanos, chirimbolos de la tierra que se compran por el cariño al recuerdo.

No pocos mexicanos logran aprender con ventajas el arte del comercio y emulando a los judíos se plantan con alguna abacería, groceri, y resguardados tras el mostrador van amasando algún capitalito que los hace caciques de su manzana, de su barrio o de toda la colonia.

Después de la época agria suele llegar la bonancible, aquélla que, a pesar de no prodigarse, es el señuelo más eficaz para los incautos deslumbrados ante la casa bien puesta, el automóvil flamante y el garbo para despilfarrar en jaranas, haciéndole un guiño a la ley seca y a las prevenciones municipales. Entonces, el don Nadie, es persona, toma un estrepitoso Don y marcha al triunfo. ¡Cuántas de estas fortunas se amasaron equívocamente por manos corrompidas en el vivir bajo! ¡Cuántas también, fueron hechas a fuerza de privaciones heroicas, de vida firme en el trabajo y de ambiciones justas!

Quico, seguido de Serapio y Matías, cruzó calles y calles, tomó la de El Paso, el Broadway del barrio mexicano, la abandonó después y fue por fin a perderse entre la oscuridad y la estrechez del callejón de Moctezuma. El viejo Serapio iba cansado, pero se imponía a su fatiga el placer de sentirse entre gentes conocidas, entre paisanos. Sentía como un reflejo de familia acercándose a aquellos inmigrantes y siempre negó estar fatigado hasta que, al fin, en las últimas casas, encontraron la covacha en donde habíase guarecido aquella prole que un día enviaran Los Guajes a la conquista del oro y que hasta la fecha sólo había conquistado, a manos llenas, la miseria y el dolor.

—Han de dispensar sus mercedes ... pero si palacio fuera, estaría para serviles. Esto lo dijo Quico abriendo la desvencijada puertecilla del cercado tras del cual, en el fondo del solar, adivinábase el bulto miserable de la casa. Una semitienda, semibarraca, hecha con tablas viejas y costales llenos de agujeros.

—¡Cuca! ¡Cuca! ¡Mira a quién te traigo! Sal, mujer. Antes que ella, salieron Juana, Justa y Pedrillo, quienes despertaron a los gritos de su padre. Como gatitos entre medrosos y confiados, se restregaban contra los visitantes alargándoles unas manos cariñosas y lánguidas.

Luego vino Cuca, repitiéronse saludos, pésames, suspiros, lágrimas y ofertas y acabaron por encender la lumbre, rodear el hogar y entregarse el mutuo informe de su vida. Cuca comía pacientemente, esforzándose en que los acompañaran sus huéspedes; Quico devoraba con precipitación y con mayor facilidad aún, iba soltando la historia de sus cuitas.

Toda una semana anduvo con Doroteo buscando trabajo, inútilmente. Para familiares no había acomodo por entonces. Había que esperar a las cosechas. El hotel acabó por cerrarles sus nauseabundos favores y un día se vieron en mitad de la calle, sin techo y sin ropa, gracias a que lo segundo había sido vendido poco a poco.

Primero las alhajitas, luego los vestidos charros, después los trapitos mejores, el rebozo de bolita, hasta que, por último, fueron las cobijas.

Hubo días de amargura horrible, noches de vigilia continua.

—Bueno, y Doroteo, el Telo.

—Ése es el que nos ha aliviando un poco. Trabaja en una yarda, con un señor americano que lo quiere mucho, de él es este solar y nos deja vivir sin pagar nada. Pero Telo gana poco, apenas si nos ajusta para empezar la semana. Yo ya voy aquí, ya voy allá. La vieja y Juana lavan cuando hay modo y así la vamos pasando. . . .

—¡Qué re tontos juimos, amigos! ¡Pa qué saldríamos de nuestra tierra?

—No, —saltó Quico— no hay que acobardarse. Hemos de ir adelante. En estos días habrá salida para las pizcas y entonces sí nos ponemos las botas.

—Sí, no vaya a ser . . . —terció incrédula Cuca.

—¡Esta mujer! ¡Siempre desconfiada! ¡Sí será, sí será! Ya veremos.

Los muchachos habían repetido la cena y andaban enredados, Justa y Pedrillo, con el perro. Juana atenta, escuchaba a los grandes viendo de reojo a Matías. Juana, con estar pálida y enflaquecida, parecía más guapa, había más lumbre en sus ojos, sus senos íbanse redondeando como apetitosas manzanas. . . .

Como sucede tantas veces, ambos grupos fundieron sus miserias, sus dolores y sus esperanzas. Serapio y Matías se quedarían ahí, se sumaban a aquella familia que, sin tener para sí, abríales la puerta de su casa y dábales el cariño de su corazón.

¡Qué emoción de descanso y de frescura sentía el viejo! Por fin encontraba un techo que se le brindara sin reservas ni sospecha!

Cierto que la casa era muy chica, apenas un miserable cuartucho que era cocina y recámara, pero afuera, hacia atrás, un palo blanco brindaba hermosísima sombra por el día y era pabellón en la noche que quitaba el sereno y los rayos de la luna . . . dormirían bajo el árbol; el tiempo, además, lo pedía.

Después de larga y comentada conversación durante la cual el capricho de Quico, siempre crédulo en su triunfo, contagió y calmó a los desilusionados michoacanos, los hombres se dispusieron a dormir bajo la primitiva tienda y la madre con sus hijos hacía otro tanto en el jacal.

Serapio, antes de acostarse, había entregado a Cuca cinco pesos para que se ayudara en los gastos. Iban a ser sus asistidos.

Ya se vería mañana, ya encontrarían mejor fortuna, Dios no dejaba a sus hijos y la virgen de Guadalupe habría de abrirles camino. . . .

Cuando la luna rayaba el cielo diluviando su suave, clarísima luz, aquellas gentes dormían tranquilas, confiadas, entregadas por entero al azar . . . Capitán, el perro, vigilaba, hecho rosca, junto a la puerta de la yarda.

De casa vecina, emplazada en bien cultivado jardín y perteneciente a unos cuarterones (descendientes de negros y de blancos) venían los detestables martillazos de una pianola, instrumento que gritaba la relativa riqueza de sus dueños; después, apagóse el ruido, luego las luces y la casa, blanca, de silueta bonita, quedó bañada en el silencio de la luz lunar.

Capítulo VIII
LA SERENATA

Media noche sería, cuando frente a la casa blanca se detuvieron dos bultos macilentos cuya tristeza revelábase hasta en la silueta.... Aquellas sombras, desgarbadas, vencidas por el infortunio, ni siquiera lograban platear sus harapos con la plata de la luna. Se adivinaban los zapatos rotos, los pantalones hechos girones, las chaquetas de codos destripados y bolsillos flácidos, hechos holgados a fuerza de hurgarlos inútilmente todo el día, los sombreros, aplastados, eran coronamiento que subrayaba aquella miseria.... Bajo el brazo, llevaban aquellos hombres su medio de vida: uno, un violín, el otro una guitarra.

Se pararon, carraspearon, empuñaron las cajas musicales y empezó a surgir la música... una música mexicana, un vals lánguido, melancólico, de una melancolía tristemente dulce, como llanto de niño tempranamente resignado a sufrir....

Los calderones tenían un trémolo de sollozo, las corcheas y semicorcheas parecían decir, rápidamente, instantáneamente, como avergonzadas, parte de aquella tragedia que sus ejecutantes delataban a través del sonido.

No eran los juerguistas despreocupados y alegres que iban a dar una serenata de amor. Aquel no era convite de alegría. No eran tampoco los trovadores románticos que lloraban desengaños del corazón. Eran, unos pobres diablos, unos miserables más que cayeron al arroyo del infortunio. Músicos que, carentes de contrata, desamparados por todos porque para todos faltaba el dinero, iban por las noches parándose frente a las casas que revelaban alguna holgura, para tocar dos o tres piezas en espera de que, piadosos los oyentes, les dieran voluntariamente algunas monedas.

¡Qué peregrinar más dolido y más sarcástico!

Ir por las calles largas, cercadas de hogares que su miseria creía repletos y felices, bajo un cielo limpísimo y bello, contemplando las hojas plateadas de los árboles como monedas suspendidas fuera de su alcance, recibiendo en más de una vez una despedida impía, un regaño para que dejaran dormir, temiendo ser cogidos en cada casa por un perro cuyos colmillos no estaban hechos para la misericordia, pensando siempre, a cada paso, en la problemática posibilidad de juntar algo que fuera suficiente para que otro día hubiera lumbre en su cuchitril.

Su cuchitril, su casa, en donde la mujer y los hijos engañaban con forzado sueño la prolongada vigilia de los estómagos; ¡donde escaseaba la ropa y abundaban los cobros! Aquella casa que pedía, por las exigencias mayores que les creara su fementida posición de artistas, una simulación continuada y martirizadora para no desentonar de la clase social a la cual creían pertenecer y ¡la cual los olvidaba!

Cuánto más felices aquellos braceros de los jacales que trabajaban como bestias y así lograban desconocer, como las bestias, ¡más amargos dolores!

Y, con toda aquella carga interior, ¡habían de ir brindando alegría! Temblaba el arco en las manos del violinista, los trastes de la guitarra eran humedecidos por sudor frío, los corazones de los músicos estaban como achicados, como constreñidos por tanta miseria, pero la música continuaba alzándose delicada y pura, ¡como si el dolor la volviera oro de altísimos quilates!

Cuando las pizcas eran buenas, cuando había elementos para armar chorchas y fandangos con el menor pretexto, se podía vivir bien, se podían remendar los desfalcos, pero cuando el algodón se perdía, cuando los braceros eran pájaros sin plumas y el comercio tornábase desconfiado y se cerraba el crédito y el capital permanecía hosco en las cajas inaccesibles, la competencia profesional se volvía rabiosa y eran los más listos, los más ladinos, quienes acaparaban las tocadas que por casualidad se presentaban y ellos, los humildes, quedábanse al garete, en aquel mar lleno de tempestades y sediento de víctimas.

—¡Reconchos! No abren, hermano . . . Si a poco no están . . .
—Y no haber juntado nada todavía. . . . ¡qué vida!
—Fíjate, el tendero me recogió ahora la libreta, ya no quiere fiarme y la vieja está mala.
—Pero, hombre, ustedes están frescos; traer un muchacho cada año cuando el pan se aleja más cada año también.
—Qué quieres, hermano, ya ves, Dios manda más bocas a los pobres . . . como dicen que cada niño baja con su torta . . .
—Y sí que baja, ¡nomás que el muy guasón la deja en la panadería y el fregado panadero no la suelta si no se le paga!
—Bueno, vamos tocándoles otra.
—Les cantaremos, ya ves, la otra noche nos dieron una peseta.
—¿Qué les cantamos?
—Pos el "Rain No More" . . . no entienden español, son cuarterones.
—¡A darle!

Y la guitarra y el violín, vapuleados con violencia, casi golpeados para que el estrépito fuera mayor, para desahogar la pena íntima quizá, empezaron a acompañar aquella canción en boga, hija, de los tiempos del Jazz.

Ahora era un baileteo de notas, un chorrear ininteligible de palabras que se afanaban por tener correcta pronunciación inglesa y que sólo lograban convertirse en jerigonza incomprensible.

Cuando terminó la canción, abrióse una ventana, salió un brazo, se alargó una mano y tiró una moneda hasta cerca de los músicos.

Estos se precipitaron sobre ella, la recogieron y pasándosela uno al otro repetidas veces, ratificaban que era una peseta. ¡Otra peseta! ¡Cuarterones más buenos!

Ya habría para el café del desayuno; a buscar más, ¡a juntar para la comida!

Y siguieron adelante. Ya de camino, como si se hubieran puesto de acuerdo, espontáneamente volvieron a tocar. Otra vez la música primera, el vals dolido que se vertía bajo la luna como un llanto de amor y de resignación...

Ahora era más hondo, era una plegaria de graitud hacia la fortuna que, tan hosca, cuando apenas sonreía obligaba a caer de rodillas. Por un momento perdíase el fondo sarcástico de la ejecución. Ahora sí eran los corazones enamorados del arte, los copleros borrachos inconscientemente de belleza, quienes, olvidando las miserias del prosaico vivir, echaban a volar sus anhelos confusos e inasibles, bajo la serenidad de la noche, por los hilos de luz de las estrellas y la luna que se entretejían como etérea y suntuosa clámide del misterio.

¡Un momento de descanso! ¡Un instante de ilusión para aquéllos que tantos días, tantos meses, tantos años, soportaban crueles realidades!

Matías se despertó con la música, contempló el sueño pesado de su padre y de Quico, sintió la atracción de aquel encantamiento que le hablaba en tan misterioso lenguaje de su tierra, de sus años floridos deslizados junto al Cuitzeo, entre tragines pacíficos y sueños limpios, sencillos y factibles... recordó a su hermano muerto que, con música de boca, sabía y gustaba tocar sentidas piezas y, como sonámbulo, se levantó del jergón sobre el cual dormía y, quedito, paso a paso, fue a ponerse de bruces sobre el cercado que limitaba a ambos solares.

Qué raro sentía ahora aquella pieza... Como si se la hubiera oído a su propia madre, como si fuera la voz de aquella santa vieja que tanto lo amaba... Como si con ella, vinieran los chapoteos de las ondas del lago, los rumores del bosque vecino, los cantos de los pájaros de su tierra y la risa de aquella Toribia, la moza más guapa que él conociera y para la cual estaba convencido que venia destinado!

¡Y qué raro! ¡Si parecía ver y oler también!

Clarito, casi como si lo tocara, veía al rancho en el cual se criara, veía la casona de paredes blancas y tejas rojas incendiadas con la floración exuberante de las bugambilias, veía los sabinos frondosos y altísimos que crecían junto al jaguey, aquel venero a donde las mozas iban con sus cántaros por agua fresquísima y grata . . . también el lago, el lago que se quebraba y retorcía entre cerros y lomas meciendo sobre su blanco seno a alguna barca pescadora . . . veía a su madre, a sus hermanos, a sus milpas lozanas, a sus bueyes queridos, fieles compañeros de trabajo, ¡al perro que era el amigo más listo y más discreto y más amante!

Y olía, olía la capitosa fragancia de los rosales, el aroma de las matas regadas tarde a tarde por sus hermanas, ¡el fresco vaho de la tierra húmeda!

Qué ilusión, que estado aquél para el muchacho; cómo sentíase llevado mágicamente al seno de los suyos, a aquellos días tan lejanos en que, sin saber nada de revueltas ni de cuartelazos, vivían todos labrando la felicidad de todos . . .

Llegó el intermedio de la música, pero Matías siguió soñando, continuó con la sensación de su vida feliz, fue hasta cuando tocaron los músicos la pieza dislocada, cuando el muchacho se arrancó violentamente de su fantasía . . . ¡Qué golpe, qué desagrado inexplicable sintió con aquella música ruidosa! Iba a retirarse hacia su camastro, cuando vió cerca de él una sombra. Era Juana.

La muchacha habíase escapado también del lado materno y, sin pensarlo, llevada fácilmente por el instinto que en ella volvíase de feminidad exuberante, fue a repegarse al cercado, cerca de aquel mozo que parecía estatua.

Juana soñaba también con la música, pero en fantasías más inmediatas. A la luz de la luna contemplaba la figura garrida de Matías, sus narices olfateaban el acre sudor del aporreado caminante y en aquel olor ella percibía un misterioso atractivo . . . momento hubo en que, sin pensarlo, iba acercándose al compañero.

Ella no cortó su ensueño con la pieza dislocada, antes bien, sintióse más animada, se imaginaba bailando teniendo a Matías por pareja.

Casi sentía la borrachera agradable de aquel baile que ella quería violento, ligero, precipitado, hasta que la fatiga acabara por vencer-los con dulce vencimiento ... En estos pensamientos estaba cuando Matías, reconociéndola, le dijo:

—¿Usté también vino a oír la música?

—Yo también, ¿pos luego no le había de gustar a una?

—Cómo no, de seguro que sí.

—Qué rebonito es el baile, ¿no Matías?

—Sí es bonito, pos ... luego ¿usté ha bailado?

—No, pero palabra que sí me animaba a bailar. Mire, oiga, van a tocar otra vez, ¿vamos bailando? Al cabo ¿quién nos mira?

Matías se sonrió ante la candorosa muchacha, su naturaleza sana hacíalo un caballero sin que él lo supiera y, con delicadeza que se creería imposible en rancheros, disuadió a la muchacha de su deseo; luego, asegurando que tenía mucho sueño y que era muy noche, invitó a Juana para que se retiraran.

—Remalo, egoísta, ¡yo que tenía ganas de bailar con usté!

—Y yo con usté, pero será otro día, ¡el domingo!

—¿De veras? El domingo ¿de veras? Mire, hay pa allá dizque hay un salón de baile que le dicen el Serrucho, ¿vamos el domingo? Todos van. ... ¿Vamos?

—Ya veremos, pueda que sí.

Y Juana se escabulló ligera metiéndose a su barraca, no sin volver varias veces la cara hacia Matías, que caminaba paso a paso hacia su lecho, escuchando el nuevo vals cuyo eco iba perdiéndose en la lejanía del desierto callejón de Moctezuma.

Capítulo IX
¡A LA PIZCA!

¡Por fin! Había llegado el día en que, sobre bases más o menos tangibles, Quico el de Los Guajes podía fincar sus castillos de riqueza. Iban a las pizcas. Todas las regiones inmediatas a San Antonio sufrían las consecuencias de una sequía terrible. Sementeras enormes se presentaban áridas, sin una brizna de hierba, apenas ofreciendo, a largos trechos, desmedradas plantitas de algodón, secas y requemadas, las cuales se coronaban con dos o tres capullos miserables... El viejo Serapio más de alguna vez había dado la receta infalible para que lloviera: sacar en procesión algún santito milagroso, llevarlo por los campos para que atrajera la benéfica lluvia, pero sus oyentes lo miraron con marcada sonrisa de incredulidad y confesaron que mejor esperaban el milagro de los gringos, de los bolillos que eran unos meros diablos.

—Cualquier día, —decía un hablador del barrio— algún tío de estos va a sacar un armatoste lleno de ruidos y de humo, que trague mucho gasolín y que por mañas del diablo haga que llueva, ya verán...

—Prodrá ser... —contestaba Serapio incrédulo— podrá ser... pero si aquí tuvieran al Señor de las Colchas, a la virgencita del Refugio...

Quico dejaba los diálogos y acompañado de Matías iba de agencia en agencia buscando enganche, y quien porfía, mata venado. Habíanlo conseguido, y para todos. Irían lejos, muy lejos, hasta una ranchería llamada el King o cosa por el estilo, cerca de Houston. Cuando Serapio supo que iban a seguir la misma ruta que tan fatal les fuera en la vez anterior, estuvo a punto de quedarse y detener a su hijo, pero lo vencieron los razonamientos da Matías y de sus amigos; existía también el terrible argumento de la falta de trabajo en San Antonio, pensaba en lo triste que sería para él tomar otro camino distinto al de aquellas gentes que ya tenía por familiares suyos y al fin, se resolvió pensando en que yendo, hasta podría visitar la tumba de José, adornar aquella cruz que él, con sus propias manos, había clavado para saber en donde reposaba el muerto inolvidable.

Y salieron. Apenas despuntaba el sol de una mañana fresca cuando nuestras gentes se acomodaban afanosas en una gran troca, ya ocupada en parte por otros pizcadores, y en la cual habían de hacer el viaje. Doroteo, que iba también, se entretenía en acomodar al Capitán, su perro, que seguía siendo para él un amigo íntimo y fiel, preferido y grato.

Pedrillo miraba ansioso los preparativos queriendo cuanto antes que se emprendiera la marcha y Juana, a hurtadillas, arreglábase el tocado y el vestido ayudada de un pedazo de espejo. Justa y Cuca, acurrucadas contra una de las bandas de la troca, cuidaban de los liachos de ropa, de los trastos miserables que componían todo su mueblaje.

Matías cantaba, Serapio veía indiferente a todos y Quico iba, venía, subía y bajaba, dando órdenes, pidiendo consejos a los compañeros que él tenía por más experimentados, preguntando al chofer la distancia y el tiempo que tardarían en llegar al famosísimo King. Su actividad, multiplicábase en vano para dar salida a su brío y a su entusiasmo.

Ahora sí estaba en principio de ser rico. Él, la vieja, Doroteo, Juana y hasta los rapaces, pizcarían sin descanso, recogerían libras y libras, abrumarían a los pesadores entregando maquilas y, después, ¡qué rayas, qué juntar de dólares, qué alcancía y qué compras! Llegaba el desquite, a cada capilla se le llega su fiestecita y decididamente la fortuna estaba con ellos. Hasta olvidaba sus días amargos, ya veía casi con cariño a San Antonio. Aquella plaza del Zacate por la cual él había vagado tantas veces, con la boca reseca, buscando un medio para ganar dinero, se le presentaba ahora como el arranque de su dicha. Sí, quería a San Antonio, ¡qué caramba!

Y, ¿cómo no quererlo si en él había sufrido? Sus razonamientos no le daban sino confusamente la causa de su cariño, pero el cariño existía. Era el apego fatal hacia los sitios en donde gozamos o sufrimos, la querencia humana que, como en los gatos, nos hace amar el sitio en donde hemos amado y llorado. A medida que la troca se alejaba de San Antonio, cambiaba el paisaje, las sementeras tornábanse paulatinamente lozanas, pronto se cruzó por campos en donde los plantíos de algodón eran exuberantes, sus tentáculos casi vencidos de capullos blancos, blanquísimos, que parecían decir al pizcador; ¡córtame y te haré rico!

Los árboles que bordeaban el camino tenían follaje alegre, los pájaros, especialmente zenzontles, estaban borrachos de canciones.

A cada pueblo más distante que se llegaba, íbase encontrando mayor actividad y más muestras de vida, de regocijo. ¡Ahí había dinero!

Seguín todavía les pareció melancólico, Cuero ya marcó para ellos un franco principio de bienestar. Aquellas calles llenas de encinos; aquella gente viviendo en un pueblecito que todo él parecía jardín, trajinando con la alegría del trabajo recompensado, dábanles ánimos y mayores esperanzas. En Victoria se detuvieron bastante rato y todos acabaron por echarse a recorrer la pequeña y pulida ciudad, encontrándolo todo bonito y alegre.

Ya al atardecer, continuaron su camino para llegar a Wharton en las primeras horas de la noche; debían ver en esa población al patrón con el cual tenían que trabajar. Hasta ahí los dejaría la troca que los recogiera en San Antonio, y otro día, muy temprano, habían de ser llevados al campo que esperaba sus manos para colmarlas de algodón.

Fue cuando se detuvo la troca, en una calle que proclamaba por su trajín ser la principal del pueblo, cuando el chofer les dijo que habían llegado. ¿Cómo sería aquel bolillo? Muchos decían que era muy bueno, que ya habían trabajado con él; otros que solía sufrir rabias tremendas y tenía el gusto de quitárselas maltratando a los trabajadores.

Quico mejor se echó por el pensar optimista y estaba impaciente por conocer a aquel sujeto que, para él, era como un intermediario entre la fortuna y el hombre que debía entregarle los pesos que la diosa ciega le destinara.

Después de dos largas horas de espera, apareció el suspirado amo; no hablaba español, pero algunos de los pizcadores, compañeros de viaje de nuestros personajes, hablaban el suficiente inglés para entenderse y servir de intérpretes. En pocas palabras se hizo el convenio. El patrón pasó minuciosa revista a la gente, pareció quedar satisfecho de ella y les dijo que, a la mañana siguiente a las cuatro, estuvieran listos para ser llevados a los algodones. Les pagaría a centavo y medio cada libra pizcada, tendrían casa en que vivir, leña, pasto y, si querían ser buenas gentes, trabajadoras y honradas, si querían quedarse con él después de dejarlo contento, hasta podría darles tierras para que sembraran. Después, entregó a cada sujeto cincuenta centavos por cabeza y los despidió. —¡Hasta mañana!

—¡Hombre más bueno! —pensaba Quico— ¿no dicen que los bolillos son malos? ¡Falsos, puros falsos! Darme cuatro riales sin conocerme, y ¡hasta para los chamacos! ¡Hora sí que hay fiesta! Luego ofrecerme tierras, sí, claro que nos entenderemos, lo dejaré contento y quizá el año que viene yo recoja algodón mío, mío, propio, ¡sembrado y cultivado por mí!

Y cómo que dan algodón estas tierras, ¡si parecía nevada como se veían los potreros! Virgen de Talpa, ¡hora sí que vamos bien! Y cogiendo a los suyos, arrastrando tras de sí a Serapio y a Matías, fuéronse todos en busca de una fonda mexicana para cenar y desquitarse de la vigilia.

Pronto la encontraron. Frente a la plaza, en local más o menos amplio, estaba una fonda luciendo gran rótulo en el cual se leía: "Restaurante Mexicano". Serapio había ya dicho que todas las fondas que tuvieran el rótulo de "Café" eran gringas que ahí no serían recibidos y habría que ir con la raza. El Restaurante Mexicano, tenía un pequeño escaparate; ante él se detuvieron unos momentos nuestros viajeros. ¡Qué de cosas de la tierra había ahí! Qué loza de Guadalajara más bonita, qué de libros alegres, qué de canela, de clavos, de chiles y luego, dulce, piloncillo del bueno, confites, piñones, tamarindos . . . ¡si parecía que estaban en el mismo México!

Entusiasmados coláronse todos hasta detenerse junto al gran mostrador del establecimiento que, siguiendo la costumbre norteamericana, servía de mesa. Cuca dio acomodo a Pedrillo y a Justa, Juana se sentó manifiestamente zalamera, Serapio, Quico y Matías, con Doroteo tomaron asiento también, y luego llamaron al fondero. En esto hubo algo de amargo. Aquel fondero no era como los de la tierra. Parecía estar enojado.

Un vejete agrio, gruñón, que paseó primero una mirada escrutadora como para informarse si los clientes podrían pagar y luego, a gritos, les preguntó lo que querían y les recitó la lista de los potajes que podía ofrecer: tamales, chile con carne, enchiladas, frijoles, chorizo con huevo. . . .

—¡Yo tamales!

—¡Yo enchiladas!

—¡Yo chorizo con blanquillos!

Y así seguían pidiendo y pidiendo los muchachos hasta que Cuca marcó el alto temerosa de que no ajustara el capital para pagar la cena.

—Déjalos, mujer, que coman, ahora su padre tiene con qué.

—Mejor es que no se acabe el dinero, hombre, todavía hay que pagar cuarto, luego, mañana . . . ¿sabes si mañana tendremos algo?

Ante esa mañana, Quico volvió a adquirir la circunspección, elemento que raras veces lo visitaba y al fin pudieron todos satisfacer su hambre con holgura aunque sin despilfarro.

Aquellos comistrajos no tenían de mexicano más que el nombre, pero al fin y al cabo llenaban y salieron todos contentos hacia un galerón vecino en donde, por unos cuantos centavos, tendrían un cuarto con dos o tres catres para que durmieran.

Una hora más tarde, aquellos infelices dormían tranquilamente, descansados en el mísero asidero que les daba la fortuna, soñando cada uno con la realización de sus mejores sueños.

Habían olvidado con asombrosa facilidad los días amargos y ahora se entregaban sin recelo a todas las esperanzas lisonjeras.

¡Qué lejos parecían ahora aquellos días de perros!

Quico se soñaba pizcando mucho algodón, llenando sacos y sacos de aquella rica blancura, viviendo una vida suavecita, suavecita, como los capullos; Pedrillo y Justa, ¿qué soñarían? Sólo ellos, pero sus caritas eran todas ellas un gesto de risa agradable. Juana veíase llena de collares brillantes, de peinetas deslumbradoras, ataviada con un traje de seda rosa, luciendo unas medias transparentes y finas y . . . ¡con las trenzas cortadas! Sí, ¡ella quería andar como tantas muchachas de su edad que había visto! Hasta Cuca, la mujer prudente, sufría el contagio. Veía otra vez en sus manos las alhajitas vendidas, se sentía otra vez ataviada con sus enaguas rosa, amponas y crujientes y con su rebozo de bolita tan lindo, ¡qué tantas miradas de envidia arrancara a no pocas de sus vecinas!

Doroteo, acostado cerca de Capitán, sentíase chofer, soñaba que piloteaba una troca llena de algodón, que iba a la ciudad, que vendía la fibra por mucho dinero, que compraba otro automóvil . . . Matías y su padre, acostados sobre sus propios sarapes, en el rincón más apartado de la familia, dormían tranquilamente, a conciencia. Ellos ya sabían de desilusiones, ya habían visto resolverse los sueños dorados en tragedias negras y sólo se entregaban al descanso simple.

Capítulo X
LOS ALGODONES

Se despertaba el sol y, como si la aurora, celosa de que brillara el galante Febo, lo hubiera acicalado y empujado hacia los cielos, emergía rápido de sus misteriosas alcobas, echándose a guiar su flamígero carro por la inmensa carretera azul.... La ensombrecida tierra precisaba sus adornos y sus cicatrices, abrillantaba sus colores, presentábase, como remozada al beso de la mañana, con todo el prestigio que le daba la ornamenta de bosques, caseríos risueños, pájaros cantores y ríos rumorosos.

La llanura texana, inmensa, inmensa, era un escenario vastísimo apenas accidentado en el cual se ofrecían pueblos y pueblos, caminos y caminos, ranchos y ranchos, mostrando unos los pulimentados y alegres techos de sus casas, las enhiestas chimeneas de sus fábricas, los otros su estirada cinta que empezaba a brillar con la luz solar y los últimos su manifiesta holgura delatada por los ganados que salían de los corrales, por los gallineros alborotados en espera de la matutina pitanza y por sus jardincillos colmados de flores multicolores y fragantes.

Las sementeras, marcándose a grandes cuadros, eran ya de oro, por el arroz maduro, ya de esmeralda por la lozanía de melones y legumbres, ya de nieve por la abundancia del algodón.

¡El algodón! ¡Cómo había llovido la bendición del cielo sobre aquellas tierras! ¡Cuántas esperanzas habíanse levantado lozanas en aquellos tallos para coronarse luego con las guayabas panzudas, para reventar en una explosión de fibra blanquísima, como espuma amable, como señuelo irresistible, propicio a convertirse en plata!

Los pizcadores novatos eran todos ojos y ansias. Parecíales que la troca caminaba despacio, sentían que cada momento pasado en el camino, eran libras de pizca que se escapaban de sus manos. Ni el incipiente tráfico de la estación ferroviaria, ni las risueñas arboledas de las orillas de Wharton, ni el paso sobre el puente del Colorado, cuyas aguas se deslizaban preñadas de pescados, alcanzaban a distraer su imaginación de aquel rancho hacia el cual iban llevados por el nuevo amo y en donde habrían de entregarse afanosos a pizcar aquellos capullos hermanos de los que, tras los cercados, incitaban su codicia.

¡Qué largo les pareció aquel camino a pesar de ser corto! Pero al fin llegaban, ya abandonaban la carretera ancha, ya tomaban por un sendero particular en el cual apenas si cabía la troca, ya entraban a los terrenos del King por los cuales veíanse esparcidos ranchos y ranchos, cuadrillas y cuadrillas de pizcadores, ya llegaban por fin a la plaza Grande, sitio en el cual estaban las casas y bodegas del amo y, para terminar, ya recibía cada uno su saco respectivo y se les indicaba el lugar donde deberían principiar sus triunfos.

¡A pizcar!

—¡En nombre sea de Dios, éntrenle con juerza, muchachos!

Gritaba Quico entusiasmado; luego, para asegurar mejor el éxito hacia el reparto de su gente, con el garbo que un general dispusiera el emplazamiento de su ejército en una batalla campal.

Él y Cuca llevarían dos surcos apareados, Juana y Doroteo otros dos; tras de los padres irían Justa y Pedrillo recogiendo los capullos olvidados. Los chamacos no recibieron saco, pero bien podían echar su cosecha en el zurrón de sus padres.

Serapio y Matías sonriéndose al contemplar los arrestos de su amigo, resignados, emprendieron la cosecha de otros dos surcos, callados, pero animosos.

Y, allá van, allá se pierden en la lejanía, allá regresan poco a poco, trayendo ya regular peso que les impide ir con la gallardía del principio.

Ya llegan al punto de partida por nuevos surcos, ya emprenden otra vez la retirada. . . .

Y mientras los pizcadores iban y venían, seguía el sol marchando cielo arriba y afiebrándose con la carrera. Ya no era el placentero Apolo escapado risueño a los brazos de la Aurora. Ahora convertíase en un dios flamígero, encaprichado en saetear a la tierra con los dardos de su ígnea aljaba. ¿Querían abundancia los hombres? ¿Pedían fertilidad para la tierra? Ahí la tenían, mucho fuego, mucho calor, mucha energía para que la simiente se tornara fecunda, ¡para que se madurara después, para que la tierra volviera a renovar sus energías de parturienta eterna! Fuego, lluvia de fuego sobre aquellos incansables pedigüeños. . . .

Y la tierra, correspondiendo a la dádiva, exhalaba un vaho tibio, un reverbero que a la distancia parecía una inmensa llama transparente; los terrones eran brasas sordas, los guijarros lingotes candentes y la atmósfera, sofocada, caliente, entraba a los pulmones quemando, resecando las bocas y haciendo chorrear por todos los poros un copioso sudor que corría, corría a través de los cabellos, por la frente, por las mejillas, manaba de brazos y espalda, de pecho y muslos . . . las ropas se empapaban como si soportaran una lluvia inclemente y el cuerpo se doblegaba a pesar del esfuerzo, ¡clamando por una sombra, por un momento de reposo!

¡Pero había que pizcar! Aquel endiablado saco, con haber tragado tanto algodón, con estar tan pesado, no se llenaba aún y, ¿llevarlo vacío a la pesada? No, lleno, repleto, para rayar muchas libras. ¿Cuántas pesaría? Trescientas quizá, quinientas, mil . . .

Ya cercano el medio día Quico tuvo al fin que retirarse del surco. Su mujer habíase ido antes a preparar algo de comida, Justa y Pedrillo, afiebrados, la siguieron, después se fue Juana, pálida, sudorosa, intensamente cansada, sintiendo como borracheras, como si la cabeza se le hubiera ahuecado y crecido mucho, mucho . . . Doroteo seguía a su padre, aún permanecía en el surco, pero al fin se retiró con él.

Trabajosamente, fatigados, llegaron apenas al carro de la pesada, que no estaba distante, para entregar sus primeros sacos de cosecha.

Quico esperaba ansioso que marcara la romana. Sus ojos, sin que él se diera cuenta, iban recorriendo la escala hasta detenerse en los números más altos, los que, según su deseo deberían revelarle el fruto de su esfuerzo.

Qué palidez, qué desencanto, qué rabia sufrió cuando vio que apenas habían pizcado, entre todos, doscientas libras. ¡Doscientas libras! ¡Veinte reales ganados en una mañana por toda la familia! ¡Doscientas libras! ¡Pero eso no podía ser! Aquel armatoste de pesar estaría descompuesto, aquellos pesadores harían trampa, ¡serían unos ladrones! ¡Cómo iba a ser posible!

Los encargados del peso, sin fijarse en la expresión de Quico, vaciaron los sacos y se los aventaron indeferentes. Como siguiera parado ahí, junto a la romana, estorbando las nuevas pesadas, le dijeron agriamente que se fuera, que abriera campo a los otros que llegaban.

Se hizo a un lado, pero no se fue; quería desengañarse, ver el peso de los otros sacos igualmente llenos al suyo.

Y allí permaneció hasta que acabó la procesión de desgraciados. ¡Cómo sintió espanto al ver llegar a aquellas pobres mujeres, derrengadas, jadeantes, enflaquecidas, con caras vueltas de bestia por el sudor y la tierra! ¡Qué extrañeza le causaron aquellos hombres acercándose apenas, casi a arrastras, con expresión de animales azotados! Y, ¡para colmo!

¡Qué poco había pesado toda aquella montaña de algodón! No, ¡no eran ladrones los pesadores! Era verdad, terrible verdad, que aquellos sacos tan pesados, que aquella fatiga sufrida para traerlos por la surcada, ya para arriba, ya para abajo, para llevarlos al carro aquel, resultaban inútiles ante aquella máquina sin corazón, ¡que nunca mareaba los números grandes!

Iba a retirarse lleno de despecho, cuando llegaron otros pizcadores. Eran varios mozos aguerridos y alegres, gente avezada a aquella tarea, sujetos que año a año van en busca de las pizcas y acaban por quedar inmunes, a fuerza de miserias, insolaciones y desgracia, a aquel trabajo asesino. Ellos llevaban dobles sacos, los pesaron lanzándose pullas unos a otros y tuvieron cada uno doscientas, doscientas cincuenta y hasta trescientas libras. Luego, contentos, con bromas gruesas, se marcharon a comer.

Quico se quedó contemplándose, y se dijo:

—¿Cómo luego estos pueden? Nosotros también podemos. ¡Hemos de poder! Ya se ve, ¡falta de costumbre! Hay que aprender y que imponerse, mañana será mejor, esta tarde misma. Sí, ¡abremos de ganar tanto o más que ellos! Y nuevamente optimista, se fue en busca de los suyos que ya lo esperaban ansiosos por conocer el resultado.

Un galerón habíales sido designado para vivienda y en él esperaban la comida pobre, comprada con los restos del adelanto pequeñísimo que diera el amo y en la cual se habían agotado. Sin embargo, Cuca estaba contenta, resignada, confiada en mejorar. ¡Era preferible ser pobre en mitad del campo, que en medio de la ciudad! ¡Si en San Antonio no respiraba! ¡Parecía que iba a morirse! Ella no decía nada, porque, ¿para qué? Pero ahora sí, ahora si podría maldecir de aquel pueblo que tanto la martirizó, que le arrancó sus pobres pero queridas alhajitas, sus trapos mejores. . . .

Cierto que estaba muy cansada, que sentía la cintura como rota, que los lomos se le partían, pero eso era lo de menos, ya se impondría, sí, ¡era cuestión de costumbre!

A poco rato llegaron Serapio y Matías, quienes no traían ni los desencantos ni las ilusiones de Quico. Habían pensado ya en que aquello tenía que ser. Entre los dos apenas si ajustaron también doscientas cincuenta libras o poco más . . . pensaban como Quico, en los días siguientes; de seguro pizcarían más, pero con todo y ello, aquel trabajo no dejaba de ser para animales, ¡ellos no dejarían de ser bestias explotadas para regalo de otros! Pero . . . ¿qué hacer? A eso habían venido; si alcanzaban conquistar algún mendrugo, bueno, si no, ¡a seguir como bueyes, bajo el yugo de los que llevan el látigo y la chuza!

Capítulo XI
COHETE DE LUCES

Y con sus días ardientes, sus lunas claras y sus bregas martirizadoras, va vendiéndose agosto a los pasos de septiembre que llega poniendo nuevos matices en los corazones y en la tierra. Los campos pierden el esmeralda brillante para cambiarlo en oro, los árboles son racimos de doradas hojas, de carmíneas hojas, entregadas a la dulce agonía del otoño. Suele el cielo encapotarse y verterse luego en lluvias monótonas y pesadas, precursoras del invierno, y los "gins", las factorías despepitadoras y empacadoras del algodón, entran en un postrero y afiebrado trajín, para salvar a la fibra de la lluvia, para embalar más pacas y hacer envíos fuertes a los puertos y los grandes centros.

Los cosecheros que tuvieron fortuna, saben ya a cuanto asciende su ganancia líquida, formulan nuevos y vastos proyectos para el porvenir; aquéllos que no pudieron medrar, consuélanse esperando el año venidero y buscan la forma que preste medios de nueva lucha . . . los pizcadores empiezan a retornar, con desengaños o ilusiones, hacia las ciudades a cuyo amparo soportarán los días fríos, largos, desesperantes muchas veces, porque falta trabajo, falta lumbre en el hogar y falta pan.

Los afortunados, van cantando por caminos y caminos confiados en la vida gracias al metálico peso que llevan apañado y sueñan en la adquisición de alguna o algunas de aquellas gollerías que se les presentan con el prestigio de los milagros. Ahora sí podrían comprar la victrola alegre, la cajota aquella que les repite, al antojo, las canciones de la tierra; ahora podrá venir la pianola a darles solaz con su martilleo mecánico y monótono; ahora llega el tiempo de comprar algún Forcito de segunda mano para echarse por calles y carreteras a correr, a pasar veloces, a sentir la emoción de caminar aprisa, aprisa, como la civilización vertiginosa y mareante de este pueblo. Las madres sueñan con nuevos vestidos para sus hijos, el jefe de la familia sonríe al sentirse ya vestido con nuevos atavíos que lo ayanquen mejor, que le completen la carta de naturalización en esta tierra donde ha vertido tantos sudores, pero hacia la cual siente cariño porque supo compensarlos . . . las mozas sueñan con la realización de sus sueños y ya se contemplan ataviadas con zapatos de corte elegante, con trajes de seda, con sombreros como jardines abigarrados, con peinetas y collares y fruslerías que están muy bien hechas para fingir oro y gemas.

Verdad que todos aquellos sueños apenas si se realizan en alguna avarienta tenducha donde no pocas veces se venden géneros usados por nuevos, mercancías podridas a fuerza de haber sido rechazadas por gentes más avisadas o de mejor gusto y, siempre, artículos cursis, estrepitosamente cursis.

Pero, para nuestros braceros, trasplantados violentamente de una civilización arcaica y clasificadora a este mundo nivelador a fuerza de pulimentar lo externo, a este reino de la dorada mediocridad, todo ello resulta novedoso y bueno y así, ingenuamente, entregan el ahorro logrado con tantos sacrificios, en manos del moscardon más listo y más impío. ¡Y vamos que hay moscardones! ¡Cuántos agentes, cuántos vendedores ambulantes, cuántas casas comerciales, se han desvelado esperando en las ciudades el retorno de los pizcadores, para lograr a su vez la cosecha propia, fácil y óptima!

Algunos se han adelantado yendo a los mismos campos, peregrinando de rancho en rancho para vender los desechos de las ciudades, para cambiar mañosamente decantadas fruslerías por corrientes dólares. Esos han logrado despuntar el capital del bracero, pero siempre queda algo en el fondo, cuando hubo ganancia, y de ese resto se encargan los taimados que esperan pacientemente tras los mostradores, que, cuando más, ponen un centinela de avanzada en la banqueta del establecimiento, para que esté echando lazo a cada transeúnte con su incansable:

—¡Pásale, barchante! Pasa, señorita, aquí tenemos zapatos, muy bonitos zapatos, muy bonitos vestidos, pásale, estamos en barata, ¡se acaba!

Pero sobre todo eso, álzase fascinadora la perspectiva de fiestas patrias. En pueblos y rancherías han formádose activas juntas patrióticas, las cuales entran en trincada competencia para lograr tener los programas más llamativos. Si algunos pueblos, los castigados por la fortuna con la carencia de cosecha, se esconden como avergonzados y apenas si balbuten alguna simulación de festejo, los otros, aquéllos que quedaron enclavados en la comarca favorecida, echan la casa por la ventana, alardean a los cuatro vientos y están pidiendo a San Antonio ornamentos, programas, galerías patrióticas, distintivos para los señores de la junta que deben llevar la marca de su jerarquía, materias primas para refrescos y comidas a uso de México y hasta discursos y versos para que, en las sesiones cívicas, en las matines y veladas, salgan disparados por la boca del más valentón o más letrado, como cosa muy propia, como algo que le cuesta mucho, ya que le costó nada menos que dos o tres días de trabajo, a fin de juntar los dólares que el ingenio, cualquier escribientillo de barrio, cobra por hacer el papel de parturienta y enviar el feto para que tenga padre postizo.

Algunas casas editoras, acaparando este ramo, echan a la venta ediciones de "Tribuna Popular", "Perfecto Orador Mexicano" y otros librajos por el estilo en donde se encuentran retumbantes y relamidos discursos para todas las ocasiones.

La Cruz Azul y las Comisiones Honoríficas entran en grandes actividades, el comercio y las autoridades nativas secundan a los mexicanos para los cuales sienten en esos meses simpatías, ya que el primero está recibiendo por su medio el dinero pagado por los cosecheros y las segundas encuentran que aquellos hombres morenos son trabajadores y provechosos y, sobre ello, amantes de rendir culto a lo legal, a los credos cívicos.

En algún local alquilado a sociedades yanquis y en bonanza o en algún parque o bosquecillo más o menos apropiados, ármase el campamento patriótico, distribúyense los perímetros para los diferentes y abigarrados puestos de fondas, refrescos, frutas, dulces, baratijas amatorias y alhajas de similor, en el lugar preferente ármase amplia plataforma de madera que se vuelve salón de baile y, frente a ella, el altar patrio, la tribuna para los innumerables oradores, el templete para los músicos.

Osténtase la galería de héroes mexicanos: Hidalgo, sus émulos de la independencia, inclusive la Corregidora de Querétaro, Juárez, el General Díaz, raras veces Madero, enmarcada en banderas y lazos tricolores, que se anudan y enlazan con banderas y lazos de estrellas y de barras.

Cumpliendo caravanosamente con el protocolo, la enseña mexicana siempre está a la izquierda de la bandera estadounidense y, para que realcen y presidan aquellos festejos, se engolfan también ahí los estandartes de las sociedades mutualistas, de las sociedades fraternales y de las sociedades comerciales que, en un vicio de agremiamiento, se multiplican benefactoras o nocivas por todas las colonias de nuestra raza.

Al olor del festejo, llegan los cuervos a picar entre los gorriones y las cotorras y, mañosamente, alardeando más que ningunos de patriotismo y acendrado mexicanismo, plantan sus tiendas y sus juegos en donde procuran desplumar a todo pasto a los confiados que llegan con el rumbo de su dinero a ser señores de la fiesta, a divertirse para olvidar las fatigas pasadas y dar una tregua de luz a las venideras.

El ayer y el mañana, olvídanse ahí en nombre de la patria y unos por negocio, los más sintiendo positivamente el amor a la patria, la nostalgia de la tierra tan amada a pesar de haber sido en algunas veces impía madrastra.

Olvídanse las divisiones de fortuna, se olvidan los distingos políticos, se pierden las banderías religiosas y todos, en esta extensión inmensa que va desde el Atlántico al Pacífico a través de Texas, Nuevo México, Arizona y California, se entregan a la comunión de la patria lejana, más amada, más reverenciada, porque se ha comido con lágrimas el pan extranjero, porque se han recibido fuetazos del tirano extranjero, porque se han soportado las explotaciones del vándalo extranjero y porque también se han tenido las facilidades de ganancia en esta tierra y se ha aprendido a valorizar, casi siempre inconscientemente, pero sí profundamente sentido, el significado de una tierra en donde se es martirizado, pero nativo, frente, a la lentejueleada ilusión de un país en donde no hay revueltas ni extorsiones escandalosas, pero en el cual pesa con toda su verdad la sentencia bíblica:

"Ganarás el pan con el sudor de tu frente"... Y faltó a la sentencia: "y, con el amargor de tus lágrimas"....

Quico el de Los Guajes, seguido de toda su prole y acompañado de su mujer, llevando casi a rastra a Serapio y a Matías, dejó su jacalón del King para irse a Wharton. Qué caramba, había que divertirse, ¡había que echar una cana al aire! Las fiestas del dieciséis se anunciaban muy sonadas y ahora él sentía un grandísimo amor hacia el cura de Dolores y tenía que ir a gritarle, frente a su imagen, tres o cuatro verbos que expresaran todo su sentir.

Había dinero; a fuerza de matarse lograron juntar al fin algunos centavos y bien se podía gastar algo en darse gusto. No iban a estar todo el tiempo como burros, como bueyes pegados siempre al yugo. El tiempo se presentaba sereno, el calor amenguábase aunque ligeramente y el amo había dejado vacantes, durante dos días, a todos sus pizcadores.

—Vayan, vayan, muchachos; está bueno que festejen su independencia.

El mismo amo facilitó trocas para hacer el recorrido y los vehículos dieron viajes y viajes llevando a los dos centenares de pizcadores desde King a Wharton, desde la Gleen Flora a Wharton, desde las cercanías de Eagle Lake a Wharton, en fin, de todos los vastos terrenos del magnate, a aquel pueblo en donde la Junta Patriótica Mexicana estaba más rumbosa que ninguna del contorno.

En el centro de una nogalera situada en las goteras del pueblo, habíase dispuesto el emplazamiento del holgorio. ¡Qué de puestos, de composturas, de gente y de carros!

Juana veía todo aquello asombrada y gustosa, sentía el corazón como un pájaro cantador y saltarino, que le anduviera dando brincos por todo el interior del pecho y se creciera en su alegría ante aquel espectáculo.

¡Qué feliz se sentía con aquel traje nuevo! ¡Qué mayor felicidad con aquellos aretes rojos, con aquel collar amarillo y con aquellas peinetas, cuajadas de piedras azules!

Sólo un puntito triste había para ella en su atavío: las trenzas. Llevaba aún entera la abundosa mata de pelo negro y ondulado que gracias a los cuidados de su madre creciera y creciera... cierto que era bonito su pelo, pero trenzas, ¡qué feo! ¡Cuántas ganas de ir con el pelo corto como otras muchachas! ¡Tan rebien que les caía!

Mas Quico estuvo inflexible en ese punto y hubo que conformarse con soportar la abundancia y longitud de su cabello, procurando amenguar su tristeza enlistonándolo con ancha, brillante banda de seda color celeste.

Cuca no iba contenta. Recordaba aún con tristeza sus alhajitas y su rebozo mexicano, pero había logrado substituirlas, a las primeras, con sendas arracadas que comprara a un droma como manufacturas en oro de la merita Puebla y, al segundo, con un garzolé bien almidonado y blanquísimo, que enmarcaba su cara morena como en un ampo de nieve. Primero le chocó aquella gorrota como de mamón, como de monja, pero luego encontró que era magnífica para el sol y fue su más devota.

Los hombres, desde Quico, Serapio, Matías y hasta Doroteo, presentábanse con sus zapatos muy chaineados, muy macizotes, sus vestidos de mezclilla azul, sus sombreros tejanos y una gran mascada que en cada sujeto variaba de color, enrollada al cuello.

Quico completaba la indumentaria con una gran cadena chapeada, a cuyo extremo iba un relojazo, con dos o tres anillos distribuidos por los gruesos y callosos dedos y con una cachimba alimentada a cada rato con "Lobo Negro".

Serapio y Matías, seguían fumando cigarillos torcidos en hojas de maíz, Quico no, quería demostrarles a aquellos tíos güeros que él también podía hacerse a la tierra y hasta se iniciaba en el inglés regañando a Pedrillo con un "¡Ché-ra-p!" estentóreo y pedía a Cuca que le diera su "sirope", sus "jat queiques" y sus "bisquetes" a la hora del almuerzo.

Doroteo, picado del humor de su padre y afiebrado por su propio ensueño repasaba, asombrado, aquel apiñamiento de carros diciendo a voz en cuello los nombres de cada marca, señal inequívoca de sus grandes adelantos, y ante el asombro satisfecho de su progenitor iba enumerando:

—Ése es "Chévrole", ése es "Maxguel", ése es "Lincon"... este pobre apenas "For"...

Justa y su hermano, embobados con tanta vendimia de "aiscrin", de "pacón", de frutas y de baratijas, se perdían en laberinto de sus antojos y de sus preferencias.

Iban a comenzar los discursos, la gente se apiñaba en torno del altar patrio y Quico arrastró a toda su tropa pugnando por colocarse en primera fila; había que oír bien para ver qué tal.

Capítulo XII
TRICOLOR

—Señores y Señoras: Porque somos mexicanos, por eso estamos aquí en frente de don Miguel Hidalgo y Costilla, de don José María Morelos y Pavón, de don Benito Juárez, de doña Josefa Ortiz de Domínguez, de don Ignacio Zaragoza y de todos esos retratos que son los de nuestros héroes, de nuestros libertadores, de los hombres que dieron su vida por libertar a México de la tiranía española!... ¡Viva México, compatriotas! —Muchos vivas de la multitud y grandes aplausos—. Aquí en el hospitalario país que nos hospeda, necesitamos estar unidos todos los mexicanos, para demostrarles a estos hombres que también somos civilizados, que también sabemos honrar a nuestra patria. Necesitamos que todos nuestros hijos mamen la santísima leche de la Patria!...

Un guasón anónimo interrumpió gritando: —¡Los alimenta mejor la de su madre!

Hubo alguna oleada de risas, el orador, amoscándose un tanto, reanudó su perorata con voz estentórea, como de regaño:

—Compatriotas, yo no soy orador, mis manos sólo saben del arado y del pico y pala, soy campesino como ustedes. Yo apenas si estuve unos cuantos meses en la escuela, allá en mi pueblo de México, del estado de Nuevo León, como muchas de ustedes saben... Si aceté el cargo que me confirieron los señores de la Junta Patriótica y los miembros de la H. Sociedad "Gral. Ignacio Zaragoza", fue sólo porque es deber de mexicano, de todo buen mexicano, contribuir gustoso para el realce y la brillantez de estos festejos... yo no tengo palabras floridas, pero tengo un pecho de hombre, que sabe sostener lo que dice y, si ese compatriota que gritó por ahí tan equivocadamente quiere burlarse de mí... si piensa que no soy hombre para enfrentarme a solas con cualquiera, que me espere... que aguarde un rato....

El presidente de la junta patriótica, sentado cerca de la tribuna, por lo bajo dijo al orador:

—No le haga caso, compadre, va bien, siga su discurso.

El orador, satisfecho con la lisonja, olvidó el agravio y continuó sesudamente su oración, larga, kilométrica, en la cual fue volcando todo su ingenuo sentir, con palabras desacordes y malhilvanadas, con metáforas obscuras y pobres, pero entre las cuales había muchas indiscutibles verdades.

Cuando bajó de la tribuna subió otro y otro, y cinco más entre los que alternaron dos o tres señores de voz chillona, de acaramelados pensamientos y de señsible corazón, el cual acababa por echarles las lágrimas fuera de los ojos y atosigarles la garganta con un nudo indesatable. La orquesta puso sus rituales intermedios y acabó con el "Himno Nacional" vitoreado por todos, aquel festival que había abierto, por razón de cortesía protocolaria, con el "Star Spangled Banner", hecho por la costumbre canto nacional de este pueblo.

La sesión cívica de la mañana había terminado, todos se dispersaban por puestos y sombrajos para entregarse a los placeres de la glotonería y esperar el chaparrón tribunicio de la tarde. En la plataforma del baile se zarandeaban múltiples parejas y era aquel campo un remedo bien hecho de las bodas de Camacho, por su afluencia pintoresca, por su abundancia de comestibles y bebidas, por la alegría esparcida en todas las caras, maguer aquello costara algo más que unas cuantas pesetas, como única diferencia del legendario agasajo que diera el rico y resignado novio quijotesco.

¡Oh, si el de la triste figura y su escudero hubiesen llegado por ahí!

¡Cuánto material hubiera tenido Sancho para su gula y para sus gazmoñerías!, cuánta risa se hubiera desbordado de sus mandíbulas y cuántos temas habría encontrado don Alonso Quijano el Bueno, para pergeñar terso, optimista y bien sazonado discurso.

Quizá el manchego, vertiendo en los aureos moldes del idioma el aquilatado metal de su discreción, hubiera ido deshojando su verbo de esta guisa:

"¡Oh tiempos y edades aquellas en que los hombres no conocieron fronteras circunscritas por la codicia! ¡Oh días felices en que ni el color, ni la lengua, por ser una misma y armoniosa, encajaban diferencias entre los hijos de Adán!

"¡Oh dorados días de aquella época en la cual los fuertes gastaban su energía en el socorro y remedio de los débiles, sin más mira que el anhelo ardiente de verter el caudal de sus amplios, generosos y fraternales pechos!

"¡Oh, hombres felices aquéllos que no conocieron la férula de gobiernos descastados y aviesos, que se forman para expoliar multitudes, para repartirse la tierra y su ganado humano y entregarse celosos y desconfiados a su esquilma!

"Cuánto más suave el báculo patriarcal, que era índice de padre señalando siempre el camino del bien, el sendero más fácil, el campo más preñado de olorosas, regaladas pomas; la floresta más poblada de nutritiva cacería, los manantiales más henchidos de sabrosa pesca y encontraban accesible bienestar para todos y eran sombras benéficas a cuyo amparo, el amor desarrollaba sus ritos sagrados con la confianza de que la prole, fruto de sus placenteras ansias, vendría como bendición a multiplicar los cantos y restañar las escasas, rarísimas lágrimas. . . .

"¡Oh soles aquéllos que desconocieron todo este pervertido progreso de máquinas y vicios! Cuánto mejor el tardo paso por la agreste senda, que este correr sobre pulimentadas carreteras, en carros que, trasuntos mejorados de la magia clavileñesca, llevan en una fiebre de ambiciones nunca satisfechas y en un retorcedor de siempre aumentadas congojas. . . .

"¿Qué necesidad ni qué apremio hubieran tenido estos hombre sencillos para dejar las llamadas y las sierras de su patria y para echarse en busca de las fementidas ollas de Egipto?

"Qué razón tendrían estos alaharaquientos festejos, si no existiera la sed de olvido, la necesidad de reparo a las fatigas mortales que hacen recordar con amor los días agitados del país natal y tornan todos los ojos y todos los anhelos hacia aquellas extensiones en donde se sufriera, en donde se llorara, pero entre rachas de epopeya, entre fiebres de coraje, entre visiones de promesas inmensas. . . .

"¡Qué necesidad para estos paliativos bajo cuya influencia trata de olvidarse el martirio sordo y pertinaz sufrido sobre este suelo en plena paz octaviana, sin alaridos de combates, en una monotonía de bien organizada y férrea explotación!

"Cuántos motivos han dado los nuevos tiempos para justificar estas explosiones de patriotismo popular, para hacer simpáticos estos momentos en que se encabrita lo desgarbado y lo inculto, por carencia de algo mejor que no se recibió, a fin de juntar y fundir y amacizar en un sólo núcleo, a estos mártires dispersos, arrojados de su propia tierra por los necios extorsionadores de ella. . . .

"¡Cómo el destino va vertiendo sobre nuestro asombro sus misterios y ahora hace tangible lo que ayer tuvimos como quimera! ¡Ahora hace realidad lo que ayer creíamos parte de loca y torturante fantasía!

"Los hombres van y vienen llevados por hados maléficos e irreductibles y son manejados como los muñecos de retablo que aquel ladino humillaba o exaltaba a su antojo, mataba y resucitaba a su albedrío.

"Ahora viénese a mi mente, que el descatado hacía sobre la tierra imagen enseñadora, por fiel, de los caprichos del destino. . . .

"'Pero. . . pensando mejor, ¿acaso no gira la vida de los hombres y las cosas sobre una órbita que fue dispuesta con toda premeditación por la providencial Omnipotencia?'

"Descastado andaría yo, falto de seso, ayuno de sabiduría carente de fe, si no me conformara con los asombrosos y al parecer inexplicables hechos de Dios. . . .

"¿Quién me dice que no son estos los medios para resucitar en un mañana lejano pero cierto, toda la bondad moral de la Edad de Oro, aumentada y mejorada con las conquistas que en este camino de dolor lograron los hombres?

"¿Quién me dice que este medio de circunscripciones para patrias y razas, no será el camino mejor para choques de compenetración, para fusión de intereses, para desarrollo de propias e íntimas virtudes y para futura conjunción amorosa y ópima?

"¿Para qué inculpar a estos hombres rubios, como verdugos calculistas y fríos de estos hombres morenos? Son reos los primeros en haber robado al misterio esa su energía y esos sus arrestos y ese su aserto para desarrollar toda una época de capitalismo, para dar un matíz especial a la civilización para poner a flote y facilitar el estudio y el examen de toda una seria de peligrosas virtudes y nefandos vicios.

"Y los otros, los morenos, ¿son culpables acaso de la vecindad de estos? ¿Tienen alguna culpa de haber sido engendrados por razas hechas para épocas de batalla heróica, de vivir épico, de empresas conquistadoras y grandes? Si aún persisten y aún guardan su rico solar, a pesar de que estos tiempos han mermado el prestigio de la espada y de la fantasía, si siguen cultivando tan fervorosos el rito de la ilusión y del honor, ¡allá el secreto que florecerá mañana! ¡Allá la página que aún no voltea el dedo de Dios para mostrarla a nuestros ojos!

"¡Que pase el tiempo, que rueden los mundos y vendrá la aurora bajo cuyos carmines y oros se levante el nuevo Febo para iluminar nuevos horizontes humanos!

"Quizá entonces. . . ."

Y aquí el Quijote, azorado por el estrépito del jazz que se desflecaba sobre la tarima del baile desgonzando a mozos y mozas, cortaría su discurso, embrazaría su tizona, bajaría la celada y clavando espuelas en los hijares de Rocinante, echaríase a campo traviesa olvidado de Sancho quien andaría entre cocineros y vendedores abasteciendo sus alforjas.

Los del festejo, que nada sabrían de aquel discurso más pensado que dicho por una sombra para ellos invisible, siguen esmaltando sus ojos con los colorines de flámulas y gallardetes, siguen despotricándose al compás martirizado de los bailes en boga, llegados en ridícula caricatura hasta la altura de aquel tablado, siguen engullendo pitanza para olvidar el hambre.

Algunos grupos se deslizan de cuando en cuando en pos de espeso matorral y ahí, paladean los alcoholes nauseabundos fabricados a despecho de la ley y con los cuales suspiran, éste por el tequila, aquel por el Parras, el otro por el Tuxtla, el de más allá por el pulque....

Quico el de Los Guajes sigue animado y liberal obsequiando a los suyos, invitando a los amigos y luchando en vano por arrancar a Serapio de aquel mutismo triste, en el cual se arrebuja persistentemente el viejo para echar a recordar a los suyos, tan distantes....

Los vivos, junto al Cuitzeo, el muerto, en la eternidad....

Matías, emocionado, se repite para sus adentros: "¡México! ¡Mi México! ¡Sólo él!"

Capítulo XIII
Por los caminos . . .

Octubre tocaba a su fin, los campos quedaban limpios de aquellos capullos de nieve y los pizcadores emigraban más al norte, hacia regiones en donde aún había cosecha por hacer o en donde se encontraban trabajos de otra índole, provechosos y permanentes, según el decir vago de muchos que iban en busca de ellos meses y meses. Ir a Detroit, a Chicago, ¡quién pudiera! Pero los transportes eran costosísimos, los enganches peligrosos, fruto que apenas se atrevían a probar los aventureros de buena cepa y los desesperados. Todos aquellos que preferían quedarse en Texas iban esparciéndose por las refinerías de petróleo, por los aserraderos, por las escasas grandes factorías en donde siempre los estaban esperando los trabajos más rudos, los contagios más fáciles, pero que a cambio de todos esos peligros disminuían el del hambre, el de la carencia de techo y de vestido.

Quico habíase apalabrado con el amo. El terrateniente quedaba contento de él, tenía un buen muchacho, Doroteo; Pedrillo estaría bien pronto listo para seguir a los suyos en el trabajo, las mujeres no eran menos activas y decididas y todo ello asegurábale un buen puñado de colonos para que ayudaran al progreso de sus tierras.

Cuando Quico acabo de escuchar las condiciones para que él pudiera ser mediero del amo, pensó para sus adentros que su porvenir estaba resuelto. ¿Qué más ambicionaba? Ahí le daban tierras, aperos, troncos de bien cuidadas mulas, semilla y, sobre ello, ración semanaria durante el tiempo que la tierra tardara para rendir abundantes productos.

Cierto que reduciendo de la cosecha los dos tercios del amo, el importe de la habilitación y algún préstamo a que se viera forzado a acudir, poco o nada había de quedar libre, pero, qué caramba se había vivido; las tierras eran buenas. Dios no había de dejarlos y ya habría algodón bastante para pagar las deudas y poder ir ahorrando año a año, hasta alcanzar un día venturoso en que no necesitara de habilitación, en que tuviera semavientes propios, en que, en una palabra, fuera rico.

Sí, aceptaba, pero antes quería ir a Houston. Muchos de los nuevos amigos que había conquistado durante la pizca, le informaron que en aquella ciudad había muchos y bien pagados trabajos. Estarían ahí dos meses, tres quizá, regresarían a tiempo de empezar sus labores y sobre haber conocido una población de la cual tanto y tan bueno se decía, quizá lograrían doblar sus ahorros y así evitar más deuda con el amo.

Después de corto diálogo entre ambos contrantes, se llegó al acuerdo de que Quico regresaría y hasta se señalaron los tablones de tierra que debía trabajar como suyos.

Serapio y Matías habíanse decidido a seguirlos, querían probar fortuna también en Houston. Desde ahí se facilitarían los envíos de dinero para su casa, menester que habían ya logrado repetir dos o tres veces y redondearían quizá un buen piquito para regresar cuanto antes al lado de los suyos.

No irían en tren, todos encontraban más fácil y más económico el viaje en automóvil y una luminosa mañana fueron a llenar los asientos de un "For", contratado exclusivamente para ellos, hecho que les subrayaba la relativa bonanza que habían alcanzado.

Cómo olvidaban, mientras iban muellemente instalados en él, para ellos soberbio vehículo, las miserias sufridas durante aquellas largas semanas de cosecha. Cierto que era duro ganar el dinero aquel, pero se ganaba al fin y sobre ello se tenía el derecho de gastarlo al antojo, de disfrutarlo a todo sabor, sin temores de que, a la mejor hora, en el día menos pensado, cayera en manos de alguna partida de forajidos que, a título de revolucionarios, con pretextos de salvación nacional, lo despojaran de aquel tesoro tan caro y tan precioso.

Al mediodía, hicieron un descanso en Sugarland. Las mujeres prepararon solícitas un abundante comer y todos se rodearon de las viandas.

Iban a teminar, cuando un nuevo grupo de mexicanos llegó a instalarse bajo la misma sombra; eran dos ancianos, mujer y varón, quienes parecían ser llevados por tres hombres jóvenes, aunque visiblemente cansados y tristes.

Unos a otros examináronse un rato y pronto, mediante la compasión mujeril, no exenta de curiosidad en este caso y la fogosa naturaleza de Quico, unos y otros estrecharon el paisanaje hasta los terrenos de la amistad y se hicieron mutuas relaciones de sus ires y venires.

Qué sensación tan inesperada para nuestros amigos, cuando supieron la historia de aquellos viejos. El anciano matrimonio iba camino de la tierra, en donde esperaban encontrar algún alivio a su dolor y amparo para su impotencia al lado de hijas casadas años hacía. Aquellos mozos, compañeros de viaje solamente, iban también de regreso, huyendo a la mala fortuna que ellos, con sus propios ojos, habían visto cebarse en aquellos dos desconsolados padres y en sí mismos.

Entre lágrimas de la anciana y ternos y voces temblorosas del viejo, escucharon todos la relación fatal.

Hacía dos años que los viejos habían venido a Texas; sabían ya todas las miserias que ocasiona la falta del trabajo, sabían de todas las amarguras sufridas en los campos inclementes y, sabían de algo más.

Cuando arribaron a Texas no venían solos, con ellos, como báculo de su vejez, como regocijo de su vida, como la ilusión postrera y más sagrada de su existencia, venía un hijo. Pablo, un muchachote que iba dominando los veintiocho años, sin que el tiempo le dejara otra cosa que salud, honradez, cariño para sus padres y fiebre para el trabajo. Cuando él vivía eran livianas las penas, como fáciles las penurias, como débiles los reveses . . .

Pero ahora... Él había muerto, y cómo. De la manera más vil, asesinado, hecho pedazos como un perro rabioso.

Y el viejo, contaba trémulo el suceso, mientras se humedecían sus ojos y las lágrimas iban buscando cauce por las arrugas, y se perdían luego entre las plateadas hebras del bigote y de la poblada barba.

—El mayordomo del rancho (un rancho cualquiera de la tierra Texana) no me quería. Yo no sé por cual motivo, pero él no me quería. Siempre andaba el bolillo espiándome, siempre ponía reparos a mi trabajo aunque yo me afanara por hacerlo mejor. Una noche, él andaba borracho. Yo había ido a la marqueta pa mercar mi tabaco y ya de vuelta a mi jacal me topé con el endividuo.

—¿Andas queriendo robar, no, sinvergüenza?

—Con aquella ofensa, ustedes perdonen, sentí ganas de tragármelo, de hacerlo pedazos, no me pude contener y, agarrando piedra chica que tuve a mano, me avalancé sobre él y lo aporrié, lo aporrié mucho, hasta que descansé mi alma.

—¿Por qué había de dejarme insultar? ¿Por pobre, por viejo? No señor, a mi naide me ha visto haciendo mal a nadie. En mi tierra saben todos quién es Juan Rojas y todos lo respetan y lo confiesan por honrao. El bolillo ese es grandote, bien hecho, juerte, pero con la borrachera no supo ni pudo defenderse de mi rabia y quedó algo estropeado. Yo me jui con la vieja, no dije nada y pasaron días...

—Hará una semana que mi hijo Pablo, de Dios goce, y yo, andábamos cortando una poca de leñita en un boramen; todo aquello estaba solo, los ranchos quedaban bien lejos y nosotros, un tanto apartados uno de otro, nos atareábamos pa acabar pronto.

—De pronto se oyeron pasos, volteamos y lo vimos. Era el mayordomo. Luego se vino para conmigo, se apeó del macho que montaba y sin más ni más, me arremetió a trompadas hasta echarme al suelo, luego me pateó, Pablo, no porque era mi hijo, pero en verdá que era hombre, al verme tratado ansina, se vino corriendo, traía su hacha lista para partir a aquel desraciado; pero el bolillo lo vio, sacó su pistola y lo clareó. Lo clareó del merito corazón, señores. Yo nomás vide que el muchacho dio media vuelta y cayó en tierra como un conejito. Corrí, me abracé a mi hijo, le grité. Había muerto. Era dijunto. El mayordomo estaba riéndose, montó otra vez y luego me gritó: "A la otra vas tú; así los he de acabar, como perros."

—Me llevé a mi hijo muerto, les hablé a los paisanos, se enojaron todos y fuimos a ver al amo. Aquel bolillo nos trató de ladrones, de mentirosos y nos dijo que él respondía por lo que su mayordomo hiciera.

—Cuando uno gritó que iríamos a dar parte a la ley, el viejo soltó una carcajada y dijo que en su rancho no había más ley que la suya y que él se bastaba y sobraba como juez y como hombre.

—En seguida nos corrió a todos. El pueblo estaba lejos, nosotros sin valimiento alguno y tuvimos que conformarnos con enterrar a nuestro hijo de limosna, con el dinero que varios paisanos me dieron y salirnos luego de aquel infierno.

—Ahora vamos pa la tierra, a donde nos maten, pero no como perros, amigo.

Las mujeres lloraban, Quico estaba amostazado, Serapio visiblemente agitado, Matías pensativo.

Luego vino la historia de los mozos. Eran otros infelices que habían caído en las garras de un miserable enganchador y había tratado con ellos como se trata con bestias, los había vendido sin escrúpulo y sin compasión. Llevados a un corte de madera, lejos de todo contacto civilizado, eran tratados como mulas por capataces y patrones, como máquinas incansables a las cuales había que cebar de cuando en cuando, miserablemente, lo indispensable para que siguieran trabajando.

Anochecía apenas y eran todos conducidos a grandes trotes en donde los encerraban como presos y a donde les llevaban la miserable cena. Apenas amanecía, se les sacaba otra vez al trabajo como cuerda de forzados, y ya de noche, ya de día, se les registraba minuciosamente y siempre soportaban la mirada burlesca y vigilante de aquellos hombres, negreros inclementes, verdugos sin alma.

Ya no podían más y se pusieron a maquinar un plan de escapatoria. La suerte los favorecía: eran siete los confabulados y durante una noche tempestuosa lograron desenjarrar un tabique y salir al campo. Qué placer al sentirse libres. Sin temor a la obscuridad, sin preocuparse de la lluvia, emprendieron la fuga, pero iban muy lejos cuando fueron alcanzados por los perros sabuesos del amo, cercados por aquellas bestias tan feroces como sus dueños. Al poco rato llegaron lo hombres y todos, perros, capataces y patrones, los acosaron, unos con sus colmillos, otros con sus armas. Lucharon; en la lucha cayeron tres, pudieron escaparse cuatro, al tenerlo casi ya logrado, había caído uno más y sólo quedaron ellos, hambrientos, cansados, con las ropas hechas girones, con grandes dentelladas en las carnes, uno herido de bala en un brazo, pero huyeron, huyeron hasta alcanzar poblado, hasta sentirse seguros y ahí estaban. Iban también a su tierra, a que los enrolaran en el ejército o en las filas rebeldes, a que los mataran en cualquier combate, pero al fin morirían en un peligro que ellos habían buscado y no asesinados cuando sólo pretendían ganar honradamente un miserable jornal . . .

Quico escuchaba asombrado. Ya le habían contado hechos parecidos, pero su optimismo no les había dado crédito. Ahora era distinto; veía a aquellos desgraciados viejos huérfanos de su hijo que era ahora su sostén y su padre, veía a aquellos mozos de rostros macilentos y asustados, veía en todos aquellos ojos un residuo que revelara toda la amargura recogida en el fondo de las almas.

Cuca sentía grandes temores y empezó a sugerir valientemente el regreso inmediato. Para qué ir más adelante. Hasta ahí habían probado amarguras, pero amarguras remediables; más allá, quién podía decirles lo que les amenazaba.

Serapio y Matías la secundaban. Sólo Doroteo y Juana insistían en seguir; ellos tenían ya un camino mejor, ellos iban a Houston, una ciudad en donde había ley y amparo y justicia, ellos no sufrían nada de todo aquello y sí podrían lograr mucho de lo que casi tenían entre manos . . .

Quico vaciló un rato y al fin, se decidió a seguir jugando la carta.

Adelante, no había que retroceder. El chofer que los llevaba vino a reforzar sus argumentos y al fin volvieron a ocupar su For, despidiéronse de aquellos desgraciados socorriéndolos liberalmente y continuaron el camino llevándose siempre a Serapio y a Matías.

—Ya nomás porque semos hombres y hay que cumplir la palabra. —Decía Serapio y agregaba luego—: Pero en cuanto juntemos algunos tostones, media vuelta, ya no probaremos más, basta con lo pasado.

—Pos yo, amigo, —replicaba Quico— he de salirme con la mía. El que porfía mata venado y al fin y al cabo lo que cada uno trai en su sino naide lo quita. . . .

Doroteo agregaba:

—Jalisco nunca pierde . . .

—Pos Michoacán, —concluía Matías—, no se raja nunca, pero cuando pierde, sabe conformarse y esperar tiempos mejores para ganar.

Entretanto la carretera iba siendo vencida, los pueblos pasaban como en vertiginosa carrera, en el horizonte alzábase una arboleda inmensa pringada a trechos con manifiestos muestras de grandes caseríos, vencida a trechos por los prismas de los rascacielos y, bien pronto, cuando se iniciaba la noche, ornamentada toda con vivos puntos de luz, con parpadeantes ojos luminosos, con una gran aureola que abría su abanico hacia los cielos. Era Houston.

Capítulo XIV
EL ORO NEGRO

—Y a luego decían que íbamos cuesta abajo. Nada, que todo consiste en fajarse bien los pantalones y seguir adelante hasta encontrarla. Vamos a ver, ¿qué nos falta? ¿Qué hay que se nos antoje y no podamos mercar? Nada, ni los caciques de Los Guajes se la pasan como nosotros. A luego, aquí es uno persona, la colonia se fija en nosotros, ya ves, ayer me llamaron para que perteneciera a la Sociedad Gral. Ignacio Zaragoza, me recibieron solo que no hay que ir poco a poco, tener maña...

—Pos sí será todo eso, viejo, pero también hay que ver cómo me he puesto mala, cómo estos dolores que nunca había tenido no me dejan a sol ni a sombra y, a luego... a luego Doroteo, ya lo ves, ese muchacho se nos pierde, Quico; antes tan modosito, tan obediente, tan de su casa, ahora con los amigos nomás. Con el cuento del maldito carro, no para en casa y ya sube y ya baja y a luego el pedir camisas y camisas limpias, pantalones y pantalones y a embadurnarse la cabeza con pomadas y perjumes, y a echar tipo con pelonas....

—Hombre, qué desigente eres. Está joven, es la edá. No siempre había de estar pegado a tus faldas, ni siempre ha de andar de loco. Ya asentará cabeza. Bien formal que va saliendo, palabra que empeña, palabra que cumple. Ya ves, ni un abono falta del carro, él lo paga solo; ni un abono debe de la ropa y los zapatos, todos puntualitos...

—Sí, pero ni un centavo vemos por aquí de su raya. Todo el jornal se lo bebe ese endemoniado carretón. Que ya reparaciones por aquí, que ya reparaciones por acá, y a luego, gasolín en la mañana,

gasolín en la tarde, gasolín en la noche. Diablo, Quico, si ese animal traga como la bota del Diablo . . . Y las llantas que se ha gastado . . .
—Y a luego, lo más malo, Quico, lo más malo . . . Doroteo empieza a trasnochar seguido . . . y lo peor, lo peor . . . Muchas noches llega pisto.
—A que las mujeres tan soflameras, hombre . . . No es monje, ni cura, ni muchacha. Es hombre, sabe cumplir con los amigos y, tú esajeras, tú esajeras . . . Sí dirás que yo no tengo cuidado de él. Ya sabré estirarle el mecate a tiempo, mujer, ya sabré . . .
—Pos tú te enojarás pero yo tengo que decírtelo todo de una vez. No, no te vayas, va lo pior.
—En todavía te quedan fantasías. Todavía vas a echarme recriminaciones.
—No, lo que quero es abrirte los ojos y hacer que cuides más de lo que te importa. Juana está mal.
—¡Ah, también Juana! ¡Ésa está derigida por ti! Hora voy a cargar yo con todo.
—¿Deregida por mí? A modo que yo la dejé raparse las trenzas, a modo que yo le consentí embarrase los cachetes, a modo que yo la llevé a la tienda para que se mercara esas naguas liadas y ese gorro provocativo y esas medias de mujer mala y esos zapatos . . .
—¡Ah qué mujer tan cavilosa te has vuelto! Qué sabes tú de la cevilización, hombre. Tú sigues diatiro de Los Guajes, diatiro de rancho mexicano. . .
—Pos sí, diatiro de rancho mexicano, diatiro de gente honráa, aunque te pese, Quico.
—¡Mira, mujer, estás provocándome! Vamos, había de andar la muchacha como criada de nuestra tierra. Era bueno que anduviera ansina ahora que tanta gente principal nos trata. Que se cortó las trenzas, que se viste así y asá, bueno, es la moda, es lo que necesita para cumplir con la sociedá y de eso a que ande perdiéndose, hay trecho, hay trecho, mujer.
—Si ella es avispada como pocas y sabe dónde le aprieta el zapato.

—Ahora, pues ¿no estás tú lista para sujetarla? A ti te toca, es mujer, yo no he de estarla regañando, no he de pegarle. . . .
—Que va con amigas, todas son señoritas distinguidas, luego, bien que se gana centavos para trapos y antojos. . . . ya ves, cose como pocas.
—Vamos a ver, ¿en tu rancho habría aprendido a coser y a ganarse tantos tlacos y a andar como persona decente? De molendera andaría por allá la probe, forzada a casarse con cualquier gañán que apenas la mantuviera corriendo la perra suerte que corriste tú conmigo mientras juimos probes. . . .
—Bueno, yo me callo, mejor es que me calle, pero sí te digo, Quico, que más contenta estaba yo con aquella perra suerte que tú dices, que con esta vida; más contenta estuviera de ver a Juana casada con un gañán, santamente, con la bendición del cura y el requilorio del juez, que no estar viéndola en el peligro de que cualquier sinvergüenza de estos yelibines la pierda. Ésa es la verdá . . .

Y por largo rato, seguía la discusión conyugal entre aquel matrimonio que, por ser domingo, estaba descansando en su casa. Los hijos andaban de paseo y ellos hacían cuentas de su vivir y su obrar llevando el marido la contraria a su mujer convencido hasta la médula de que ella veía visiones de que no se amoldaba a la civilización y de que él estaba volviéndose día a día persona más notoria y más de valimiento.

—En aprendiendo bien inglés —decíase a sí mismo— el mundo es mío.

Y para cerciorarse de sus firmes adelantos, repasaba todas las palabras que había podido pescar en la jerigonza callejera y las cuales, a más de ser pocas, eran un hibridismo de pésimo español y peor inglés.

El teatro de estos hechos no era Houston. En aquella ciudad apenas si habían permanecido algunas semanas, durante las cuales trabajaron en las obras de la dársena. Algunos compañeros de labores indujeron a Quico a ir más adelante, a Port Arthur, "Poraza", como ellos le llamaban, y el de Los Guajes, ante la perspectiva de un gran salario permanente y seguro, de una vida regalada como se la pintaban sus seductores, no vaciló un momento en olvidar el compromiso con el terrateniente y cargar con los suyos hacia aquel centro petrolero. Serapio y Matías ya no los siguieron. Con sentimiento sincero separáronse los dos grupos y mientras padre e hijo continuaban trabajando rabiosamente para poder lograr un regreso lo más posible honroso, los de Los Guajes tomaron el tren para ir en busca de aquel puerto de la abundancia, refugio contra toda miseria y arranque de altísimos destinos como se lo imaginaba Quico, allá en el misterio de su calenturienta y confiada imaginación.

Una mañana fría, había entrado el invierno, nuestros seis sujetos tomaron el tren en la espaciosa estación de Houston; pronto la locomotora empezó a resoplar, chirriaron las ruedas, trepidaron los carros y allá van lanzados como saetas, atravesando los suburbios de la ciudad, dejándolos luego y entrándose por extensos bosques de pinos, aromados, rumorosos, trasunto fiel de aquellos pinares suntuosísimos que crecen en las serranías de la patria. Puentes y puentes burlaban crecidos arroyuelos, pueblos y pueblos, siempre sonrientes y afanosos, emergían de pronto entre el bosque o en las escasas, enjoyadas y pobladas llanuras. El otoño habíase dejado un buen rasgo de flores campesinas y aquellos vallecitos hacían olvidar que el invierno estaba encima y engañaban con una visión de primavera. Pronto se llegó a los arrozales que circundan a Beaumont. Aquellas extensiones inmensas, henchidas de doradas y finas espigas, surcadas por anchos canales y pobladas de alegres, al parecer, alegres y confiados pizcadores, hacían en Quico y sus hijos la impresión más optimista. Allá en lontananza, entre nuevo boscaje, alzábase la mole del "San Jacinto Building". Ahí era Beaumont, la puerta de oro de la tierra del petróleo, una ciudad pequeña, pero pulida y agraciada. Un poco más y el convoy se entraba por amenos y extensos parques y luego iba a detenerse junto al caparazón de la estación, enclavada en el centro mismo de la ciudad. De ahí seguirían para Poraza en tren inter-urbano. Qué emoción tan nueva y halagüeña sintió Quico con aquello del trasbordo. Bien aprendida la lección, supo moverse con ligereza, ordenar los movimientos de los suyos e instalarse por fin en el carro que había de conducirlos a su punto objetivo.

Los hijos y el padre, volviéronse todos ojos para empaparse en aquel nuevo paisaje: una llanura extensa, a trechos dorada, a trechos verde y florecida, circundada por tres lados con bosques inmensos que cerraban el horizonte y por el último como tocándose con el cielo. Por ahí quedaba el mar.

Y luego, cómo estaba erizada por las torres petroleras. Parecían las tales como multiples y gigantescas espinas, que estaban denunciando el vertedero de aquel líquido milagroso, tan negro y feo en su nacimiento, pero tan fácil de transformarse en riqueza fabulosa. . . .

Hacia el sudeste, semicubiertos por una espesa y tiznada niebla, veíanse los caseríos de Port Arthur, los establecimientos de la "Gulf Refining Co." y de la "Texas Co." hacia el noreste, aparecía aislada la "Neches", todas grandes refinerías en donde hallaban ocupación miles de brazos y en donde se fincaba el paraíso de muchos.

Quico iba a trabajar a la "Gulf Refining Co." al golfo, ahí necesitaban albañiles y él y Doroteo habían aprendido el oficio en Houston.

¡Qué de risueñas esperanzas! ¡Qué de grandes optimismos! Solo Cuca mostrábase triste y desconfiada, pero, sencilla y prudente, dejaba a su marido y a sus hijos entregados al lisonjero momento. Además, ¿quién le aseguraba que no fueran a estar bien? ¿Acaso desde que habían salido de San Antonio no había ido siempre de mejor en mejor? Cierto que ella habíase ganado un agudo dolor en las espaldas durante sus semanas de pizca, cierto que buenos centavos se gastaban en procurar medicinas, pero, al fin había con qué comprarlas y quizá aquí tuvieran para eso y más, quizá aquí sanara.

Llegaron por fin y Quico ordenó desde luego la marcha hacia la refinería del Golfo, tomó un automóvil llamado con no poco garbo y allá van por la calle de Houston, doblaron luego por una larga avenida, dejaron el poblado, siguieron por alto terraplén y entraron de hecho a los dominios de la factoría.

Cómo imponían aquellas filas y filas de calderas. Cómo llenaban la cabeza de ruidos y de humo . . . Y luego, los depósitos panzudos, enormes, numerosos, esparcidos por todo el campo y los cuales guardaban miles y miles de pesos, en forma de petróleo, de gasolina, de lubricantes. Qué actividad. Qué ir y venir de carros llevando y trayendo obreros felices a pesar de lo tiznado de sus trajes y sus miembros.

Unos silbatos estridentes anunciaron las doce. El camino que seguían nuestros viajeros extendíase como gran avenida del trabajo, limitada por un lado series y series de calderas, hervidoras, boilas como las llamaba el chofer respondiendo a las preguntas de Doroteo y por el otro con un cercado y una alta tapia que daba acceso a nuevos departamentos. En el centro de aquel acotamiento había una gran puerta, a los lados de ella otras, pero era ésta la de más trajines y cerca de la cual, entre muchísimos carros, se detuvo el forcito en que viajaba Quico a fin de que éste pudiera hablar con el mayordomo de los albañiles.

El chofer lo acompañó a la entrevista y a poco rato, mientras Cuca y los hijos renegaban del tizne que caía continuamente desplomado de las columnas de humo y de los mosquitos insaciables e infinitos, regresaba el hombre con cara inflada de gozo. Había trabajo, podían entrar desde luego, al turno mixto. Trabajarían desde las doce del día a las doce de la noche. Las herramientas los esperaban, no había tiempo que perder.

—Y nosotros, ¿dónde vamos?

—A nuestra casa, mujer, aquí nos esperaban con casa, fíjate. Doroteo y yo nos quedamos y ustedes se van; este amigo ya sabe dónde, él las llevara.

—Y a la noche, cuando salgan. ¿Cómo van ustedes? Si se pierden.

—Qué pierden ni qué calabazas, nos veremos luego, adiós —cogiendo al muchacho por un brazo, se coló por aquella puerta que estaba tragando hombres y hombres, mientras el forcito iba a terminar su viaje un poco adelante, después de cruzar un punto, junto a un galerón dividido en pequeñas viviendas, las cuales eran rentadas a módico precio por la misma factoría

Pronto estuvo instalada la familia, el chofer le indicó, solícito, una tienda cercana, los depósitos de dónde podían tomar agua potable y las vecinas, no pudiendo contener su curiosidad, rodearon pronto a los recién llegados metiendo aguja por sacar hebra, contando sus historias propias por saber la ajena.

Después de un pequeño baldío, estaba el canal, tras él, almacenes y edificios de la compañía, todo frente a la casa de los recién llegados, quienes, teniendo muy poco qué hacer, todavía, fueron a instalarse en el corredor minúsculo para ver con azorados ojos, los grandes barcos petroleros que entraban o salían magestuosos por el canal, las dragas que iban desazolvándolo y, allá atrás, como humilde semblanza, la bahía inmensa, pacífica, dominada, que iba a perderse junto al cielo.

Algunos días después, la vida había encarrilado. Quico tenía amigos y amigos, volvíase todo elogios del capataz que le tocara, un gringo campechano y francote, bueno y considerado, que había vivido en México y quería a los mexicanos.

—Un bolillo, vieja, fíjate, —decía Quico— que hasta se echa su cerveza con nosotros....

Cuando llegó el invierno, cuando aquella extensa llanura quedó cubierta con una sábana de nieve y tiritaban todos los hombres y los nortes soplaban inclementes amenazando barrer con todo estorbo, nuestros amigos sintieron de pronto un desconcierto. Tierra más rara. Primero quemar como horno y luego helar como nevera....
Primero un mosquero de infierno y luego aquellos ventarrones que tenían con jaquecas días y días. Pero podía pasarse todo, el trabajo junto a los hornos hacíase más llevadero con el frío, había muchas casas que, vistiéndose de misericordia, fabricaban cerveza alcoholizada y Whiskey y *moonshine* y daban de beber al que necesitaba refrigerio, se ganaba buen jornal y visiblemente adelantábase en la fortuna. Ya Doroteo había verificado su sueño dorado: tenía un carro que si bien era de segunda mano, estaba bastante servible y corría como loco hacia Beaumont, al Sabinal, a las playas de baños, sin renegar jamás de la carga que llevara. Luego, tanto amigo tan francote y tan campechano. Tanta muchacha tan partida....

Juana tenía a su vez gran contento, ya era como una señorita de aquellas que envidiara tanto en San Antonio, ya tenía pelo corto, vestidos de seda, medias transparentes, zapatos finos, sombreros floreados y hasta abrigo de pieles. Ni las catrinas de los pueblos inmediatos a Los Guajes. Ni las rancheras más ricas que ella había conocido en México, andaban tan guapas como ella. Luego, aprendió a coser y con ello ganaba buen dinero y podía surtirse de afeites y perfumes y adornos. Hasta Justa solía alcanzar algo. Pedrillo andaba bien peripuesto, enfundado en un sacorrón lanudo y caliente, y Cuca, si bien se dolía más que nunca de sus males, podía comprarse todas las medicinas que quisiera y todos los abrigos que le hicieran falta. Había dinero bastante y había crédito sobrado.

Un fonógrafo gangueaba todo el día piezas y piezas y Juana estaba loca ensayando bailes siempre que tenía el más mínimo tiempo, frente a aquel cajoncito tan milagrosamente alegre . . .

Quico ya no extrañaba ni al Tequila. Ahí lo tenía, del merito Cuervo, siempre que se animaba a gastar sus cinco duros por botella y se animaba seguido.

—Si Serapio y Matías se animaran a venirse —decía de cuando en cuando—. Qué gran armada se daban. Pero no, el viejo es coyón y el muchacho muy para poco. Allá siguen a medio comer, queriendo apañar muchos centavos, ganados uno a uno, para volver a la tierra.

—Como tú ya ni te quieres acordar de ella.

—No, vieja, eso sí, sea como sea primero es mi tierra que todo. No dejo de acordarme de ella y bien sé que he de volver, volveremos, pero ricos.

—Quién sabe, —suspiraba la mujer.

—Anda, cállate, sea como sea, con sus mosquitos y sus nortes, Poraza nos ha recibido rete bien y aquí hemos de encontrar todas las perdidas.

—O perder todas las halladas. . . .

—Anda, cállate, soflamera, siempre biliosa. Bueno, horita vengo, voy a echar un traguito con mi compadre.

Y Quico, muy endomingado, salía en busca del nuevo compadre, dejando a su mujer siempre, ensimismada en el recuerdo de su rancho semisalvaje, pobretón, pero, para ella, único asiento de la felicidad.

Capítulo XV
El camposanto

Serapio y Matías preparaban al fin su deseado regreso. No habían logrado una riqueza, ni tenían trajes domingueros, ni muebles vistosos, ni carro, ni numerosos y campechanos amigos, pero tampoco eran seguidos por colectores y agentes y sabían que ahí, en una bolsa bien cerrada y mejor cuidada, había dinero suficiente para los pasajes, para comprar algunos regalos que llevar a la familia y para volver de nuevo a emprender, allá en su tierra, la reconquista de la fortuna.

Cuántos sudores habían costado aquellos ahorros. Cuántas privaciones. Pero el patriarca del Cuitzeo, había heredado a su hijo su estocismo, su voluntad firme, su serenidad en la vida, y ambos se fundieron en uno para imponerse al destino. Daba el viejo la experiencia y la devoción hacia el hogar, daba el muchacho la fuerza juvenil y el entusiasmo y así, completándose, pudieron inconscientemente hacer el milagro, salvar aquel mar traicionero y mortal y llegar a la playa desde donde le irían, con paso regocijado y ojos luminosos, en busca de los suyos tan amados.

Si hubieran podido regresar los tres.... Si tuvieran siquiera el consuelo de llevar con ellos aquellas cenizas amadas. Pero no, ahora era imposible; por indagaciones que había hecho a ese respecto, sabían lo costoso y difícil que costaba el transporte de los restos y se habían limitado a comprar una lápida de mármol, pequeña, la cual llevarían ellos mismos para enclavarla en aquel sepulcro que, un día, no perdían la esperanza, había de abrirse para devolver aquellos despojos al seno de su tierra natal.

Cariñosos y apegados a sus viejos compañeros de lucha, habían escrito a Quico invitándolo al regreso y dándole un domicilio de Laredo en donde los esperarían por dos días. Querían que tuvieran tiempo para pensar el retorno y arreglarse.

Luego, prefiriendo siempre el automóvil al tren, tomaron pasaje en un "bos line" y emprendieron la marcha hacia aquel pueblecito en cuyo cementerio una cruz estaría señalando la morada postrera del muerto.

Llegaron, apenas si comieron algo y cargando Matías con la pequeña lápida, fue tras su padre que marchaba presuroso hacia el panteón. Ya iba acortándose el camino a pesar de ser tan largo, ya se divisaba el acotamiento del camposanto, llegaban a la puerta. . . .

Pero . . . ¿que había pasado? ¿Qué ventarrón impío había arrasado aquella tierra de sagrado reposo?

Algunas cruces solamente, había esparcidas y destrozadas, guiñapos de ornamentos volaban prendiéndose en las zarzas, los promontorios de los sepulcros estaban hoyados, deshechos, arrancadas de raíz las plantas que piadosa mano sembrara como homenaje a querido difunto.

¿Qué había pasado? ¿Dónde estaba el sepulcro de José? ¿Sería aquel? ¿Sería éste? ¿Quién iba a conocerlo cuando ninguno tenía señales, cuando todos habían sido igualados por el paso de la impiedad loca y salvaje? El padre veía aquello con espanto inexplicable. ¿No sería ese el panteón? ¿Se habrían equivocado? Matías buscaba ansioso. Sí, aquel era el camposanto mexicano, ahí estaba una tabla semi destruida en la cual se leía el nombre. ¿Qué habría pasado?

En conjeturas anclaban nuestros hombres, cuando llegó un nutrido grupo de mexicanos, venían acompañados de un personaje, enviado del consulado respectivo, que fuera comisionado para hacer averiguaciones. Entonces supieron la verdad de aquella tala sacrílega.

En noche anterior, unos bolillos, quizá los alemanes del pueblo vecino que siempre fueron enemigos del mexicano, quizá los bohemios del contorno, quizá . . . quién sabe, pero unas manos descastadas, e inhumanas, habíanse cebado en aquel campo convirtiéndolo en lugar de burlas y profanaciones. Arrancaron las cruces, destrozaron las coronas, muchos restos de las unas y las otras fueron encontrados en pueblos inmediatos sirviendo de burlescos menesteres. Aquello era increíble, pero la realidad dábale fe absoluta. El odio necio, el desconocimiento estúpido entre razas, había provocado aquella profanación. El camposanto, la tierra sobre la cual sólo habían de levantarse la piedad y el amor había sido profanado también, ¡porque era mexicano! No bastaba que los infelices inmigrantes sufrieran en vida recriminaciones injustas, tratos de bestias, repulsiones sangrientas, no bastaba que fueran carne de martirio deslomándose y matándose, en los trabajos más penosos, en los menesteres más abyectos.

No se pensaba que aquellos hombres de bronce, siempre serenos, siempre resignados iban en las avanzadas con el pico y la pala abriendo caminos, reforzando vías, levantando bordos, ensanchando canales, cimentando, en fin, el progreso de este pueblo, su holgura, ¡su riqueza!

No bastaba, había que escarnecerlos hasta en la muerte. Había que humillarlos hasta ahí, en el sepulcro, donde el misterio derrumba todas las diferencias y aplana todos los orgullos....

En las mentes sencillas de aquellos hombres, levantábase el asombro buscando en vano la explicación, la correspondencia entre las cantadas virtudes del país y aquellos hechos que jamás ni en el pueblo más salvaje de su tierra, por salvaje tenida por no pocos estadounidenses, habíanse registrado. Qué pensar de ese amoroso cuidado por los seres débiles, de ese sentimiento que obliga hasta a defender a los pájaros del monte y junto al cual se agita esta racha rabiosa y cavernaria que arrastra a profanar panteones.

Los dolidos no reflexionaban en la mezcla variadísima de razas y pueblos que día a día se funden en este conjunto inmenso; no comprendían que las inyecciones de nuevos y numerosos inmigrantes, traían de todo. Trabajadores honrados y afanosos, hombres que venían en busca de una anhelada, pacífica tierra, dónde fundar su hogar y de hombres que, aves de rapiña, quizá expelidos violentamente de la desgraciada tierra que los vio nacer, venían trayendo su veneno y su maldad. Ellos no veían esto y, en su pena, en su honda consternación, condenaban a todos.

En vano el agente consular se esforzaba por dar explicaciones y pedir cordura.

—Se necesita calma, las autoridades quieren poner el justo castigo; pero hay que reunir pruebas suficientes, hay que buscar testigos, estas cosas son muy delicadas. . . .

—Pruebas, testigos, —saltaba uno— pero ¿qué más pruebas, señor? ¿Nosotros habríamos de venir a hacer esto? ¿Quiénes? ¿Acaso íbamos a estar desconfiando de un hecho como éste? ¿A quién se le iba a ocurrir que hasta los muertos peligraran?

—El salón de la Sociedad, bien que lo vigilamos, ya sabemos cómo en muchas partes han incendiado los locales de las juntas mexicanas, ¡pero el camposanto!

Y seguía la discusión entre comisionado y víctimas, esforzándose en vano el primero por imbuirles a los otros la conveniencia legal y renegando los segundos de aquellos trámites tardíos y enredosos que dilataban su vindicación hasta dejarla en el imposible.

Serapio y Matías continuaban buscando afanosos el menor indicio que les revelara con certeza cuál era el sepulcro de José. Marcháronse los otros y ellos aún siguieron ahí; por fin, después de tanteos y mil rectificaciones, hallaron el sepulcro, sí, ahí estaba un pedazo del pie de la cruz, era el mismo palo que Serapio había pulido con su propia hacha. Aquella era la tumba.

Pero el viejo pensó:

—Hoy lo encontré. Dentro de un año, dentro de dos o tres que pueda regresar volverá a suceder lo mismo, y entonces, ¿podré encontrarlo nuevamente? No, aquí no puede descansar mi hijo, no puedo dejarlo. . . .

Matías, ocupado en cimentar la lápida, pensaba de idéntica manera, de pronto, alzándose, dijo a su padre:

—Padre, y si diuna vez nos lleváramos al Chepe. . . .

—Sí, eso pensaba, diuna vez, qué más dá, qué cuesta que lleguemos sin cuartilla, pero que vayan sus cenizas a donde nadie las burle ni las infame.

Y suspendieron el trabajo de cimentacíon fuéronse tras aquel agente consular con quien consultaron sus deseos. El asunto resultó menos difícil y menos costoso de lo supuesto. Había que tardarse dos o tres días más, pero era fácil arreglarlo. A todo se resignaron nuestros hombres. Otro día, legalmente autorizados, exhumaban aquella caja azul, semipodrida, para entregarla a dos sujetos indiferentes que la llevaron a la cremación, y quienes, horas más tarde, les devolvían una pequeña urna conteniendo las cenizas de José. El viejo recibió con lágrimas aquella caja. Ahí quedaba aquel polvo negruzco que un día fuera carne fuerte y sana, ojos vivos y alegres, voluntad recia, corazón magnánimo. Ahí quedaba aquel hijo, gloria de sus canas. Pero quedaba para ir con él, para peregrinar con los suyos y volver a su tierra, a cobijarse sin temor alguno bajo los cipreses de su humilde camposanto, pero no por eso menos santo, menos respetado. . . .

—Después de todo, hijo, vamos de suerte. Ya vites cómo el siñor cónsul nos trató rebién. No es el lión como lo pintan. Ya vites a aquel otro sujeto que honradamente nos hizo el cambio, nos arregló los papeles y nos dio consejos. Dicen bien, si todos los que sufrimos por aquí juéramos luego con nuestros cónsules, otra cosa sería . . . Pero, pos más quitan que dan. . . .

—De todo hay, Padre. Nos tocó uno bueno, bendito sea Dios y adelante.

Y fueron adelante, sintiéndose más completos, más alegres, con la compañía de aquel sagrado depósito.

Con qué placer iban contemplando su propio avance. Cada pueblo que alcanzaban, cada pueblo que dejaban, dábanles bríos mayores y ahora parecíales el camino largo, San Antonio lejísimos, a pesar de que el chofer y los compañeros de viaje les aseguraban que para el día siguiente, amaneciendo apenas, entrarían nuevamente en aquella ciudad del Álamo.

—Saldremos luego, hijo, no ha para qué detenernos hasta Laredo.

Aquel automóvil sólo los llevaría hasta Victoria, debiendo ir a Port Lavaca; quienes fueran a San Antonio tenían que dejarlo en la población citada y buscar ahí nuevos medios de transporte.

Serapio y Matías, dejaron el vehículo, ya anochecido, para ir a buscar albergue por esa noche o, si la suerte los favorecía deparándoles un medio inmediato de continuar el viaje, seguirlo, cuanto antes. Cargando Matías con la lápida, objeto que llevaban consigo, con parte de sus trastos, siguió a Serapio que llevaba bien apretada contra su corazón la urna cineraria y todavía tenía fuerzas para cargar el resto de su bagaje y aún para andar ligero, como remozado, como ansioso por terminar cuanto antes aquellos caminos. Así, el padre adelante, el hijo detrás, cruzaron el distrito comercial de la ciudad, dejaron atrás la parroquia cuya silueta semijovial destacábase sobre el cielo y tornaron la calle que llevaba al inmediato barrio mexicano.

Pronto encontraron posada e iban a entregarse al descanso resignados a esperar hasta otro día la salida de un carro, cuando se presentó un sujeto preguntando por ellos.

—¿Por nosotros? ¿Pero está seguro usté que es a nosotros? —decía Serapio— si naide nos conoce, si somos unos probes jornaleros que vamos de regreso a México. . . .

—Sí, señor, a ustedes busco. ¿No son ustedes Serapio y Matías Quijano? ¿No son de Michoacán? ¿No llevan con ustedes los restos de su hijo José?

—Y como que es verdá todo eso. Pero hombre, ¿qué nos quieren? No hemos hecho nada malo, se lo aseguro.

—Oh, paisano, tranquilícese. Soy de la Cruz Azul y vengo por ustedes para que estén entre hermanos de raza . . .

—¿La Cruz Azul? ¿Quién es esa persona, esa . . . es. . . . pos esa cosa, qué es?

—Vera luego, espérenme, regreso inmediatamente, voy por la comisión.

Y desapareció el extraño, dejando a nuestros hombres confusos y azorados, temerosos y casi dispuestos a alejarse inmediatamente de aquel lugar.

En ello andaban, cuando llegaron los anunciados comisionados.

Capítulo XVI
LA CRUZ AZUL

Qué sorpresa esperaba a nuestros peregrinos. La piedad llegaba a ellos, cierto que tardía, pero, ¿acaso es tarde alguna vez para recibir un consuelo? ¿Acaso es tarde saberse acompañado en un dolor, comprendido en un sufrimiento, consolado en unas ansias amargas que sólo terminarán en el sepulcro? Y luego, no era un bello recuerdo llevarse aquella última impresión de una tierra donde tanto se sufriera? Más valía así. Y Serapio y su hijo, dejábanse llevar multiplicando sus agradecimientos y repitiendo cien veces su gratitud para aquellos paisanos que así se portaban.

Del pueblo donde arrancaran las cenizas de José, lugar en donde acababa de instalarse una Brigada de La Cruz Azul Mexicana, avisaron a la Brigada de Victoria que iban aquellos dos hombres llevando las cenizas de una víctima del trabajo y la expatriación. Ese fue el motivo para que los mexicanos de Victoria, congregándose en derredor de aquella institución, esperaran a los viajeros para demostrarles su solaridad de raza, para brindarles un consuelo, ya que les era imposible evitar la desgracia.

José, que no había tenido en su sepelio más oraciones que los rezos truncos aunque sinceros, de sus compañeros, iba a ser honrado ahora, casi un año después, como en su tierra se honraba a todo cristiano. En un local amplio, habíase formado la capilla ardiente. Guardias de mujeres, vistiendo el uniforme blanco y azul de aquella institución.

Las mujeres acompañadas por varones que lucían las insignias de "Los Hacheros" (sociedad fraternal estadunidense ramificada entre los mexicanos) recibieron la urna para colocarla sobre pedestal rodeado de flores.

Aquellas mujeres, haciendo resurgir de su corazón toda la legendaria ternura de la madre mexicana, de la hermana mexicana, de la esposa mexicana, acudían solícitas a atender a los dos hombres que tanto habían extrañado la ausencia de mujeres en aquella noche aciaga.

Cierto que el homenaje renovaba dolorosamente la pena, pero este dolor se vertía ahora sereno, resignado, alimentando esperanzas. Si aquellas santas mujeres hubieran estado entonces.

Cómo no habían sabido antes que existía la "Cruz Azul", aquel grupo de mexicanas tan caritativas y tan desinteresadas . . .

Y a este tenor hacíanse reflexiones Matías y su padre, mientras grupos y grupos de compatriotas invadían el recinto, mientras se turnaban guardias y otros los llevaban cariñosamente para proporcionarles descanso y alimentos.

Ahí, cuántas nuevas historias de catástrofes supieron. Fue eso, la serie de martirios en los cuales caían los mexicanos por su inexperiencia o su desgracia, lo que impuso la necesidad de una institución que velara por todos, que los unificara. Fue fundada y se extendió luego. Ahora existían brigadas en casi todos los puntos de Texas donde había regular número de mexicanos, extendíase ya hasta California, tenía ramificaciones en el norte del país y trabajaba, trabajaba despacio todavía sin orientación precisa, sin eficiencia, pero . . . el tiempo lo haría.

Lo importante, lo bello, lo útil, era el hecho de que aquellas mujeres unieran sus ternuras mexicanas, su patriotismo, su desinterés y se echaran a buscar al paisano caído para levantarlo, para ayudarlo. . . .

Era así como el infeliz que caía, muchas veces injustamente, que caía, decimos, en las penitenciarías, en las cárceles, no quedaba para siempre olvidado, ignorado el paradero de los suyos y siendo llorado como un muerto por aquéllos que un día lo vieran partir lleno de esperanzas, que de pronto dejaran de recibir sus letras y que después nunca jamás volvieran a saber de él. . . . Eso pasaba antes, ahora no; aquellas mujeres bajaban a las cárceles, iban a las penitenciarías, reanudaban las comunicaciones familiares y hasta hacían agencias de libertad, que muchas veces salieron con éxito.

Y aquellas mujeres, eran con su obrar, aunque defectuoso, un alto honor, una alta vindicación de la raza. Eran ellas de la masa del pueblo, de la madera de donde se sacan braceros y peones, de aquellas tenidas como plebeyas en su propia tierra, como incapaces de nada noble y aquí, ante la desgracia, se erguían valientes, decididas, ciegas quizá, pero llenas de fe y de amor, para socorrer al caído, para consolar al triste, para mostrar a todos el sendero de la patria y brindarles a todos un dulce remedo de ella con su solicitud y su abnegación. . . .

Cierto que muchas veces colábanse entre la Cruz Azul elementos perversos, gentes logreras que buscaban la ganancia para sí mismos, que se apoderaban de la masa, bajo pretexto sagrado, para explotarla a su sabor, pero el tiempo limpiaría el efecto, el tiempo mejoraría aquella institución plenamente justificada, mientras en Texas hubiera mexicanos sacrificados.

Y para justificar lo anterior, venían algunas relaciones de hechos verificados por la institución. Muchos las sabían, muchos las contaban, pero habrían de seguirse propalando, a fin de acrecentar la confianza hacia aquel grupo que necesitaba la simpatía de todos para ser mejor y cumplir mejor con su sagrado cometido.

—El año de . . . —decía alguno— robaron el banco del pueblo X. Las sospechas cayeron luego sobre los mexicanos, porque eran los más pobres, los más explotados. Se hicieron aprehensiones y tres o cuatro de la raza fueron al calabozo. A los juzgados después, a las cortes, desconociendo el inglés, fácilmente los hicieron declarar falsedades y ahí están condenados, el que menos, veinte años de penitenciaría. . . .

—Pasó el tiempo, hubo otro robo, entonces se anduvo más listo y vino el descubrimiento: un miembro de la misma policía había robado esta vez y la anterior también. Él fue quien confesó la inocencia de los mexicanos. La Cruz Azul trabajó fuerte y pudo sacarlos pronto de la penitenciaría, pues a pesar de su probada inocencia, aún se les retenía por mil trámites ahí. Pero salieron. Antes, fueron las hermanas de la Cruz Azul quienes los visitaron en sus celdas, quienes los pusieron en comunicación con sus familias, quienes les llevaron provisión de cigarros y de fruta y de libros y de periódicos. . . .

—Luego —saltaba otro— ¿a aquel que salvaron de la horca?

Y así multiplicábanse las relaciones del trabajo verificado por la incipiente institución, que iba tomando día a día mayor fuerza y mejores caminos.

Junto con ella, laboraba otra agrupación mexicana, la Comisión Honorífica, también ahí solía haber malos manejos, también ahí sobraba torpeza muchas veces, pero se caminaba, se iba adelante . . . algún día ambas estarían a la altura de su deber. . . .

Y así pasó la velada, hasta que el sol anunció el nuevo día y los Quijano, acompañados cariñosamente por muchos, tomaron nuevo automóvil que los condujera a San Antonio.

En la ciudad del Alamo apenas si se detuvieron lo suficiente para encontrar transporte a Laredo, cosa que fue muy fácil y por fin alcanzaron la anhelada frontera.

—¿Qué pasará con los Garcías, hijo? A poco nos esperan aquí. . . .

—Qué va, Padre, ellos ya se hicieron a la tierra, están todos, se quedarán, quizá se hagan ricos de veras . . .

Y en esto pensaban, cuando Quico, el mismo Quico, salió a su encuentro.

Pero qué flaco, qué amarillo, cómo parecía triste y cabizbajo.

—'Hora sí, amigo, nos vamos.

—Quién sabe, amigo.

—¿Cómo, luego a qué vino usté? ¿Donde está la familia?

—La familia . . . en Poraza, yo vine . . . yo vine . . . pero vengan, vamos por allí. . . .

Y los tres fueron, inconscientemente, caminando hacia el río.

Capítulo XVII
El río grande

Cómo se ensanchaba el corazón ante aquel río que, al parecer manso, inofensivo, pasaba bajo el puente. Cómo se abrían los poros de la nariz para sorber aquel viento que venía del sur. Qué placer estar ahí, frente a la patria, junto a la patria, cuya tierra podía pisarse con sólo atravesar aquel puente. México. Otra vez en su seno, otra vez a sufrir y a gozar, pero a sufrir con los dolores de todos, a gozar con las alegrías de todos. Ahora se sabía lo que significaba patria, ahora se perdonaba a los caciques de pueblo y a los caciques de la nación. Cierto que eran crueles, pero ya pasarían, eran hombres, ya bajarían a dormir el sueño eterno, mientras que ella, la patria, aquella tierra bendita, aquella raza hermana, era inmortal. Sería libre, sería feliz, y con ella lo serían también todos los hijos buenos, los que pusieron su esfuerzo noble, los que tuvieron fe en el porvenir, trabajo en el presente, respeto y veneración para el pasado . . .

Todo esto pensaban aquellos hombres, aunque sin expresarlo por falta de palabras. Pero, ¿no eran más elocuentes el brillo de los ojos, el recio y continuado palpitar de los corazones, el sudor de las frentes, el borbotear de palabras y palabras que pregonaban el goce?

Sólo Quico seguía mudo. Ante la alegría de tantos emigrantes, parecía ensombrecerse más.

Serapio y Matías, cargando sus pertenencias, listos para pasar al otro lado, seguían interrogándole sobre los suyos, él callaba.

—Ya les diría, después, cuando pasaran la aduana. . . . Iría con ellos hasta el tren, lo sabrían todo.

Y llegaron a la aduana, pasaron felizmente el registro, pisaron tierra de su patria, anduvieron garbosos sobre ella, sintiéndose libres de miradas ofensivas, sintiéndose soberanos, iguales a todos, dueños de aquel país como el potentado y el magnate. . . .

Y llegaron al tren; en el express quedó la caja querida y con ella la lápida y los bultos pesados y luego los tres fueron a sentarse en banca cercana en tanto llegaba la ansiada hora.

Ahi habló Quico el de Los Guajes:

—Sí, amigos, me quedo. Yo no puedo regresar ya a mi tierra. No soy rico, vivimos, nada más vivimos, gracias a que hay trabajo duro que podemos desempeñar . . . soy tan probe como cuando vine, y ahora tengo lo que antes no tenía, un hijo borracho, perdido. . . .

—Sí, sí, es cierto . . . y también me falta lo que antes me sobraba, la honra. . . .

—¿Cómo, está loco amigo?

Y Quico, a punto de sollozar, enrojecido de vergüenza, entregaba la amargura de su corazón a aquellos más, mucho más felices que él: Juana, aquella hija alegre y cantadora que él dejara libre, demasiado libre, había caído llevándose con ella la resignación de su madre y la ceguera de su padre. Una noche, una de tantas noches en que asistían a un baile más, uno de tantos, un holgazán famoso por pendenciero, por jalea, por bebedor, supo llevársela, supo aprisionarla fácilmente entre sus palabras engañosas y aquella mujercita de alma ardiente cayó. . . . abandonó el salón para no volver jamás . . .

Primero se fueron a Beaumont, después a Houston, después . . . quién sabe. En vano el padre había buscado. Primero quería vengar su honra, limpiarla, matar a aquel desgraciado o después de hacer que se casara con su hija, después . . . se consolaba con tener a la infeliz a su lado. La perdonaba, sentíase él culpable en mucho, y sabía que el raptor la había abandonado después de saciar sus bajos apetitos. . . .

La muchacha era de ley, no volvería a su casa, lucharía contra el hambre, pero . . . ¿podría sostenerse en el primer escalón de la caída? ¿Acaso no seguiría rodando y un día, en cualquier miserable burdel, no seguiría su marcha hacia la infamia? Aquel hombre lloraba de rabia y de dolor, abiertamente, francamente, apretando las manos rugosas y nobles de Serapio, las lozanas y francas de Matías.

Luego el hijo, aquel hijo que fuera tan trabajador, era ahora un perdido, un jalea más, que rodaba y rodaba en el maldecido carro yendo del prostíbulo a la cerveza, apareciendo apenas por el trabajo, matando a su madre con su desamor y con su conducta.

No, ellos no volverían. . . . Aquí perdieron la honra, aquí se quedarían para no morir de vergüenza al llegar a su tierra, al volver entre sus conocidos que, muy rancheros, muy simples, sabían afrontar la miseria a cambio de conservar el honor.

Sería un méxico-texano más, pero no de aquéllos que aquí triunfaron a fuerza de fatigas, no de aquéllos que aquí se arraigan por la tierra conquistada, no; sino de los otros, de los rezagados porque se habían empapado en las manchas que caían sobre la raza, de los perdidos entre la canalla que se entregaba al bulegaje y a la miseria, de los que andarían escabulléndose a la ley de que soportarían con la frente baja todas las afrentas.

Tenía una esperanza: sus hijos pequeños. Velaría por ellos si lograra salvarlos, si sabía encaminarlos mejor, entonces quizá volverían a la tierra. Los otros quedarían muertos.

La locomotora estaba lista, llegaba la hora, los viajeros tomaban apresuradamente su sitio. Serapio y Matías, mostrando su pesar con el silencio, acompañaron a Quico hasta el puente. Ellos quedaron de pie del lado mexicano, él emprendió pesaroso la marcha hacia el norte. Ya lejos, volteo y les gritó casi:

—Váyanse, dígales a los paisanos que se aguanten como hombres, que se queden en su tierra . . . aquí se encuentra más fácilmente la muerte y la deshonra que el dinero.

Y en la sombra de la noche, se perdió su silueta como una sombra más.

San Antonio, Tex. principios del verano de 1926.

Under the Texas Sun

by
Conrado Espinoza

"ONE MORE TEXAS-MEXICAN:" *UNDER THE TEXAS SUN* AND CONFLICTS OF NATION

El sol de Texas/Under the Texas Sun was the first novel to depict the great migration of Mexican nationals to the United States during the Mexican Revolution. The first edition of the book was published in San Antonio, Texas, in 1926, at the height of literary and journalistic activity in the Mexican immigrant community. Despite its clear historical importance, the novel has remained marginalized for many years and is unknown by the majority of academics who work on immigration literatures; even its place within the emerging canon of Chicano or Mexican-American literature has still not been entirely decided. Thankfully, this reprinting of the novel by Arte Público Press, with an English translation by Ethriam Cash Brammer de Gonzales, will allow for this critical book to be accessible for the first time to contemporary readers.

During the period prior to the Depression in the United States, Mexican immigrants and exiles wrote a large number of literary texts and journalism. *Under the Texas Sun* is part of this body of literature that forms the foundation for the works that decades later would emerge during the Chicano Movement. The novel is characterized by its detailed descriptions and by a realism that emphasizes the injustices that Mexican immigrants faced. Moreover, due to the large quantity of information in regards to the organization of Texas society, field work and urban and rural geography, *Under the Texas Sun* will be useful not only for scholars of literature, but also for historians, anthropologists and scholars of culture more generally.

In the novel, we can detect the nationalist positions of the author, Mexican exile Conrado Espinoza, faced with the massive migration of his countrymen seeking economic refuge in the United States. The narrator of the story has a complicated voice. On one hand, he celebrates the capacity for resistance of the *mexicano* immigrants, the common workers who must confront discrimination and mistreatment at the hands of the Anglo-Saxon people in this new hostile land. However, on the other hand, Espinoza's nationalist posture demands from the narrator (and from himself) the rejection of any immigrant that decides to stay in the land of the "gringos." Faced with the decision of many *mexicanos* not to return to their homeland, the narrator finds it impossible to see the possibility that they might succeed; on the contrary, the only possible outcome is that those who remain outside of Mexico will progressively degenerate, eventually forming a hybrid race, a *pocho* culture that Espinoza derides and ultimately rejects. The novel presents the reader with a clear example of the "ideology of return," that is, the obligation never to desert the homeland or, at the very least, to return there as soon as possible so as not to lose a sense of morality and national identity in the United States. Because of this, the book is transformed into a nationalist response to the American Dream that promises all immigrants political freedom and economic opportunity. Throughout the course of the novel, the representation of *mexicano* immigrants—both the good and faithful ones who decide to return and the lost, bad ones who stay—their traditions, their challenges and their battles illustrate this nationalist thesis so often repeated by Mexican authors in the United States in this time period (Kanellos, "Early").

About Conrado Espinoza and His Text

Practically all of the information available about Conrado Espinoza comes from a biography written by Adrián García Cortés, *Espinoza: El hombre, el maestro*, published in Mexico in 1983, six years after the death of Espinoza in Sinaloa, Mexico. This biography, a compendium of texts by García Cortés, also includes a variety of photographs and supplementary texts—various essays and autobiographical chronicles written by Espinoza himself, interviews with

Espinoza and testimonies from people who knew him. From this source, we know that after 1920 Espinoza worked in the educational system in Mexico during the administration of José Vasconcelos, then rector of the National University, establishing schools and undertaking a number of educational projects throughout the Mexican republic (71-73). Vasconcelos worked with Adolfo de la Huerta in his candidacy for the Presidency of the Republic, and with the country divided between supporters of Plutarco Elías Calles and De la Huerta in 1924, Espinoza was identified as a supporter of the latter because of his association with Vasconcelos and had to go into exile, heading first to New Orleans, Louisiana, and then to San Antonio, Texas, in the same year. In the Alamo City, he collaborated with several different newspapers, included *La Prensa*, and later he moved to McAllen, a small city on the border in South Texas that borders Reynosa, Tamaulipas on the other side of the Río Grande. There, he worked in a newspaper[1] that he described as "modest, with a great influence among the *"chicanada"* and which allowed me to develop myself freely" (99).[2] The word, *"chicanada,"* refers to the working-class *mexicano* immigrants living in the United States. *Chicanada* is also used in another foundational text of the literature of Mexican immigration, *Las aventuras de Don Chipote, o cuando los pericos mamen / The Adventures of Don Chipote, or When Parrots Breastfeed* (1928) by Daniel Venegas. Although García Cortés does not mention the publication of *El sol de Texas* in San Antonio in 1926, it is clear that the book revolves around this same group, the *chicanada*, represented by the two families. Espinoza spent several years in different parts of the United States: California, Illinois, Kansas and Texas among others, pursuing his journalism career, often in the publications of Ignacio E. Lozano, editor of *La Opinión* (1926-) in Los Angeles and *La Prensa* (1913-1962) in San Antonio (García Cortés 151). During the six years that Espinoza was in the United States, he came and he went freely to and from Mexico despite his exile. In 1930, Espinoza returned to Mexico, to Los Mochis, Sinaloa, to continue with his educational projects.

García Cortés presents Espinoza as an erudite nationalist, invariably dedicated to the education of the less-privileged sector of the Mexican population: "Professor Espinoza . . . loved . . . Mexicans profoundly, and when we love with this intensity, we cannot always love people as they are, we want to see them with a different, improved face, whoever loves like this, demands much" (388). In his novel, Espinoza undertakes this ideological work to improve the race; he creates a story that guides the reader to only one conclusion: that returning to one's homeland is not only advisable but also obligatory for any "decent" *mexicano*. Espinoza is, above all, an intellectual who advocates for the rights of the people from a safe distance and always from above. As Kanellos has written, "In these novels of immigration . . . a literary style and a ideology of immigration is developed that, in part, responds to the interests of class of the business owners and the writers, but which also reflects the *campesino* and the Hispanic immigrant worker" ("Literatura," 223). The representation of the *mexicano* immigrant that Espinoza offers us is complicated; it does not follow to the letter the ideology of "México de afuera" as it was created by intellectuals like Ignacio E. Lozano and Nemesio García Naranjo, who proposed, among other things, that the Mexico that the exiles built in the United States during the Revolution was even more authentic than the actual territorial Mexico.

Juan Bruce Novoa, in his study on San Antonio's *La Prensa*, has stressed the importance of the "México de afuera" ideology not only for the exiled *mexicano* elite, but also for the masses of immigrant *mexicanos* and Mexican Americans already living in the United States for generations. According to Novoa, "Lozano provided the opportunity to fulfill their ideological illusion of still being Mexican without, of course, actually returning to Mexico" (152). In this sense, Espinoza could have shared the same social position of the "México de afuera" intellectuals, but when he wrote his novel he advocated explicitly for the return to the actual territory of the homeland. Here, his goal comes into conflict with Lozano's ideology, who always maintained that the Mexico that the exiles created in Texas, and in particular in San Antonio, better preserved traditional Mexican and Porfiriato values than in the Mexican territory itself. Because of this complexity, *Under the Texas Sun* allows for a wide diversity of readings when it is studied deeply. The novel, as Kanellos points out with respect to the literature of immigration written by the *mexicano* exiles, is "highly lyrical and idealistic in its poetry and elegant in its prose" and is "characterized by an aggressive tone and a highly political commitment in its arguments" ("La expresión," 20). Kanellos has considered *Under the Texas Sun* 'the most impressive protest novel against the maltreatment of the immigrant workers" ("La expresión," 16). Nevertheless, he himself argues that the *mexicano* exiles who fled during the Revolution, "take possession of the official culture and the media and take part in the diffusion of a conservative culture that is articulated in Porfiriato novels like *Ladrona* (1925) by Miguel Arce and others that even if they refer to workers, as in *El sol de Texas* (1926) do it from an elitist perspective and with a sentimental language that is foreign to the worker" ("Las aventuras," 359). These are the most critical complexities: the relation with the ideology of "México de afuera" and also his always distanced and satirical position in regards to the suffering of the working-class, *mexicano* immigrant.

Under the Texas Sun: Immigration and Chicano Literature

The study of *Under the Texas Sun* has much to contribute to immigration literature studies, especially in the United States because little attention has been given to the experience of *mexicano* immigrants and their literary production. For example, in her 1999 book, *The Immigrant Experience in North American Literature: Carving Out a Niche*, Katherine Payant assures the reader in her introduction that the essays presented in her book represent the diversity of immigration literature both in its historic manifestations as in the present-day. Despite this statement, the only study on the Mexican experience of immigration focuses on *Woman Hollering Creek* by Sandra Cisneros, who was born in Chicago in 1954 and is therefore not an immigrant herself, but rather a native of Illinois. Payant explains that she found very few immigrant writers from

Spanish-speaking countries, and because of this she decided to include the writing of their grandchildren and great-grandchildren—of the second- and even the third-generation in the United States. She defends the decision to call these texts "immigration literature" affirming that "This reflects the fact that first-generation, non-English speakers of any nationality seldom produce much literature, with the exception being the Jews . . . " (xxii). However, this is simply not the case. Owing to the discoveries of the Recovering the U.S. Hispanic Literary Heritage Project, it is now known and can be proven that the amount of literary production by Latino immigrants is very high and quite diverse. Moreover, Payant says that "One salient difference between older and more recent immigrant writing is the tendency of newer writers to critique American culture and find it wanting" (xxiii). However, in Latino literature, at the least, there has always been a very strong criticism of United States culture. The criticism present in modern-day Latino literature comes from a long tradition of protest, as is well evidenced by *Under the Texas Sun (1926)*, *The Adventures of Don Chipote* (1928) and *Lucas Guevara*,[3] the oldest novel of the genre that has been found at present. Sadly, the idea that Latino immigrants do not write or that there was no Latino literature in the United States prior to the community-based movements of the 1960's still persists, continuing to be relatively common.

Reading the literature of immigrants and Mexican exiles of the period of the Mexican Revolution can help us to deepen our readings of the Chicano literature of the second half of the twentieth century. Other critics have pointed out the benefits of relating post-1960 Chicano literature with its antecedents. For example, Héctor Calderón, in *Criticism in the Borderlands* (1991), affirms that in this way we can reach "a dialectical understanding" of the evolution from the literature of the early twentieth century to our current Chicano moment (98). Going further, Calderón problematizes the classification of *mexicano* authors resident north of the Rio Grande in the early period, "Are the Mexican writers and expatriates traveling through or living in Texas and California to be included among Chicano writers? These questions are not easy to answer. My solution is to pose them in another form. If we are to radically historicize Chicano literature, shouldn't we study, instead, how the forces of change have formed Chicanos and their literature in the twentieth century?" (103). It is exactly this historization of Chicano literature that a careful reading of Espinoza's text allows us. By understanding more deeply the texts of the first half of the century, our reading of the texts from the second half is complicated and is deepened considerably.

Under the Texas Sun—Structure and Themes

Under the Texas Sun follows the journey of two families of economic refugees who immigrated in search of better opportunities. Each family suffers their own evolution under the Texas sun, continually coming into contact with a multiplicity of characters. In this way, Espinoza is able to represent the collective experience of *mexicano* immigrants, because the novel is not limited to a single character, but rather is made up of the stories of many. Espinoza's observations provide us with the diversity of *mexicano* experiences in the United States, yet always filtered through his own personal judgments—immigrants that return to Mexico because of the overwhelming level of oppression, those that remain in Texas corrupted and dishonored, the *mexicano* adventurers, the Texas Mexicans who mutilate English and Spanish, the immigrants who fled escaping the hand of the law in Mexico, and those few Texas Mexicans, deeply rooted in conquered soil, who have succeeded because of their hard work. A high level of diversity in the *mexicano* community in Texas is evident.

However, despite this apparent diversity, Espinoza describes his different characters always with an eye toward justifying his own nationalist ideology. The nation, as it has been conceived in the theoretical formations of Benedict Anderson (1983) and Eric Hobsbawm (1983, 1990), is an imagined entity, that is constructed continually responding to the exigencies of the historical moment. For Espinoza, the Mexican nation only exists behind him in the physical territory of the nation. In this sense, he enters into conflict with the

"México de afuera" ideology which affirms the authenticity and even the superiority of the *mexicano* community resident in the United States. Espinoza conjures the existence of a mythical Golden Age prior to the Revolution that every good *mexicano* must long for and value above all else. The convulsions of the Revolution and the massive immigration that it provoked are the causes of the suffering of the nation. With a decidedly conservative outlook, Espinoza criticizes these circumstances as the real tragedies of the nation, causes of division, downfall and a subsequent melancholia that grips the national body. He consistently criticizes the forms of assimilation and hybidrization that are found in Texas: flappers (the "liberated" women of the 1920's), *pochos* (Mexican Americans who no long seem to Espinoza to be *mexicano* enough), materialism, the lack of integrity. In the opinion of Espinoza, the only available path for an honorable *mexicano* is to return to Mexico. In his analysis, a Texas Mexican, born and deeply rooted in Texas, might be able to attain some level of success in his native state, but he is certainly not a *mexicano*. If *mexicanos* decide to remain outside of Mexico, they will quickly become hybrid Texas Mexicans, degenerate and lost. As far as the homeland is concerned, such a person is dead. Because of this, Espinoza will always reject them.

The two families meet each other for the first time in the "troca" (truck) that takes them from Laredo on the border to San Antonio. The first family, the García, is made of the parents, Quico or "Federico, the man from Los Guajes," his wife, Cuca, and their four children. The other family consists of an older man, Serapio, and his two sons, thirty-year-old Matías and seventeen-year-old José. They enter the United States through the "gringo Laredo" that for them is their "promised land," the place that has been the object of all of their hopes for a better future. On the United States side, the immigrants imagined "peace, work, wealth and happiness" and no longer would they fear "the Villistas, the Carrancistas, nor the government, nor the government, nor the revolutionaries" because they had left those conflicts behind in Mexico (148). Nevertheless, the first hints of the destiny that awaits them in Texas are to be found on the bridge, where "they had been treated rudely, mocked and disparaged at the immigration office" (148). Although it would seem that this treatment was a thing of the past, the truth is that it is an indication of the problems that await them. Espinoza catalogs the injustices that the families face as a way of denouncing them, making clear the mistreatment *mexicanos* must face in the United States.

Upon his arrival in Texas, Quico dreams of staying for several years; he knows that a few of his friends from the same village "had been able to get their hands on some land and were now rich" and he imagines that he will have the same luck (153). Nevertheless, he cannot consider the possibility of staying to live in Texas because he always "his homeland came before all else" (153). He thinks that if he went back to Los Guajes, "he would return a rich man with enough money to purchase a plot of land" and maybe he would even be able to usurp the caciques who "had robbed him of his labor and his wages for so many years" (153). As is clear, his hopes are focused on the possibility of returning and getting revenge in his hometown.

In San Antonio, we find a city with numerous Mexican characteristics due to the recent conquest by the Texan armies just seventy years earlier. San Antonio is "the American city that maintains the most traces of its Mexican or Spanish past" and these are so firmly rooted in the land that "they grow and appreciate with the passage of time" (154). These attributes announce a lost Golden Era, what could have been San Antonio if it had not fallen under United States control. The description of the city is focused on the symbols of the historic presence of the Spanish and the Mexicans—the Mission of San Jose and the Mission of San Antonio de Valero, the Alamo. The first mission is evidence not only of "our mother Castile," but also of Mexican nationality: a statue of the Virgin of Guadalupe "remains intact" in front of the Mission (155). Referring to the Alamo, the narrator celebrates the contributions on both sides of the conflict for the independence of Texas, praising Davy Crockett, William Travis and James Bowie as "undeniable heroes" and also "our 'Johnnies Come Marching Home'" who "fighting for their flag, defied their commanders ineptitude" (155). The narrator, identifying himself as a *mexicano*, uses the first person plural to refer to *mexicanos*, to pay homage to the underrecognized soldiers and to criticize the powerful General Santa Anna, hated en Mexico for having lost so much Mexican national territory. Despite this, as the narrator states, "San Jose and the Alamo are only distant memories" relegated to this lost Golden Age.

Even more impressive is the appearance of the plaza de Zacate (Haymarket Square), a very Mexican space although on United States soil. It is a place that fills with *mexicanos* at nighttime while the rest of the city sleeps. During the day, the plaza is "where vendors and suppliers go to hawk their goods" (157). The narrator turns to Don Quijote and the fictional Golden Age which he represents, to point out the deeply Spanish roots of this conglomeration of people in San Antonio. In this sense, the Golden Age is not located in Mexico, but in Spain. Espinoza reorients his vision toward Spain in search of "an origin" that would legitimize the greatness of the Mexican nation. In this way, the allusions to Spain and to Don Quijote counter the vulgarity and the materialism of United States modernity. "All the *mexicanos* and Texas Mexicans who have been able to seek their redemption through working the earth" come to the plaza. This is the first time that a clear distinction is made in the book between the *mexicano* immigrants and what the narrator calls *méxico-texanos* or Texas Mexicans. This is very significant for the studies of this time period because we see that Espinoza is conscious of the presence of the native Hispanic community in the United States and that he recognizes the deep roots that some have in this land that once was a part of the Mexican national territory.

After arriving to San Antonio, the two families, Quico's and Serapio's, separate in search of work and economic advancement. Quico and his family are not able to leave San Antonio because they do not find work. Although they are in great need, have no work or money and are faced with discrimination and mistreatment, Quico is resolved to remain in Texas, because "in the end, they were better off here. And after all was said and done, the work contractor was only one man. He would only have them under his yoke once. In Mexico, there were many like him and they tormented these folk constantly" (164). In this quote, the distinction is clear between life here and there; the homeland, that remains behind them, does not provide any means to advance oneself. Nevertheless, in Texas, they find no support in standing up to the discrimination they faced, not even in the Consulate, because "they already knew that a consul would strongly reprimand any Mexicans who cam elooking to make it rich" (164). Although Quico takes a long time to find work in San Antonio, "the old man from Cuitzeo and his two sons", that is Serapio, goes to work in the "traque" (as they call the construction of the railway) as soon as they arrive to the Alamo City.

The work on the "traque" is extremely difficult for Serapio and his children; they force him to work hard, making emergency repairs, reinforcing the permanent encampments, and they do all the work beneath the scorching rays of the sun. The narrator introduces us to the other workers, some who are "honest and honorable," others "fugitives running from the law" and others "truly adventurous young men, always cheerful" (172). Of course, the heroes of the novel fall into the first group, and the narrator confirms as much in a small conversation in which Serapio, "with his simple and straightforward speech," remembers his family members who stayed behind in Michoacán, and above all the women "praying for them, also working to reclaim their lost fortune, always sacrificing of themselves so as not to waste a single cent" (172). The three men come to the conclusion that all the work and all of the earnings are "for them, they came first" (173). As soon as they say these words and we see what honorable men they are, we witness the death of José in an accident on the rails; he is run over by a train as he searches for two lost shovels. They bury him in a Mexican cemetery nearby, a cemetery that exists because of racial segregation, since not even *mexicanos* who had already passed on were allowed into the white cemetery in that area. Two days after the death, they receive their pay, including the money that José earned when he was alive. As the other workers begin to party with their money, Serapio and Matías watch "the spectacle with anger, with shame and with sorrow" (180). Their disillusionment with their work on the "traque" reaches its peak, when one of the prostitutes who have flocked to their campsite approaches them. The woman puts her arms around the old man's neck and gives him a "disgusting kiss on the mouth" (181). This woman represents *"la pelona*," the flapper, the opposite of a good *mexicana*, exemplified by the women who stayed behind in Mexico and are still praying for Serapio and Matías despite the distance between them. With this final straw, the two men leave the camp and their work to return to San Antonio where they will meet Quico again in the plaza de Zacate.

In the passage concerning their return to San Antonio, the narrator leaves the main plotline of the novel to make a number of observations about the Mexican barrio of San Antonio. His descriptions of the city are very interesting, because they portray the existence of a Mexican community resident and established there. The city even receives American tourists from the North who come in search of the exotic: "They think that every man they come across will be a *charro* and every woman a *china poblana*" (189). But the community is a great disappointment for those who arrive to find a poor neighborhood with the same architecture as the rest of the city and which "in general . . . looks poor and neglected" (190). Here too Espinoza shows us the diversity of the Mexican community, in particular those who have sufficient money to escape from the impoverished masses and live together with the Anglo population. Espinoza rejects these people: "These are the ingrates who claim their Hispanic roots but deny their indigenous blood, the impostors who throw themselves upon the poor Mexicans—to exploit them without a concern——and the ones who have come to be the community's biggest disgrace" (190). Espinoza positions himself as a defender of all Mexicans, of the underdog. At the same time, he strongly criticizes the "many familes that . . . have lost their Mexican identity and are in terms of language (horrible Spanish, horrible English), in terms of their customs (rude and licentious), in terms of their desires (futile and fatuous ambitions) a hybrid group which adapts itself neither to this country now to our own" (191-192). It would seem that this group, which later is branded as "pocho," represents for the narrator the most contemptible segment of the population. But not all the *mexicanos* in Texas are rich "ingrates" or poor "pochos"; "also there are many, very many, who continue to preserve the traditions of the motherland" and these are the ones who help the oppressed immigrants to return home.

After Serapio and Matías' return to San Antonio, the two families are reunited. Together they travel to the cotton fields, where it is said that there is plenty of work and good wages. Quico and his family have not had any luck in San Antonio. Since they never found steady work, they decide to go pick cotton, or as they call it the "pizca," in the country. Unfortunately, only disappointment awaits them in the fields where they suffer under the yoke of cruel and demanding gringos. After their first day of work, they want to leave it because they earn so little. As the narrator says, "What a shock! What a disillusionment! What anger!" (125). Despite it all, they stay and continue with the harvest. After the harvest, fortunately the independence day celebrations arrive, *Fiestas Patrias*.

In his descriptions of the *Fiestas Patrias*, Espinoza's narrator ridicules the immigrants' lack of education and their meager efforts to honor their homeland in this foreign land. In this section, there is a clear distance between the narrator and the working people as he satirizes their attempts to copy the style of the educated people and their patriotic speeches. In their oration, the workers have to use "editions of *Popular Politics, Perfect Mexican Oratory*, and other worthless books of the sort" (125). They put all kinds of stalls around a field for the festivities and "erected in a very special place . . . the altar to the fatherland, a platform for the innumerable orators" (125). They put a gallery of the most well-known Mexican heroes, including Juárez, Hidalgo and "very rarely Madero." The immigrants "throw themselves headlong into communion with their distant homeland, more beloved, more revered, because they have eaten foreign bread with tears in their eyes, because they have received lashes from a foreign tyrant" (221). For the narrator, there is a contradiction: now, with their homeland so far away, the immigrants have come to value what it offered them, precisely because they have suffered in a strange land. As Benedict Anderson has commented, groups always turn to identificatory symbols: language, ways of dress, flags, hymns, monuments, that usually make reference to an idealized, almost mythical past, a Golden Age that must be recovered. In this case, Mexican immigrants long, more than anything, for the faraway homeland with which they have lost direct contact.

The community wants to create a "México de afuera," but the narrator does not support them; on the contrary, he attacks the concept as inauthentic, as a simulacrum as Jean Baudrillard would say. When the flags are raised, "The Mexican insignia is always to the left of the American flag" (220). The bring all kinds of cultural artifacts, and these artifacts comprise, as Anderson says, their nationality (14). Hobsbawm refers to these practices as almost obligatory, saying: "But if the content of . . . 'Americanism' was notably ill-defined, . . . the practices symbolizing it were virtually compulsory" (*Nations*, 11). Although in celebrating the 16th of September the immigrant might not have been able to define exactly what the flag stood for, they knew that they had to raise it as a symbol of their respect for the nation that was harboring them (220). For Espinoza's narrator, to put up to flags is absurd. He not only ridicules the hybrid patriotic symbols, but also he attacks the lack of education of the speakers, their inadequate vocabulary and even their use of vocabulary loaned from English; all of these are signs of what for him is their false nationalism. For example, when the orator says, "We need for all of our children to nurse on the blessed milk of our Mexico," the immediate response from an anonymous heckler is "Your mother's milk would be better!" (224) The narrator derides the pretensions of the speaker's grandiloquent rhetoric.

Espinoza uses the occasion of *Fiestas Patrias* to have the narrator deliver an extended soliloquy about the Mexican Revolution, the Golden Age and the growing population of *mexicanos* in the United States. His narrator appeals once again to the memory of a Golden

Age in which Don Quijote and Sancho Panza wandered the land: "Oh, glorious times those when man knew not of borders circumscribed by avarice and greed! Oh, happy, harmonious days when neither color nor language had produced the differences between the sons of Adam for we were all one and the same!" (226) For the narrator, the nation must return this Golden Age in order to forge a new identity. As Anderson has described, all nationalism requires a foundational myth is located in a heroic period. The creation of this Golden Age invents an authentic Mexican legacy that can only exist in the physical territory of the homeland, and, therefore, justifies the ideology of return that Espinoza promulgated so forcefully.

The changes that the immigrants suffer are not the same for everyone; Espinoza paints a portrait of one family that goes by the straight and honorable path while the other family loses its way very early on. Serapio and Matías are the ones who it would seem experience no changes, for example they still smoke corn husk cigarettes instead of adopting the American cigarettes. Conversely, Quico and his family are in a continual process of change—from his daughter Juana with her new clothes and new style, to his son Doroteo who has quickly learned the names of all the brands of American cars. Quico himself doesn't smoke corn husk cigarettes anymore, and he uses all kinds of, what the narrator refers to as, "barbarisms," such as "Ché-ra-p!" (Shut up!) to quiet the kids or "jatqueiques" (hotcakes) (223).

After the *Fiestas Patrias*, the rancher of the lands where the two families have been working offers them a place where they could stay on his property and a small plot to work, with the requirement that they hand over one third of their production. They consider taking advantage of the opportunity, but before that they go to visit Houston. The people who worked during the harvest divide up: some go north, "to regions where there was still harvesting to be done," and others stayed on in Texas, "scattering to the petroleum refineries, to the sawmills, to the few large factories" (230). The two families, on the road to Houston, stop in Sugarland, where they run into a group of immigrants who are returning to Mexico. They tell them a long story of the discrimination and repression that they have encountered in Texas. They say that a rancher killed their son under the pretext of a robbery. In addition, the other young men recount how some gringos had enslaved them, forcing them to work in a forest, but they were able to escape and head toward Mexico to enroll "in the army or in the rebel lines" and to die "in a danger that they had sought out and not murdered when they were only trying to honorably earn a miserable day's pay" (235). For a few moments, the two families consider what they will do. Serapio y Matías decide to return, while the Garcías continue onward. Although it is difficult and requires a lot of hard work to make money in the United States, for the Garcías, at least they do not have to fear that one day the money will fall into the hands of some political party who, "by means of revolutionaries, with a pretext of national salvation, would steal such a dear and precious treasure" (232).

Serapio and Matías set out to return to Mexico without having made a fortune but with enough money "for their passage home, a few gifts for the family and to go back, back to their own country, and hope fate would be kind to them" (246). On their return trip, they pass by the cemetery where they had buried José. They find there that the cemetery has been destroyed by "some gringos, maybe the Germans from a nearby town who were always the enemy of the *mexicano*" (248). Due to this desecration of the cemetery, they decided to exhume the body and take it to be cremated so as to be able to take the tombstone and the ashes back to their village.

With the financial assistance of the Blue Cross, a Mexican beneficent society, they are able to return to Laredo so as to continue on from there in the train to Michoacán. This Mexican organization does everything possible to return them to Mexico and, for the narrator, represent the best of the *mexicanos* living on American soil: "those women would bring together their Mexican warmth, their patriotism, their selflessness and they would commit themselves to searching out a fallen comrade in order to assist him, to raise him up" (254). The important point is that they do not assist them to live well or to succeed in the United States, but rather to return where they came from. It is worth noting that it is not until this moment, almost at the end of the book, when it is revealed that the last name of Serapio is Quijano. This fact becomes known when the Blue Cross officials ask for Serapio by his full name. This revelation makes the relationship discussed previously between *Don Quijote* and *El sol de Texas* even more fruitful an avenue of analysis. It seems that Espinoza wants to identify Serapio, in particular in this moment of his return, with a disillusioned Don Quijote and Quico with Sancho Panza who gives into his materialistic aspirations. It is clear that what awaits Quico in his new environs is his own downfall. This relationship between Alonso Quijano the Good and Serapio Quijano places a further emphasis on the parallels beween the characters in *Under the Texas Sun* with *Don Quijote* and the Golden Age more generally. Serapio's returning to Mexico is similar to the return of Don Quijote, tired and disillusioned, to his home, while Quico continues on in the United States, like a Sancho Panza driven by materialism and the progress that the myth of the American Dream presupposes.

The distance between the narrator and the characters increases again when Serapio and Matías arrive to the Rio Grande on their return trip. In one paragraph, the narrator expounds on what he imagines would be their thoughts upon seeing the border: "No he knew what it meant to be home." Now they recognize the greatness of their country and forgive "his town's leaders and the leaders of his country." There is no more ill will or anger because the town leaders, the caciques, are going to die but "that country, that blessed land, that brotherhood of man, would go on forever" (258). The narrator imagines a recovered and improved country, forgetting how difficult life was during the Revolution in Mexico. Nonetheless, the narrator says, "Those men were contemplating all of this, but never expressed it, for the words escaped them" (258). Once again, the narrator speaks from above the characters, translating the nationalist sentiments that they cannot verbalize themselves into a florid and eloquent language.

When they arrive to the border, Serapio and Matías speculate about what could have happened to the Garcías, Quico's family: "They've gotten used to this land already, all of them. They're here to stay. Maybe they really will get rich" (257). As soon as Matías imagines a better future for his friends, Quico himself appears out of nowhere—skinny, jaundiced, and sad looking—to tell them what has really happened. Stepping on the soil of their homeland, the Quijanos walk upon it "with a spring in their step, feeling free from offensive stares, feeling sovereign, equal to the others, like potentates, like magnates in that land" (259). They feel liberated and strong; these feelings are the natural result of returning to the homeland as Espinoza has constructed it. Nevertheless, Quico will not be going back. Humiliated, he tells his two friends the story of the downfall of his family, of how he has come to feel that he is lacking "what before [he] had more than enough of, honor". He lost his daughter, Juana, in a dancehall to "a bum, renowned for his rabblerousing, for his womanizing, for his drinking" and most likely, the destiny that awaits her is "some wretched brothel" (260). Quico confesses to also having lost his son Doroteo, who previously was "such a hard worker, was now a lost soul, just one more womanizer, who went around and around in that damned car going from the brothel to the bar" (260). The future of Doroteo, and perhaps of the whole family, seems clear:

> He would become another Texas Mexican, but not one of those who triumphed here as a result of hard work, not one of those who establishes himself here by gaining his own land. No, one of the others, one of those left behind because he has been soaked in stains that fell upon the Mexican people, one of those lost among the riffraff who surrenders himself to the turmoil and the misery, one of those who snakes his way around the law, those who endure all affronts with his head down. (260)

Espinoza is clearly against hybridity and everything pocho, deriding it as a shameful destiny. In this quote, we can also see that the narrator sets up a division between the good Texas Mexicans—those who succeeded by their own hard work—and the bad ones, the ones

Introduction 131

who accept a wretched life, poverty, the ones who lose their honor and do not protest the oppression of the gringos. It is extremely important the choice of terms here, "Texas Mexican" because already the future of Quico and his children is not to be *mexicano*, but to be something else, to be half Mexican, half Texan. Juana and Doroteo are the ancestors of the characters that later would appear in the Chicano literature of the 1960s and 1970s: the ones who stayed in the United States.

Quico still has hope that his smaller children might be able to grow up better, and he says that "if he could just figure out how to put them on the right track, then maybe they could go back to the homeland. The others were already dead" (260). For the author, there is no other honorable option than to return to Mexico; only death awaits those who stay behind. Here we see the seed of the relationship between Mexico and the Chicanos—the *mexicanos* who remain on foreign soil are dead to the homeland. The message of the book turns out to be highly didactic: Quico implores Serapio and Matías to pass on the message to "our comrades, to take it like men, to stay in their homeland. . . . Here it is easier to find death and dishonor than money or riches" (261). The loss of Quico and his family represents a crisis for Mexican nationalism, and therefore provokes such a forceful rejection by this exiled author who attempts to maintain the homeland intact despite the crisis. Quico's melancholy when he says goodbye to his friends is a reflection of a profound crisis: Mexico is his native land but not that of his children or the following generations. This is the critical moment of generational division, rejecting Quico and his children while at the same time opening a space for other representations of these children and their children that while come later in the literature emerging out of the Chicano Movement.

We can understand Quico's attitude and the Espinoza's ideology of return as reflections of the profound crisis that emigration has provoked for Mexican nationalism. It represents the impossibility of conceiving of the nation without geographical boundaries or of inventing a new kind of Mexicanness on the other side of the Rio

Grande. In this sense, for Espinoza, all good honorable Mexicans have to return to the homeland or they will be lost. The division of the population provokes a crisis of representation and of the traditional concepts of the nation founded in the land and in a historicity always linked to the territory of the homeland. Nevertheless, we have the framework for a (re)construction of the identity of Mexicans resident in the United States; all of the elements are in the novel—the original settlers of the Southwest, the diversity of immigration stories, the decision to stay—but they do not come together fully, remaining scattered and dominated by the nationalist ideology of the author. That doesn't allow for any other ending besides returning. Despite this, the simple fact of representing immigrant *mexicanos* for the first time in a novel, and not only the honorable ones but also the lost ones, is an achievement for literature. To further establish this achievement, a comparison between Espinoza's novel and Tomás Rivera's . . . *And the Earth Did Not Devour Him* is especially fruitful, because it will reveal to us the second part of the history that Espinoza could not write for us—what happens to those who remain in the United States.

From the Didactic to the Performative: The Nation in the Process of Articulation in *Under the Texas Sun* and . . . *And the Earth Did Not Devour Him*

Over forty years after the publication of *Under the Texas Sun*, other authors, like Tomás Rivera in . . . *And the Earth Did Not Devour Him* (1971), represent Texas Mexicans in a new way, completely distinct from that in the earlier book and indicative of a historic evolution. In Rivera, it is no longer immigrant *mexicanos* but rather Texas Mexicans who migrate around the United States following the harvests, la "pizca" as they call it. To be able to understand the differences between the two books, we have to look at the relationship that have been established previously between . . . *And the Earth Did Not Devour Him* and the literature of immigration from previous decades. For Kanellos, the publication of Rivera's book marks a moment of critical importance for Chicano literary history, because once again novels in Spanish are published, this time linked to the Chicano movement:

> These novels reproduce the Chicano dialect . . . and also are motivated by an intense protest against the mistreatment of Mexicans in the United States. However, instead of instilling a feeling of guilt in the Chicano reader for having abandoned his family and his native land . . . the protagonist passes through a long process of auto-identification in which he comes to reaffirm the value of a bicultural heritage and of his patrimony in the United States Southwest. ("Las Aventuras" 362)

Kanellos further explains that while the immigration novels of the Twenties resolve the cultural conflict with an eventual return to the land of origin or failure in the United States, in novels like . . . *And the Earth Did Not Devour Him* "the alienation of the central character is conquered by a deep affection for his family members and for his culture in Texas" (362).

Establishing a relationship between these two books can help us to conceptualize the emerging sense of a Mexican-American nation and its literary representations. For Homi Bhabha, the question that stands out is one that historians routinely ignore: "the essential question of the representation of the nation as a temporal process" (204). The emerging nation that we see in *Under the Texas Sun* is a representation of its historical moment in 1926, before the Depression and the Great Repatriation, and decades before the movements for civil rights of the 1960s. Without a doubt, Espinoza rejects those that stayed behind as traitors and as lost. Nevertheless, Rivera's characters are the descendants of the same people who stayed in the United States; Rivera rearticulates this group's identity in order to represent them as a nation resistant to the discrimination and the oppression of the gringos and the nation in general.

To understand the material and political divisions between the two books, the postcolonial theory of Bhabha can assist us once again, providing a flexible theoretical framework. According to him, "The language of culture and community is poised on the fissures of the present becoming the rhetorical figures of a national past" (203). The force with which the first book rejects the immigrants who remain in the United States shows us the clear rupture between the homeland and the immigrants that do not return. As Kanellos says, "The novels of immigration . . . represent the conflict between the Anglo and Hispanic cultures, the resistance to assimilation and a strong Mexican nationalism . . . These texts evince a perspective of double vision: continually comparing the past with the present, the native land with the new country, his own culture with the Anglo-American, and the only resolution to the conflict is found in returning to the homeland" ("La expresión," 11). As Bhabha points out, these fissures will become the most important rhetorical formulations of the national legacy. In this case, Rivera returns to the existence of the children and grandchildren of the immigrants that stayed in the United States in order to conceive of a new unifying image for the community at the moment when the Chicano movement was also undertaking the same work of resignification.

The narrative tone in each novel is completely different. In the first novel, we witness a highly nationalist narrator; this voice has much to do with the historical fact of Espinoza's exile, who, in his autobiographical notes, conceives of himself as an "agitator" and who was active in various political movement on a national level in Mexico (García Cortés 159). His goal in the end is didactic, worthy of the educator that Espinoza was; his goal in *Under the Texas Sun* is to prevent that more *mexicanos* leave the homeland. He tries to convince them to stay there, even though at the same time more than a million Mexicans were fleeing the instability and the violence of the Revolution. But this migration (opposed by Espinoza) turns out to be the base of the growth of the Mexican-American or Chicano population; the children and grandchildren of the Mexican immigrant laborers of the teens and the 20s would become the Chicanos of the 60s and 70s, Chicanos in the sense of Aztlán, a new nation. Bhabha comments on this process and its narrative representation:

> We then have a contested conceptual territory where the nation's people must be thought of in double-time, the people are the historical "objects" of a nationalist pedagogy, giving the discourse and authority that is based on the pre-given or constituted historical origin in the *past*; the people are also the "subjects" of a process of signification

that must erase any prior or originary presence of the nation-people to demonstrate the prodigious, living principles of the people as contemporaneity: as the sign of the *present* through which national life is redeemed and iterated as a reproductive process. (208)

These two novels represent the "double-time" that Bhabha talks about, the past and the present. *Under the Texas Sun* is above all a story of the past, with a didactic and nationalist rhetoric and characters who constantly look behind them, there, to the Mexico that they left, to a Mexican Golden Age previous to the Revolution when the nation supposedly did not experience divisions or deterritorializations. The characters of the novel represent immigrant *mexicanos*, the *chicanada*, the objects of a national Mexican pedagogy that has given them authority and discursivity. The immigrants face a crisis because in the United States they lose that authority to belong to a united nation, defined physically and historically. In . . . *And the Earth Did Not Devour Him*, we see this same group, the community of descendants of Mexican immigrants facing a process a resignification, without a Mexico to which they long to return and desirous of an articulation of contemporaniety as a community. We see this process in each one of the fragments that tell the farmworkers' experiencies of suffering in the United States.

In this sense, . . . *And the Earth Did Not Devour Him* can be read parting from the following affirmation: "The present of the people's history, then, is a practice that destroys the constant principles of the national culture that attempts to hark back to a 'true' national past, which is often represented in the reified forms of realism and stereotype" (Bhabha 218). The attention to the contemporary in Rivera's novel destroys the destructive binarisms of *Under the Texas Sun* between the "here" and the "there," the United States and Mexico that are based in exaggerated stereotypes and harsh judgementalism. Rivera's novel functions because of its lack of narrative stability: a young boy remembers the year that he lost and narrates in a very unconventional way what he has observed. As Bhabha has articulated it, there is a tension between the didactic and the performative in, what he calls, postcolonial or migrant literatures. In this case, *Under the Texas Sun* represents the didactic phase of the process of nation, and . . . *And the Earth Did Not Devour Him* becomes the performance, the part of process in which the nation faces the necessity of demonstrating a certain unity in a fragmented and disperse present. The migrants of Rivera's novel do not look back to the ancestral generations in order to find their cultural autonomy, rather they look to the conflicts of the present. Moreover, they are always looking for ways to leave the disastrous cycle of migrant labor in the agricultural fields. In this way, Rivera's novel is evidence for one of Bhabha's strongest points: "the nation turns from being a symbol of modernity into becoming the symptom of an ethnography of the 'contemporary' within modern culture" (211). The narrative of the contemporary situation of the migrant and of Mexican-American communities deconstructs what previously was the Mexican nation longed for by Espinoza in *Under the Texas Sun*.

Conclusion

Under the Texas Sun could not be republished in a more propitious moment. With the current anti-immigrant climate in the United States, it serves us well to return to the roots of Mexican immigration to this country and to remember the struggles, challenges and the cultural production that has emerged from the experience. The novel reveals immigrant stories that are often overlooked in the official cultures not only of the United States but also of Mexico. It presents incomparable material for cultural studies, history and of course literary studies. The narrative provides us with fascinating details that allude to the diversity of experience within the Mexican communities resident in the Southwest portion of the United States in this period, surely observed by Espinoza himself in his travels through the territory. Moreover, although Espinoza cannot imagine an optimistic ending save his immigrant characters return to Mexico, we as contemporary critics can put the book in dialogue with the Chicano literature of the second half of the twentieth century. Although Espinoza sees Quico's family as lost and exiled due to their own dishonor, we can recover these characters. Without branding them as traitors or lost ones or "pochos," we can see them in their critical, historical position, as founders of a new, dynamically hybrid Chicano culture. Conrado Espinoza's book is the first novelistic image we have of this community that in this historic moment had scarcely entered into its process of formation. So, we can say that this book is a seed, and the plethora of books by Latinos in the United States that we see today are the fruits of this amazing tree.

Notes

[1] According to the research of Kanellos y Martell (2000), many newspapers circulated in the South Texas Valley during this period; the most likely for an intellectual like Espinoza would have been *El Cronista del Valle*, published in Brownsville, only a short distance away from McAllen.

[2] All translations from the original Spanish of García Cortés and of Kanellos are my own.

[3] *Lucas Guevara* by Alirio Díaz Guerra, originally published in 1914, was republished in 2001 with a critical introduction by Nicolás Kanellos and Imara Liz Hernández. The book was subsequently republished in 2003 with a translation into English by Ethriam Cash Brammer.

Bibliography

Anderson, Benedict. *Imagined Communities*. London: Verso, 1983.

Azuela, Mariano. *Los de abajo*. Mexico City: Fondo de Cultura Económica, 1983.

Bhabha, Homi. *The Location of Culture*. New York: Routledge, 2004

Bruce-Novoa, Juan. "*La Prensa* and the Chicano Community." *The Américas Review* 17 (1989): 150-156.

Calderón, Héctor. "The Novel and the Community of Readers: Rereading Tomás Rivera's *. . . y no se lo tragó la tierra*." *Criticism in the Borderlands: Studies in Chicano, Literature, Culture, and Ideology*. Ed. Hector Calderón and José David Saldívar. Durham: Duke UP, 1991. 97-113.

Espinoza, Conrado. *El sol de Texas*. San Antonio: Viola Novelty, 1926.

Fredericksen, Brooke. "Cuando lleguemos/When We Arrive: The Paradox of Migration in Tomás Rivera's *. . . y no se lo tragó la tierra*." *Bilingual Review/La Revista Bilingüe* 19 (1994): 142-50.

García Cortés, Adrián. *Espinosa: El hombre, el maestro*. Los Mochis: Editorial el Debate, 1983.

Hobsbawm, Eric. Introduction. *The Invention of Tradition*. Ed. Eric Hobsbawm and Terence Ranger. Cambridge: Cambridge UP, 1983. 1-14.

___. *Nations and Nationalism since 1780: Programme, Myth, Reality*. Cambridge: Cambridge UP, 1990.

Kanellos, Nicolás and Helvetia Martell. *Hispanic Periodicals in the United States, Origins to 1960: A Brief History and Comprehensive Bibliography*. Houston: Arte Público Press, 2000.

Kanellos, Nicolás. "Early Twentieth-Century Hispanic Immigrant Print Culture in the United States." *American Literary History*. Forthcoming.

___. "La expresión cultural de los inmigrantes mexicanos en los Estados Unidos desde el Porfiriato hasta la Depresión." Unpublished manuscript, 2004.

___. "La literatura hispana de los Estados Unidos y el género autobiográfico." *Hispanos en los Estados Unidos*. Eds. Rodolfo Cortina and Alberto Moncada Madrid: Ediciones de Cultura Hispánica, 1988. 221-230.

___. "Las Aventuras de Don Chipote, Obra Precursora de la Novela Chicana." *Hispania* 67 (1984): 358-363.

Payant, Katherine and Toby Rose, Ed. *The Immigrant Experience in North American Literature: Carving out a Niche*. Westport, CT: Greenwood Press, 1999.

Perucho, Javier. *Los hijos del desastre: Migrantes, pachucos y chicanos en la literatura mexicana*. Mexico City: Verdehalago, 2000.

Venegas, Daniel. *Las aventuras de Don Chipote; o, cuando los pericos mamen*. Houston: Arte Público, 1999.

Under the Texas Sun

by
Conrado Espinoza

English translation by
Ethriam Cash Brammer de Gonzales

Cover

Dripping dirty, sticky sweat, dragging himself along, gasping for air, he continues to pick, on the brink of falling flat on his face in the fields. . . . He still has his strength, and he carries his forty years of age like a light, happy load. However, this picking in the fields, is one of life's unlucky hands, a bad draw, but he'll rise above it. He'll overcome it. He'll put a little bit of money together and then happy days and easy living will be on the way. No more of this madness. But then the foreman arrives, and the scales await them. There is no rest for the weary. . . . And so, dragging himself along, grasping for air, dripping dirty, sticky sweat, he continues down the rows, like a slave, hauling an enormous sack which grows heavier with each step. . . . He looks like a kangaroo that, incapable of mustering the slightest hop, can scarcely walk while carrying that cursed cargo behind his disfigured frame. Trailing behind him, the mother of his children who—some young, others still children—are also working, inspired by the same sun and by the same dreams, picking those tufts of cotton, which look like snow but really burn under the fiery sun that beats directly down upon their glistening backs, frying their skulls to the point of driving them mad with fever, and turning the earth into a charred ember and silent torturer always at their blistered feet. . . .

And all six marched on together, husband, wife and all four children, looking like miserable wretches under the foreman's gaze, but spurred on by cruel mockery and the alluring promise of the next payday. They must go on. They must pick more cotton, more . . . always more . . . This is the only way to escape that inferno!

The plantation stretches for as far as the eye can see. It looks like a sea where the bushes make the swells and where the sea foam is formed by tufts of cotton, exalting in their whiteness and replicating themselves, glistening, like a vision of prosperity, like money in the master's bank, like a sardonic warehouse whose most measly breadcrumbs will fall into the hands of those unhappy souls in order to sustain them for a little while longer, in order to prolong their existence, just so that they can continue to pick in the fields.

The sky, intensely blue, is free from any trace of clouds, and the curve of its horizon appears to rest upon the distant and miserable little mounds which mark the boundaries of the land. . . . The sun marches on slowly, practically coming to a halt, and retarding its sluggish pace in order to cast down flames, firing scorching arrows of derision at the earth and men below. . . . There is not even a hint of shade, not the slightest waft of fresh air; everything is smothered and still. There is no other movement than the slow gait of mules pulling carts and wagons full of cotton and the occasional mad dash of some automobile passing by on the nearby highway, transporting merry travelers on their way to some happy watering hole, some big city or some spruced up and festive small town celebrating its annual festival. . . .

A moment comes when one just cannot go on any longer. . . . The man's wife has suddenly stopped, struck by a sharp pain that pierces her like pins across her back and belt line. With a stupefied look upon their faces, her children stare at their mother's contorted face as they remain frozen, their mouths agape, and their bodies bathed in sweat. . . . Her husband, up ahead, continues to work, the fields demanding that work continues, and the balls of cotton offering themselves up outside of their flowering buds. He goes on, intoxicated with work and sun, gaining strength from his imagination running wild with the illusion that he perceives between the reverberations of land and sky. . . .

Every day he'll pick a hundred, three hundred, a thousand pounds, however many are necessary to earn a mere one hundred dollars. He'll force his whole family to work; then, he'll go back to San Antonio to buy himself some new duds. He'll get fancy Sunday clothes for his wife and children. And, there'll even be money left over after all this, and, with it, they'll return to Mexico, to the ranch he should have never left. He'll go back to work on his own farm, on his own land. . . . And he'll be able to do it now, without having to borrow any money from anybody. . . .

And all of this reminds him of the exploitation he felt at the hands of his village's leaders, the pilfering that he endured when planting his fields as a sharecropper, and the hardships that he had suffered when cultivating a plot of land whose bounty was heartlessly snatched away from him. And now he's almost happy to suffer on foreign soil, to feel exploited by foreigners! These are not his people, but those who are . . . !

And he will have continued to day dream, but a scream, a shriek of death, forces him to look up. He turns his head and sees his wife fall to the ground, slumped over the furrow, like a sorry sack of flesh without a soul. . . . He sees his children gather around her and hears their cries. He sees how the foreman smile from the awning that provides him shade. Enraged, infuriated, he drops his sack, runs to his loved ones, lifts up his wife who begs for someone to give her a drink of water, a hot, nauseating drink of water. Then he calms his children down. . . . The foreman bursts out laughing. . . .

Furious and feeling like his blood is boiling with the rage of all his forefathers, the husband takes out a knife. He dashes toward the man who is laughing at him. He removes the knife from its case. And just as he is about to plunge it into the foreman's mocking flesh, two pistols are pointed right at him. . . .

The foreman laughs and his men laugh too, strapping young, blonde and well-armed fellows, who weigh the harvest and assert their authority as big, powerful and untouchable men. . . .

The husband understands that if he touches one of those men who mock him, he will die like a dog, and his family would be left all alone under that fiery sun, on that burning earth, with those men who only know how to belittle and suck the life out of somebody. So he stops in his tracks! He lowers his head, swallows his pride and returns to the fields!

He can't even tell them anything! Oh, how he wants to! But they won't understand him anyway, just like he doesn't understand the gibberish that they speak between their laughter and pats on each other's backs . . . !

His wife recovers and she continues to pick from her knees. His children have emptied their sacks and they go back to fill them up again one piece of cotton at a time. He does the same.

And that's how the days and weeks and months pass. The cotton runs out in one field and they head to another. On many occasions, they have to travel for miles and miles, piled into a dilapidated truck, resting from their picking while feeling the fatigue of the road. On other occasions, the sky grows suddenly dark, the rain floods the fields, the mud grabs hold of their feet and they're forced to wait. . . . The farmer grows impatient because of the losses he is suffering. Their wages are cut and their savings are gone. Barely able to survive, they sustain the family by purchasing rotten produce and spoiled canned gods. Their clothes are threadbare. Their backs are left exposed. And, when the sun returns and they go back to the fields, they feel more fatigue and suffer more pain. . . . But there are new hopes. . . .

Yes, there are new hopes. Hopes that can be weaved on moonlit nights, under those bright August moons, whose beams are made of silver, whose beams look like dollars as they filter through the holes in their decrepit canvas tent and their lean-to branches. . . .

He goes back to dreaming. His wife dreams as well. And their children have no choice but to confide in their parents' delirium . . . !

A few days later, there's already some money knotted up in his filthy bandana, he's quickly repaid some debts, and he's already found a more charitable farmer to work for. There is hope. . . .

But the sun is back and he returns to reality. Back to picking in the fields!

Back to dragging themselves along the fields, hauling those enormous, heavy sacks, tearing their flesh upon the rocks and thorns, then perhaps going back, under an inclement sun or a dreadful pouring rain, to the city that consumes all their money and, staying there, they practically beg as they wait for next year, unable to return to their homeland, hoping to make their fortune and resigned to endure new abuses in exchange for the chance to receive a few measly breadcrumbs. . . .

Chapter I
MIRAGES

"Quico, we made it at last!"

"Yes, dear, we're safe now. . . . Juanita, Juanita, come here, you silly little girl. Are you blind or something?"

"Jesús! That animal was about to eat her up! Hey, Juanita, come here, sweatheart, come here with me! This isn't Los Guajes, you know."

"Hurry, Doroteo, bring that little nut over here with you!"

In this way, the couple struggled to round up their children and keep them by their side: four well-kept children who were even more presentable now that the family was headed to none other than Texas, to the United States, with the family having spent their last dime to appear hearty and well attired.

Quico, or Federico, father and patriarch of the family, had bought himself a nice, new cowboy hat, a bright red-silk handkerchief, a shirt that could soak up about a pint of starch and a pair of shoes that were always too tight but that were meant to last—and without ever losing their shine. His pants, clinging to his thighs and legs, were tied at his waist with a broad fiber belt braided by his wife Cuca in the brightest and shiniest colors. As for Cuca, this kindhearted and devoted mother showed up at the border with her translucent shawl tied in a knot, a pair of gold-plated bejeweled earrings, a necklace of coral beads and a few petticoats which, Lord help us, not even the poppies in the field had ever appeared so red and fluffy!

Oldest son Doroteo's slender feet were scarcely perceivable within his misshapen boots, but this defect was covered up with a magnificent shine, making it appear as though they were no less than patent leather. He gave his father a run for his money as far as his clothing was concerned. Juana, the second-oldest and his fourteen-year-old daughter, was only an arms-length away from her mother. But, the other two, nine-year-old Justa and eight-year-old Pedrito, were more modestly attired, yet still with enough style that no one could speak poorly of their parents.

They had just crossed the bridge into the United States. They had finally reached the American city of Laredo. Their feet were now firmly planted on the soil that was their promised land and about which, for months and months, all of their dreams had grown bigger and bigger.

They had made it! Blessed be the Virgin of Guadalupe! Now they had no reason to fear the Villistas, nor the Carrancistas, nor the government, nor the revolutionaries! Here they could find peace, work, wealth, and happiness! It's true that they had been treated rudely, mocked and disparaged at the immigration office, but that was all over now. Federico was able to control himself and prevent himself from making one of his scenes. Now they were indeed going to live among the gringos earn barrels full of pesos, but double pesos, the ones from here that are worth two Mexican pesos each!

Not far from the bridge, the truck that would drive them to San Antonio was waiting for them. The children ran off to claim a spot in the truck. It was an old rattletrap, but to them it seemed like a vehicle fit for a king, something that they would have never dared to dream of. It was the first time that they were going to take a ride in an automobile, and it made them recall with disdain the roads in Los Guajes, a poor village in Jalisco, where they had made their nest and from which they had set off to come in search of their fortune.

Cuca and Quico, beside themselves and acting as giddy as their children, were scarcely able to avoid catastrophe, taking care that the little ones didn't get flattened by the cars quickly speeding by without their drivers thinking twice about whether or not they had run over that group of immigrants. They stowed their things quickly away. Their bags were secured in a corner of that long, narrow covered wagon on two wheels: the bulging kerchiefs that protected food from the dust, along with the little pictures of saints with a wooden and a tin-leaf frame, and a hunting dog which belonged to Doroteo, that accompanied the family in order to protect it from the guiles of man and the devil alike. They were already growing impatient from so much waiting, when the driver arrived. He showed up accompanied by the rest of the passengers, and they were ready to depart. After a few arguments, some new accommodations and the purchase of a few odds and ends, another half hour went by (half a century for those who couldn't wait for the truck to start moving). Finally, they were off. The start was rough. Everyone was sent reeling backward as if they were about to fall, but they regained their balance. The masses surrounding them held them in place and the momentary fright that everyone felt inside dissolved amid jokes and laughter.

There were eleven passengers in the truck, excluding the driver: the six Garcías, which was Quico's or Federico's last name; two women traveling alone, who were going to join their family in some town near San Antonio; and an old man and his two sons, one thirty years old and the other seventeen.

The bonds of friendship were quickly tied among those expatriates and each of them spontaneously told their own personal histories and shared their thoughts and dreams.

The driver listened. He turned around from time to time to look at his cargo with a certain mocking sneer. At times his gaze grew dim, but he always kept on driving as fast as his rambling wreck would permit.

The two women traveling alone, both mothers and both sisters, were going, one in order to be reunited with her husband and child and the other in order to take up with her children after having buried her spouse. Their ignorance had made them keep quiet but the knowledge that someone was waiting for them gave them confidence and poise. They listened almost with indifference.

The old man and his sons were coming from the state of Michoacán. Staying behind were his wife, his two unmarried daughters and a son responsible for looking after the family. He, along with his two boys, the oldest and the youngest of his children, had come in search of a new life, to work in order to be able to win back the good fortune that the Revolution had taken away from him. He owned a small parcel of land near Cuitzeo. He had once thought himself wealthy. He was on his way to becoming one of the leaders of his community, but the Revolution prevented him from doing any work. The oxen and the cattle were sacrificed for the soldiers. His life and that of his family were often in danger. All of this forced him to uproot himself from his land in order to come to this country where gold is plentiful, where honesty always shines brightly, and, where, with a little hard work, one can quickly make his fortune—because, here, it's always peaceful, there's always work to do, and there's always money to be made!

The sun grew warm and the little ones were being lulled to sleep by the daytime heat and the rattling of the truck. They soon fell asleep, and the older children and adults were the only ones left to watch over them. The conversation languished and each one occupied himself eagerly, gazing upon the landscape that stretched out in every direction. There, deep down inside, in their heart of hearts, they all felt a sense of uncertainty, an inexplicable fear, which grew upon seeing that mountainless terrain, lacking the rapid and prodigious variations of their native land.

The vast open prairie, with scarcely a brook to babble beneath the hillside, made them apprehensive. The recollections of their homeland began to overwhelm the excitement of their journey and the thrill of their arrival. Now they reminisced without realizing that what they had just left behind had held a tremendous value for them.

They wanted to see a friendly face, faces that, upon seeing them, would smile with a cheerful greeting. Everything seemed foreign to them. Even the land itself was revealing itself to them with a certain inexplicable quality that filled them with awe. That web of asphalt highways as well kept as city streets, that procession of perfectly cultivated fields, and that chain of small towns and ranches with warm and clean houses were unnerving to them. They felt as though they were in an English garden, where one must always mind his manners, and they longed for the freedom of the countryside, where, far from civilization, lost among the rugged mountainside, they had grown up and learned to love. . . .

From the depths of their souls emerged the enormous, azure mountains of their homeland, the vast and luxuriant forests whose magnificence provoked an inevitable comparison. They gazed upon the landscape as if it was an artificial nature, to which they were forced to walk on the tips of their toes, cautiously, so as not to disturb it in anyway.

Whenever they crossed paths with some native, whether on horseback or driving an automobile, they would stare at him in awe. Everyone's infatuation with these huge, ruddy men, with blue eyes and hair like maize caused them to tremble even more. To them, indeed, they all seemed to be well built. Yes, indeed, they all appeared, each and every one of them, to be powerful men, born to lead. And whenever a native walked by, Quico asked the driver if he was a member of the army or the police force. When he learned that he was a rancher, a common laborer, he was astonished. It was then that his dreams gathered strength and his tongue became loose, once again concocting schemes and guaranteeing victories. Those listening to him quickly caught his disease and they all threw themselves headlong into dreaming about instant gratification.

Indeed, now they could be sure, now they understood how that place could be so industrious and prosperous! The cotton fields that skirted the highway greeted them with their flowers of yellow and pink, and they saw in them the promise of wealth.

They would work hard, work like no other, make heaps of money and then . . . Who knows? There were so many wonderful things left to be done!

The old man made an observation: "And how are ya'll gonna get them to understand you?" They didn't speak English.

"What are you talkin' about, man," replied Quico hastily. "You can pick it up right away. And even if you don't learn English, so much the better. It doesn't matter. There are interpreters."

"Yeah," said the old man, "there are interpreters, but they charge a fee. And that would leave someone like us just about broke. We barely have enough to live on for about eight days."

"Ah, who cares? That's more than enough, as long as we can find work! As long as we find a place where we can make lots of money once we get to San Antonio!"

Quico went ahead and told a tale about all the jobs that he knew about and how he had them lined up for sure. Then he topped it all off by recounting how one, two, three, a number of his compatriots had already come to try their luck and they had all returned home as generous, big spenders, with lots of good clothes and plenty of pesos.

"And when we go back, they'll give us two for one! That's how it is here. When we make one peso, we've actually earned two! Isn't that true, my friend?" he asked, directing his question to the driver.

The driver tried to beat around the bush a little bit, dared to put some doubts in their minds, but, in the end, concluded by assuring them of a great success.

Quico only focused on the last bit of what was said and he remained pensive for a short while, smiling, deceived by the panorama that his dreams had created in his own mind.

A short time later, the discussion started anew: "My only regret, the only thing I regret even a little bit, is that they don't drink here. The tequila in my country is so good! Have you ever seen such idiotic men? To rob man of one of his greatest pleasures!"

"What do you mean, you shameless rascal? It's better this way!" his wife jumped in. "This way you won't have to go out and drink with your friends and we can save more money."

"Good point, my dear, more money, that's what we came here for!"

The husband fell silent once more and began to smile, recalling how the previous night, the one that had just passed and under whose shadow he was still on Mexican soil, he had snuck away from his family in order to go and enjoy a few drinks and, in this way, bid farewell to his beloved country.

Of course he really did go on a binge! He had to bid his homeland a proper farewell, he had to savor the fine mescal since he would have to go without it for a number of months or even a few years. Because, it must be said that Quico thought it possible that he would remain in Texas for several years. He knew that two or three of his friends had been able to get their hands on some land and were now rich. Why couldn't he do same thing? To have property in the United States! That would be terrific!

Yes, he would return to his homeland, but in due time, because he certainly wasn't going to stay with the gringos. Oh no, his homeland came before all else, but he would return a rich man, with enough money to purchase a plot of land. Perhaps he could buy himself a small part of Los Guajes, perhaps all of it, oh my goodness, then yes, indeed!

It would have to be seen how he would treat the town leaders who had robbed him of his labor and his wages for so many years. It would have to be seen how he would settle the score with the government that for so long had impoverished him with its taxes! And if some scoundrels emerged clamoring for better governance and more freedom while robbing them and enslaving them even more, now he would know just what to do with them!

In this way, he went solving all of his problems. He was brimming with enthusiasm and he even inspired the hopes of his fellow countrymen, promising them a continuous string of victories, imagining himself entering a warehouse in which he only had to fill up sacks of gold in order to spend it lavishly and however he pleased.

The truck drove on. It was passed up from time to time by other more powerful vehicles and left weaker ones behind. And churning, churning, it ate up the highway like all the rest, carrying that cargo of daydreamers, of innocents, drunken by their illusions and entrusted to their fatalism of pie-in-the-sky visions and grim realities.

Chapter II
HAYMARKET SQUARE

San Antonio de Bexar is perhaps the American city that maintains the most traces of its Mexican or Spanish past, and it preserves them with such class and with such deep roots that they grow and appreciate with the passage of time. Castilian names can be seen on many street signs. The remembrance of Mexico is visible in numerous locations. The glory of Spain still lives on. Happy is she, our mother Spain, who knew how to leave the mark of her greatness, even on these forgotten lands. There's the Mission of San Jose, a poor mission lost in the deserts of the eighteenth century, testifying to the tremendous efforts of those Spanish Franciscans who knew how to redeem the souls of men with beauty and the Catechism. Plateresque architecture remains there, the product of artistic decadence, astonishing still with its baroque beauty!

There extends that stone vegetation unraveling itself still, as if the caress of the chisel had just created it! There stand those roses whose petals appear to defy the sun and cannon fire with their freshness. There grow those acanthus thistles full of gallantry and those garlands upon which pomegranates are sewn with flowers, transforming itself into a dazzling gala before one's eyes and touching a chord in one's very soul. The ruins of today, meticulously cared for by men who treat it as if it were a jewel, continue to sing the glory of Castile!

And, there, above the entranceway, can be seen the rose of Mexico, the Virgin of Guadalupe, she of the magnificent and pastoral legend, with her of pious countenance and hands pressed in eternal supplication, as if pleading for justice for that land where she had planted her seed but where she is shown contempt out of ignorance or simply lack of faith.

The other statues are in ruins, vanquished by time. But not her: she remains intact, giving life to stone with an expression of maternal devotion, lifting up her eternal and glorious supplication, looking toward the future in hopes of brighter days for her people, for the dark-skinned people like her who, like that statue, are still on this earth, who have yet to be vanquished by time, and who look forward to conquering it. . . .

And then there's the Alamo, the Mission of San Antonio de Valero, rightfully converted into the tabernacle of Texas freedom. Texas freedom, an epic whose verses are wrought with questions . . . But, come now, that's long past; "it's all water under the bridge. . . ." We'll save that discussion for some other time and save our strength for admiring, without reservation, in that time of conflict, those who defended the Alamo and their attackers, not to the impertinent Commander in Chief, nor his Royal Highness, but the underlings, the soldiers who crossed the deserts of Coahuila, who fought off hunger and thirst in order to come and offer themselves up in a chaos of duty and honor.

Heroes were they, our "Johnnies Come Marching Home," who, in the thirty-first year of the previous century, fighting for their flag, defied their commander's ineptitude. Undeniable heroes, to be admired by all, were Crokett and Travis and Bowie and the handful of martyrs who fell beneath the hand of death in order to follow a dream. How true, how befitting is the epitaph: "In Thermopylae one survived to recount the defeat; in the Alamo all died."

San Jose and the Alamo are only distant memories; they are stored in the annals of yesteryear. But San Antonio has a spirit which is still alive, clearly marked with ribbons of red, white and green that proclaim its true history. And above all else, so traditionally Mexican and so popular, is Haymarket Square.

It's there that the Sanchos and Don Quijotes of our Mexican soil are celebrated. Sancho has Camacho's wedding. And Don Quijote suffers the disillusionment of the windmills, the ingratitude of the galley slaves and the stony disposition of the goatherds. . . . And there too, he raises his voice to proclaim or recall the Golden Age.

At night, when the city submits itself to the interlude of respite and hides its wretchedness and forgets its suffering, Haymarket Square fills up with open air restaurants where the popular dishes from the fatherland attract a hungry crowd. The tables are served with hybrid Anglo-Mexican foods, but our mark stands out. There is a certain flavor of a communal procession, a certain jovialness that recalls the jolliness of our ranchers and our common folk, a certain stroke of simple elegance, like the gracefulness of our people, who come seeking solace at a simple table converted into a banquet table. They confirm with their full bellies the economic power that they have attained. This is Sancho with his gluttony, with his jocularity, with his prudishness. . . .

Between those tables, yet keeping his distance due to the disgust he feels at such vulgarity and the impotence of his own empty pockets, Don Quijote strolls by, pining from time to time for some distant Dulcinea.

And it's Don Quijote, that wandering minstrel, who goes from table to table with his guitar, giving voice to his fantasies and his recollections. It's that pallid youth who comes to eat a crust of stale bread in order to nourish his dreams; it's that vagabond whose tattered clothes proclaim his defeat while still holding fast to the victory within his well-dressed heart.

It's the spirit of Alonso Quijano the Good that feeds the fires among those masses to remember the fatherland, to discuss solutions for national problems, and to strive to find the miraculous panacea . . .

And it's Sancho, that prevaricating politician, who comes around plotting a second assault on the national coffers of Mexico, that ingrate who shows up boasting that he was able to make a few thousand dollars, despite making them in a manner that was devious and wrong.

Ladies of disrepute intermingle among the people and walk by Don Quijote without ever knowing it, nor instinctively showing him proper respect, and they cling to Sancho in order to lighten the load in his pockets. The busboys, the waitresses and the restaurateurs raise a ruckus and do their best to add to their clientele. The aromas of fried foods fill the air. And no small number of Anglo-Saxons come to enjoy the cuisine and customs and everything united by in the color of cheap Mexican popularity appeal which, however pale and ungainly, appeals to the weakness of memory and nostalgia.

When Don Alonso Quijano the Good, with his wandering minstrel's soul, gives voice to his pain, oh, then, how one's own heartaches become enflamed and one rejoices in that suffering which speaks of the beloved fatherland!

During the daytime, Haymarket Square is where vendors and suppliers hawk their goods. It's the plaza for all the Mexicans and Texas Mexicans who have been able to seek their redemption through working the earth. Vegetable and fruit vendors line the sidewalks, announce their produce in noble tones, and Mexican housewives engage them in the sport of bartering.

And portraits of suffering spread out as well across the plaza. Over there and beneath the trees of nearby "Milam" Park, farm laborers huddle together. Our poor men, who have come due to their own personal necessity or as the result of some foreign perversion, avidly look for work as they avoid being crushed by those horseless carriages.

There, beneath those trees, seated upon those benches, comes the disillusionment of rosy visions shattered. There goes a miserly and ill-willed work contractor to prey on their need for money and their good faith. There goes a crooked cop to brand them as loiterers, to threaten them with imprisonment, when their vagrancy is but a painful pilgrimage in search of work, in search of bread earned with the sweat of their brow, with their very own lives . . . !

There, upon those fields of green grass, somewhat hidden among the few clusters of oleanders and thorny palms, over virile cheeks, tears fall, too, bitter tears of rage and despair!

In those shadows, beneath those branches where the sparrows cause such a riot, how many times has an entire transient family found instantaneous shelter from their hunger and desolation? Who knows what dreams are woven there, what dissappointments are spun . . . !

And on Sunday afternoons . . . !

That's when Sancho, without the bristly stubble on his chin and dressed in his Sunday's best, gathers in small groups of gabbers in order to let out his mischievous nature and forget for a moment the pain of his misfortune.

That's when Don Quijote becomes a disciple of Christ who, with the words of Martin Luther, or those of some more recent innovator, offers to open wide the doors of Heaven. How often is the one who is speaking one of our people, full of that fatalistic fanaticism of ours, demonstrating his stereotypical faith on his face and through his gestures, while groups of blushing women make room for him in apostleship, in defiance of the mockery and ridicule, and in tune with their mystical whimsy!

How many others? Just about any individual can stand up and deliver a harangue and provoke a debate and get hot under the collar in front of that audience that is so typical of our community, whose attitude before the incomprehensible is fundamentally ironic.

It was at Haymarket Square where our travelers' first day on foreign soil came to an end. The driver prodded them so they would get out as quickly as possible. He couldn't afford to lose any time: those on the return leg were already ready to go.

Quico, the man from Los Guajes, got out of the truck somewhat distressed: during the trip, he had suffered an enormous reduction in his meager rationing. The meals had left him feeling hungry and nauseated. The little ones felt the same, and Cuca openly declared that she would have much preferred the fresh beans and the salty meat from her hometown to those filthy canned foods that smelled rotten.

The man, to save face or to keep everyone's spirits high, didn't agree. He accused his wife of being a hillbilly and chastised his children for being stubborn. He swore that those meals were magnificent, even as his stomach contradicted him.

The family from Michoacán joined the ranks of the discontented and now their concerns about the near extinction of their assets seemed to be confirmed.

"Darn it all, my friend," groaned the old man. "Two bits! A lousy quarter, as they say, for a few crumby eggs and acidy tomatoes! What a bunch of crooks! Back home you can get that and a lot more for half the price."

"Two bits," chided Quico. "Two bits? They don't use them here. It's called a quarter . . . that's it. And of course it's expensive. Everything is more expensive on the road. But you can make it just as fast as you can spend it. Let's go."

Finally, they suspended the discussion about such an important issue in order to concern themselves with a matter of no less significance: looking for a shelter. They already had the addresses of one or two work contractors, but before they could go, they would have to find somewhere to leave the family, because they couldn't go all together into such a tumult with so many demonic horseless carriages. So, to make a long story short, after asking one person and consulting another, everyone went to stay at a nearby pigsty on whose door there was a sign that affirmed it was a hotel.

There, piled on top of each other in a dark and smelly room, the grown-ups felt as if they were short of breath, as if they couldn't breathe, as if they had been suddenly put in jail.

The dog, Capitán, started to howl sorrowfully. The manager of the so-called hotel came to inform them that they would have to remove the dog. The newcomers got very upset. Quico was so angry that he nearly kicked the innkeeper. It all came to an end with Cuca's pacifying intervention, which resulted in the dog being accepted as a guest of the hotel, on the condition that they pay an additional fee.

The children were anxious to hit the streets, and they were soon able to do so. The women, Cuca, Juana and Justa, with litle Pedro, who remained in their custody, huddled around the small window of the room to watch the passing traffic in the streets.

At the hotel's front door, a new problem awaited the handsomely dressed Quico: his rustic attire attracted the attention of those walking by. Some stared at him with apparent surprise, others with badly concealed mockery.

"Oh, to the devil with them all! It's like they've never seen people before! It's like I'm the only foreigner they've ever seen!"

Not understanding the reasons why they behaved that way, he continued to act as a leader of his children and his companions, the people from Michoacán who had clung on to him as to a life preserver, going from here to there until they finally found one of those famous work contractors.

Quico, the man from Los Guajes, hoped for the best after having passed through the test given by those famous work contractors or employment agencies. He had imagined that these establishments were luxurious offices, full of well-dressed and respectable employees, as if they were no less than the starting point on the road to riches. So, when he saw one for real and contemplated its dilapidated walls, disgustingly filthy floor, furniture sparkling with polished grime, and those gum-flapping contractors, a cross between a fox and a rat, Quico recalled the tyrannical leaders of his land, those who had exploited him so ruthlessly, that he felt like having his troops do an about-face and leave. Surely, he had been mistaken. He was just about to do so, when a new group of individuals looking for work arrived. He composed himself once again and valiantly attempted to get his business going.

A little man listened to that poor daydreamer for a while. After laughing openly, he made him see the sum total of his error, and then he tempered his tongue lashing, telling him about the prospects he had for him and describing the crazy amounts of money he could earn if he were to go to whichever worksite he recommended. At that time, there were openings for people to work on the railroad. He needed fifty men, and they already had about forty-eight who were ready to go. He could make room for a couple of big, strong men, but Doroteo would have to stay behind. Quico objected. He needed jobs for the both of them, and he needed them right away, because he had a family to feed.

"Oh, no, we can't take any family members right now. Maybe tomorrow."

After more chatter and more promises, they left that employment agency to go to another one. The men from Michoacán weren't accepted there either. All three of them wanted to stay together. From agency to agency they went, all afternoon, without being able to come across the desired accommodations.

When they returned to the hotel, somewhat disappointed, somewhat encouraged by the good fortune that tomorrow could bring, the big news was that Quico and his son, heeding the advice of one of the work contractors, had removed their rustic attire and exchanged it for work clothes.

How strange it felt for Quico to turn his clothes in for those other ones, which they bought impulsively! He had felt so handsome, so manly, with the original outfit that more than a handful of people would have envied back home!

And that hat! What an awful turn of events!

He almost didn't dare show himself in front of his wife, but, setting aside his pride once more, he tried to appear to be happy with the change, and he was right to do so.

With the purchase of their new clothes, they were more than broke. They hardly had enough money to last them another day, but . . .

"What do you mean 'but'? There are no 'buts' about it. You'll see. By God, we'll have jobs by tomorrow . . . !"

With this, the family went to Haymarket Square looking for dinner, so that they could later return to go to sleep, where their dreams would become reality.

Chapter III
THE GOLDEN NUGGET

Along Commerce Street, not far from Haymarket Square, above a large wood-frame house worn by time and neglect, a bombastic banner read: "The Golden Nugget." A giant orb painted bright yellow turned the poster into a symbol; and, on each side of the door, on discolored blackboards, the complement to the sign could be seen: "EMPLOYMENT AGENCY: One hunerd singal men needed for South Pacific Railroad. Rides to Laredo, Fort Worth, Houston. Automobiles to all destinations. For more information, inquire within."

It was all there. The house's age increased with its layers of caked-on filth. A sign in the crook of an unspeakable corner of the first room said that it was the "offise." It concealed the head devil of that den a rather deformed little man with as many physical flaws as there were holes in his clothes. He appeared to be in perfect harmony with the spelling errors displayed on the old blackboards and on the "offise" sign.

Numerous strong, young, Mexican males squeezed together on long, well-worn benches hoping to get work, a job, a gig, as they say.

Some came from central Mexico, others from the border states, and all of them exhibited a state of uneasiness, buried beneath their desire to overcome adversity. Like Quico, the man from Los Guajes, they had been forced to discharge their customary dress in order to slip on those loose-fitting, denim suits, many of which were of a different size than that which their new owners required.

Those poor men! How sad! Those young men who, perhaps on their distant ranches, in their far-off fields, looked so graceful and proud behind the yoke of oxen in their white trousers, wearing their red bandanas, their wide-brimmed hats, their double huaraches studded with nails or tacks! Their introduction to civilization was an embarrassing entrance, an appearance that seemed to have robbed them of all grace and confidence.

Still too soon for them to have grown accustomed to their new vestments, they moved about torpidly. Their feet seemed to rebel against the large, clumsy shoes that held them captive. Their backs were bent. Their heads took on a certain crude and clownish air with their cowboy hats, which were not worn properly and fit even worse. On their faces, in their soul-searching eyes, their hopes and fears collided. They attentively followed the movements of the work contractor, who put on airs of irritability and defensiveness, as he came and went, doling out departure schedules and arranging work contracts.

Those unfortunate souls, they patiently bore everything he could dish out. Deep down inside, in the depths of their souls, a still, quiet voice told them that they were in a lion's den. Their stomachs turned more forcefully. Their fear of this strange, new land shone through. Their distrust of gringos, those angry, violent giants, made them cling more desperately to that man who, being a member of their own race, speaking their own language, offered them the solution to all of their problems.

Finding them work was a very difficult thing. They would have to sign contracts. It required a number of expenses, but the man who knew how to help his compatriots was happy to sacrifice himself to help them all. Then there was the matter of dealing with only legitimate agencies so that they would be safe and so that they would be sure to earn a decent wage. They appeared before him like wayward skeletons, full of questions that he had to satisfy completely and with more zeal than in the confessional. Since his questionnaires were all written in English, the same work contractor served, as far as his kindness would allow, as a free interpreter. He was in the habit of filling in the blanks when the applicant did not know how or could not do it for himself. And in this way, they would all parade out of his office with their hopes renewed or postponed until the following day.

There were the occasional rebels, bright fellows who would become suspicious of the contractor's intentions. They understood how the contractor was treating them as if they were a bunch of sheep. They would want to protest, but they would always end up crashing into that formidable language barrier. They would surrender to life's pressing needs, and in the end, they would eventually submit themselves to the whim of that peculiar little man, who would turn into some sort of supreme leader and shield himself from any personal responsibility.

One could go to the consulate. The consul might treat them with more honesty. . . . But, no, who goes to the government for help? And wouldn't they just end up worse off there? Wouldn't they just end up with forms and more forms, going around and around in circles, and wasting a whole lot more time? And, in any case, they already knew that a consul would strongly reprimand any Mexicans who came looking to make it rich. He would criticize them for having left their land, their fatherland, without his assistance. Damned old man! That's all they needed! After they had been forced to kill or be killed over there, after they had been left without any work back there, after they had been removed from their homes, abandoned their families, with all the big, fat lies of the Revolution, now what was wrong with them wanting to leave? Why should they go back? Go back! To what? Return now without even the money they got together for the trip! And what could they do? Be pickpockets on the street? Risk their own skins so that they'd be strung up on a tree in the name of maintaining public order and security? No, in the end, they were better off here. And, after all was said and done, the work contractor was only one man. He would only have them under his yoke once. In Mexico, there were many like them, and they tormented these folks constantly!

With these thoughts in mind, they were caught in the snares of a work contractor, a classless Machiavellian, a heartless hypocrite, who sold them like fresh meat, placing a deadly yoke of ridicule and exploitation upon their shoulders!

Of course, there were a few exceptions in the work contractors' guild. Pigs that fly, horses with wings! But how could anyone afford to lose so much time looking for the one honest man who might truly take their best interests into account? Hotel bills needed to be paid. Stomachs required three meals a day. Pockets complained about being so empty and so needy all of the time. So, there was nothing else that could be done, except look for a way to earn some money in order to fill their pockets and, thus, be able to pay for their room and board!

How many of them had to spend the night in large, fetid warehouse sheds, paying a couple of bits for a filthy, uncomfortable, pest-infested bed, pressed up against another one and another one and so many others, upon which they would breathe the awful stench emitted from its exhausted men, so many men stacked upon each other like sides of beef!

Quico, the man from Los Guajes, his son Doroteo and the group from Michoacán, arrived at The Golden Nugget. They learned the previous night that it was very easy to find a job there, that the manager of that office always had a lot of openings, and that they could go into that office secure in the knowledge that they would come away with a job.

Quico suffered a serious disappointment: they had no need for additional family members, so they would have to wait a few more days.

"A few more days? But what if I'm already dead broke and the little lady and my kids and I all need to eat. I need work right away! I'm strong. I can do masonry. I'm not afraid to swing an axe or shovel. This kid here can do a good job. . . . Give us a job, boss. C'mon."

"Well, you know I'd like to. I'm here to help, but there's nothing I can do for you right now. Try back tomorrow."

Tomorrow . . . No, it couldn't be. Tomorrow, our man would rise from bed to discover that he had no more money; and, facing such an imminent danger, he set out to return to all of the employment agencies. The group from Michoacán was better off now. Three were able to find work at that employment agency for men traveling alone, and, of course, they were able to arrange the contracts so that they would be ready to go immediately. They would be leaving that very afternoon.

Quico felt almost jealous of his friends' good fortune, but he really loved his family, and this prevented him from regretting the decision to bring them along with him.

The old man from Cuitzeo and his two sons took courage. They were really anxious to leave now. Each one would make two pesos a day or more with board included.

"Board? What's that?"

"You don't know? Food, meals and for free . . . ! But . . . you know what they say, my friend: 'Nothing in life is really free!'"

"All right now, boys, let's go get ready."

"Yeah, it's almost afternoon, pop." And the three of them left to return to the hotel and get their miserable suitcases together.

When Cuca and the girls learned of their family's failure, they refused to stay put next to the itty, bitty window through which they had been staring out at city life. The grief had overcome them. Without saying a word, they went to a corner of the room, lined up their statuette saints and began to pray.

Little Pedro had fallen asleep curled up on the floor with Capitán.

Juana, a girl in whose body shined the secrets of nubility, with bright, black eyes and resolute mind, interrupted her mother suddenly to tell her: "Listen, Mom, if they can't find a job, we sure can. . . ."

"But what could we do, my child? What do you know how to do?"

"What do you mean 'what could we do'? We can make tortillas. We can do people's wash . . . "

"You know, you're right. Our dear Lady of Guadalupe will help us. Yes, let's go ask the woman at the hotel for work."

And the two women, leaving the other little girl behind with her brother, went in search of the innkeeper's wife in order to inquire about where their services might be put to use in exchange for a little bit of money.

Grumbling under his breath, the hotel manager listened attentively to the woman's questions, then he weighed the risk he was in of losing payment for his guests' room and suddenly became suspicious: "What? Didn't you bring enough money?"

"How much could we bring," responded Cuca ingenuously, "my husband had a hard time just putting a few cents together, and, now, with everything so expensive . . . !"

"You need to pay me tomorrow's rent right now, in advance. I'm really upset. Business is very bad. And I need that money."

"I'll let my husband know as soon as he gets back, sir."

His wife was much kinder. Her sense of solidarity as a woman, her compassion as a Mexican, caused her to sympathize with these people who had worked so hard to overcome their misfortunes. She promised Cuca to find her a job, offering her something herself. They could help her by cleaning the rooms, sweeping up, and they would see how good Juana handled herself in the kitchen.

"No, we don't need any servants," blurted out the manager, "We're poor, too."

His wife calmed him down, assuring him that she didn't want any servants either, that she just wanted to help those people in some way. In the end, the good man fell silent, occupying himself with counting a handful of greenbacks in front of the astonished eyes of the young girl and her mother, who knew that each one of those pieces of green-colored paper was worth a peso or more and, in Mexico, twice as much.

"Mom, this guy has quite a few pesos to his name. What a grump . . . !" said Juana as soon as they made it back to their room.

"Shut up, don't be bad-mannered. What if he hears you . . . ?"

Their conversation was interrupted by the men's arrival. Quico showed up with his head slightly hanging. Doroteo was visibly upset. The group from Michoacán was excited and entered with a purpose. They were ready to leave now, they came to bid Quico's family farewell. They had only known those people for two days. It was back in Laredo where they had seen each other for the first time, but their sincere spirits, their big hearts, moved by the similarity of the circumstances they shared, had forged a meaningful and genuine friendship. Our people's natural affection for others, be they pauper, or prince, tied those families together even more tightly, now that they were all looking to make their fortune in a foreign land, in a city where all of the faces were unfamiliar to them, where mysterious afflictions seemed to hide which, in spite of their optimism, could be seen by everyone and that could start with a possible accident with any one of those demonic cars, or because of an unfortunate lack of work and of bread and of a roof over their heads . . .

The old man from Cuitzeo, recalling his wife, his distant children, nearly cried as he said goodbye to Quico's family.

"Well, we're off. We'll be back and see each other soon."

"Yeah, my friend, you know what they say: 'Should old acquaintances be forgot' . . . "

"Okay, well, since we're about to start working, they already gave us a peso apiece. I'm going to give this one to you. It should help for something. . . ."

And his prodigal hand hung in the air curiously, offering the coin to Quico. At first he refused, his face red with shame. No, they would find job soon, too. . . .

"Take it, man, it's very little, but sometimes even a penny can help."

Federico was about to refuse again, but, at that very moment, Little Pedro woke up asking for something to eat. He looked at his son; he shot a glance over all his family members, and, blushing from the embarrassment, he quietly took the gift. Then he handed it to his wife, regained his composure and said: "Go on and eat. We'll get something later. Right now, we have to drop off our friends at the train depot. . . . "

Chapter IV
The Scream

The sun was setting, there, above the curve of far off hills, and the wheel of fire was lost among burning clouds A veil of fog rose above the valleys and everything turned a shade of blue, light and pearlescent at the higher altitudes, rich and violet at the lower elevations. The cities were shrouded behind groves of trees, with a few towers rising above as if to keep vigil over the streets below. At various spots, the water towers, with their black bellies, were the only objects that revealed the existence of some small town among those woods. The ranches were sparse and somnolent. The automobiles sped along the length of the quarries. The train tracks stretched out lengthwise, very long, over the ruddy embankment that the bands of mobile work camps had just cleared. There, at a fork in the track, near the last station, the work camp's railcars rested without a locomotive at their head.

A few cars cast out blue columns of smoke from their smokestacks: they were the meal cars. As the last rays of sunlight fell, as if stained in red ocher, the cooks could be seen quietly looking out the door of the meal cars in anticipation of the gangs of workers who prepared themselves to return.

The tools had been stowed. There were shovels and pickaxes, crowbars and axes piled on top of two gondolas. The foreman, sitting calmly next to the water cask, smoked an enormous pipe while the young men took their places.

It had been a very hot day. For hours, the July sun had poured its fire upon that field of work in which the burning rails gleamed, the earth reverberated and the water was a hot beverage that one drank and drank to quench his thirst in vain.

The foreman was sullen, conceited and grumpy, but when he was actually doing his job, that rubicund man customarily took pity on the gang and gave everyone some time to rest.

As many as forty Mexicans figured among the laborers at that work camp. Including the foreman and the cooks, all of whom were Anglo-Saxon, there was a total of fifty individuals who went along, always full-steam ahead, making emergency repairs, reinforcing the permanent encampments, remaining a few days stationed closed to any nearby town, then going out to the middle of nowhere, for weeks and weeks, far away from any human civilization that could possibly provide any distractions for those individuals assigned to hard labor and a scorching beneath the rays of the sun.

Among the Mexicans from this camp were those three men, a father and his two sons, who, one day at The Golden Nugget began to work on the railroad with the rosiest dreams of salvation.

Don Serapio, which was the old man's name, Matías, which was the name of his thirty-year-old son and eldest sibling, and José, the youngest boy, just nineteen years old, had suffered their first great disillusionment: they were convinced that their fears about that sneaky work contractor's flapping gums were well founded. Their salary turned out to be much less, almost half, of what that character had told them it would be; the famous board cost them a pretty penny and they were obliged to pay for it. Who was going to look after them in that God-forsaken wilderness?

By the second week, they tried to resist. They would prepare their meals themselves. They could stock up in the towns, but they were soon convinced that such a plan would be impossible for them. They didn't know how to shop. In every store that they innocently entered to ask for the grub that they recognized, they were laughed at or at best ignored. They bought canned food. They wanted to adapt their stomachs to this country's cuisine, but they didn't even know how to prepare it, nor did it satisfy their hunger. Then they returned to the fold. At least, there they had meals on time. It was filling enough, though limited in variety, and they ended up growing accustomed to these new foods.

"As long as your belly's full, it's enough," said the old man, "perhaps by eating gringo food we'll be able to understand these guys with their funny talk."

A number of days went by. The young men and their father worked and worked. They felt full of life, believing that, the more they worked, the more money they made and the better their economic situation.

Matías and José, continuing to be as submissive and respectful with their father as they had always been back in their homeland, handed their entire day's wages over to the old man. It was their father who settled all accounts, who supplied his sons with cigarettes, who, when the occasion presented itself, gave them a few treats. Those three happy souls, as clean and pure as the waters of that lake on whose shores their lives were nurtured, formed a respectable and peaceful clan. The mockery on the first day and the snide remarks from many about the young men's prolonged tutelage ended-up crashing down due to the strength of their characters and were converted into respectful and genial friendships.

The foreman, a gigantic gringo who brutalized the Spanish language or "Mexican," as he referred to our tongue, felt a special affection toward the three men from Michoacán, and he sometimes demonstrated it by treating them to a soda, a bag of tobacco, and some worthless trinket, which wasn't any less appreciated.

The rest of the Mexicans, our men's occasional companions, were a hybrid mass made up of individuals of every class and condition. There were honest and honorable, spirited and capricious men hoping to put a little something together in order to return to the land where either their mother, their girlfriend or even their children were anxiously awaiting their arrival. There were also those of dubious behavior, fugitives running from the law, vile figures who played brutish practical jokes in order to placate their active vulgarity and, at night, would crash down upon their cots and stare at the ceiling, mumbling drunken memories or intoning sad prison songs.

Others, truly adventurous young men, ever cheerful, ever confident, hearty enough to endure the day's labor without pain or anger, then ready to be found playing the guitar one minute, playing with a pack of cards the next, joining the group, and then even reading an occasional book, ever ready to make up excuses—by the scores—to take a break—they were like a breath of fresh air for that work camp and everyone crowded around them in order to hear them sing, incite them in their buffoonery and listen to their jokes of every color—but always told in the best spirit of entertainment.

On the evening that we met up with our men from Michoacán again, the old man and his sons had returned to the work camp with a renewed vigor and even higher hopes: payday was near. To their savings they would add almost the combined sum of three-days' wages. Soon, according to what the foreman had told them, they would be going to work near Houston, a big city, about which they had heard many praises and the first place where they would be permitted the luxury of entertainment and, above all, an excess of foolishness. Heck, they had been in the United States for almost two months now and they had never truly seen a gringo city! For them, San Antonio was like a short, fleeting memory: just a few blocks away from Haymarket Square, yes, just a few blocks away, as they left the city, they were able to see two or three streets full of cars and people, living in huge, fancy mansions! In Houston, they were sure to have time to enjoy themselves. To start with, they would write to the boys' mother and send her a few bucks, so she would be able to enjoy herself a little, as well buy a few hogs. Even after having sent the remittance, there would be enough money left over so that they could treat themselves to some nicer clothes and build a more decent wardrobe.

During the midday break, the old man, sitting with his sons beneath the shade of a luxuriant tree, in his simple and straightforward speech talked for a long time about their family members, about those women who had stayed behind praying for them, also working to reclaim their lost fortune, always sacrificing of themselves so as not to waste a single cent. He thought about his son who stayed behind to be the man of the house, a young boy who had a lot of promise and who deserved to dedicate more time to school.

Matías and José agreed with their father. José, who deeply loved his mother and his estranged brother, enthusiastically embarked upon the business of buying gifts and presents for them all. All for them—they came first.

"Why would we need to get anything for ourselves, Pop? Nobody knows us around here. What kind of party will we ever go to . . . ? All for them. . . ."

As he spoke, he wrung his calloused hands over and over again, they had never been as calloused from driving a plow.

That night, sumptuous at first, full of gold and carmine, then turning melancholy, filled with a soft sadness that inspired nostalgia and slumber, the three sons from Cuitzeo, in whose eyes the vision of that lake appeared to eternally shine, traveled over those tracks, one after the other, in order to be reunited with the rest of the peons. When they reached the group, the foreman ordered an inventory of the tools. There were two shovels missing. An accusatory look was cast upon all of them in order to find out who had lost them, or . . . who was the crook.

Yes, the foreman affirmed, on more than one occasion, tools were hidden in order to later sell them or to exchange them for some trifle.

Among the group of workers, there was a shady, suspicious young man, and the foreman's gaze focused on him.

"Me, I'm no thief," responded the accused with a pronounced and poorly contained rage.

"I didn't say that. But, heck, where're the shovels then, you sonofagun?"

José, stepping all the way up to the foreman, offered to go and look for them. They could have been left behind in the drain where they were working that morning. They could have been left in any one of those holes.

Some of the other workers likewise volunteered to go in search of the tools, but José said that he would be able to go more quickly on his own. The foreman agreed. The young man's silhouette slowly disappeared down the length of the tracks. It was getting dark. While placing the handcar on the tracks, the rest of the work crew waited, some of them smoking and all talking among themselves.

At the bend of a curve, José could be seen bending down and lifting two large objects from the ground: the shovels. They had been left next to the railroad tracks. The suspect, filled with rancor, pointed out the foreman's error. The foreman continued to smoke and ordered the handcar to go and fetch José.

Matías and his father began to propel the machine, when a distant express train could be seen headed in their direction down the same track that José was on.

The train advanced rapidly. It was like a worm with vertigo: the smoke from the smokestack hung in the air like a grey line, then came falling languidly down into ash.

The foreman ordered them to remove the handcar from the tracks. Everyone moved to one side. The train advanced. The continuous quaking of the locomotive could now be heard. Its beacon, like a bright, powerful eye, already cast its dazzling light upon their faces.

For a brief moment, haloed by an intense flash, they could see José's silhouette over the tracks, then, nothing.

Only Serapio, the old man, thought that he heard a scream amid the train's rattling. The express drew near. It passed by, deafening to all. Then it fell off into the distance. Their faces went back to searching for José. Nothing, the parallels of the railroad were bare, unmoving. . . . Nothing? Oh, yes, there, at the bend of the curve, there was a white piece of cloth floating like a flag in the brambles, but nothing more. . . .

"José! José! My son!"

Nothing, the night fell triumphally, enveloping the countryside in its shroud. An echo responded to his calls, but only an echo!

Serapio, then Matías, then many of them, went full steam ahead in search of the boy. In their hearts, they were convinced that something was terribly wrong. They were all watchful, wary, uneasy.

They came to the thicket upon whose thorns floated the white piece of cloth, a sliver of José's shirt that was recognized by his father! From there, a gash ripped through the earth and its tall grassy fields, a slit slashed through as if by a sickle, bloodstained, macabre, enormous . . . At its end, next to a large walled enclosure, there was a formless heap of bloody flesh, crushed bone, jumbled trappings intertwined with intestines and a cap on a disfigured cranium. . . . The remains of his loving and beloved son!

The workers returned to their moving work camp even later than usual. On top of a handcar traveled an old man clinging onto a bundle made from bed sheets, and clinging onto the old man, his only son. Silent, stunned, disbelieving, they both let heavy tears fall indifferently from their warm cheeks. . . .

Chapter V
ALL ALONE . . . !

And the next day, when the magnificence of the sun's attire once again hung from the sky, a procession left from the mobile work camp behind a blue coffin. Above the casket, bouquets of wild flowers quickly withered, as if drowning in pain. They were fastened by the hands of those men hardened by work, but from whose souls sprung a fountain of compassion that had been developed since childhood. José, disfigured, turned into a horrifying mound of flesh and bone, was going to slumber in that land upon which he had shed so much sweat, beneath that sun whose rays he had burned for the memory of his family, far, far away from that little house where his mother was waiting for him always full of love.

With the help of two other friends, Serapio and Matías carried the casket upon their shoulders. The old man clung to the box as if his own heart was inside. In his chest, in his crazed head, that scream of agony that he had heard continued to reverberate. Then the memory of his son's infancy came to mind: those bygone days in which he took his hand as they walked to the pueblo neighboring their ranch in order to buy him whatever he fancied; those happy days in which, loaded down with fishing tackle, he followed after him, singing, and then rowed tirelessly, as his father casted out the fishnet; and other days when, now grown, he quietly and happily returned to his place behind the plough, after having worked long hours in the field. So many dreams, so much love, lost with his son!

His son, the one who he, his own father, had brought to meet his death in the worst possible way! In the end, it was not without reason that he hated those iron beasts that slithered over the railroad tracks inspiring both fear and awe! It was not without reason then that he believed that the devil himself lived inside those machines!

Murderers, murderers! And when the old man remembered his wife, the woman who would eventually ask for her dead son, a cold sweat covered his temples, and trickling down the wrinkles of his face were tears that he drank up nervously.

Matías was just as troubled as his father, and he tried in vain to find some way to comfort the old man. His manly heart was now a deaf stone because of his suffering, and he remained quiet, pressing his head against the box in whose heart he could hear low ghastly sounds: his brother's broken bones rubbing together with every move.

The group of workers was also very sad. They all knew that this misfortune could happen again to any one of them. They didn't fear death, of course. For Mexicans, it wasn't the finality of death that was the problem, but the circumstances of one's death that really mattered.

One is even happy to die, as long as he dies well: on the battlefield, staring danger square in the face, sowing the seeds of fear in one's enemy, performing heroic deeds, fighting in a street brawl where even a dying man will continue to be aggressive. In bed? Certainly. But in bed when one is surrounded by those who love him, when a doctor has declared that nothing else can be done and the infirm calmly laughs when he sees that death is on its way. . . . But to die like this? To be struck down by one of those machines that one can see, that comes, that goes, and thoughtlessly, mercilessly, shamelessly, with all of the advantages of its weight and its wheels . . . ! Here, far from his family, far from his hometown where every flower garden would have been pruned in order to cover his brother's tomb with their best blossoms, where his friends would have come together to honor the dead, where the parish priest would have spoken his words in Latin to call upon heaven . . . But to die, crushed, like a dog?

And, with those thoughts in mind, they were filled with compassion and they felt closer than ever to their poor compatriates.

Everyone was eager to help with the funeral arrangements. Even the most miserly among them gave Serapio, the old man, a handful of coins to assist with the expenses. Even the gloomiest among them went out into the fields to cut flowers to cover that blue box in which they carried their comrade, a fellow country man, for life! At that moment they felt the strong bonds of their common blood: they now thought of themselves as brothers. Here, in a foreign land, Mexico lived vigorously and lovingly in each one of their hearts.

The burial site selected was in the cemetery of a nearby town, a square plot of dirt just adopted, which, after much effort and many sacrifices, had been acquired and somewhat managed by the Mexican community from that place. At least José would sleep among his own people!

As in the humble cemeteries of Mexico, black and blue crosses were erected there, with all of those posthumous tributes, wreaths of paper and canvas flowers, and some fresh flowers; and, on the headstones and crosses, names and dates could be read. How many countrymen, born in all different parts of the fatherland, had been joined there, beneath the mantle of the black, sun-baked, trembling earth . . . ?

The grave had been dug and the box descended, little by little, before everyone's grief-stricken faces. Then came the shoveling of dirt. The sound of those dirt clods! First came the small handfuls tossed in as some simple prayer was mumbled under one's breath. Then came the large heaps of dirt thrown in with a shovel, mounds that began to cover the blue box, filling up the grave, creating one more large swelling, among so many protrusions marking other tombs. After the funeral had ended, head down, Serapio, followed by Matías and surrounded by their friends, headed back to camp. Night was falling. Shadows soon covered those men, and the old man and his son silently began to weep!

They were almost afraid: they felt a secret dread upon returning to the railcar where there was an empty cabin. How much they missed their women! How much more sorrowful was that bereavement without a woman's sentimentality! How much more bitter that pain when shared only among the men, slaves to their jobs, now obligated to return right back to work, as if nothing had happened!

The embankment required further efforts, the tools demanded their arms, they had to go on . . . !

Payday came two days later. The group forgot about the tragedy, and only Serapio and Matías continued to hang their heads, more miserable, more inconsolable.

The camp was excited. After receiving their checks, the workers went to cash them in at a nearby town. Many of them stayed there all night; others returned with new clothes, fruit, and novelties that they had bought out of a desire to feel the satisfaction of enjoying, of seeing the fruit of their labor by giving into their whimsy.

Traveling salesmen lined up around the railcars. Some heralded the quality of their apples; others offered big, red, sweet and fresh watermelons; some sold metal wares; and still others, who arrived in ramshackle jalopies, went secretly from car to car offering forbidden drinks. Whiskey, homemade beer, horribly spiked wines made from lethal materials and using deadly processes. Many merrymakers were singing already feeling a bit tipsy.

A little later at night, other cars arrived. Sirens wailed incessantly. The lights went out. The engines stopped. From the cars descended a number of harlots, the dregs of neighboring towns, despicable women who during the light of day came from hundreds of miles away in order to win back their money here, in the solitude of the countryside, far away from the impossible competition that there was in the big cities. They were vile, lost women, with disgusting and infirm bodies, concubines for some impudent "associate," who, with the shamelessness of an animal, would bring two items to the market to sell: drunkenness and debauchery.

The rabble from the work camp was roused up. They were now going to forget all about their chores. Carnal lust roared in a number of cabins. The prostitutes went into the foreman's car, then into those occupied by the cooks, and then spread out among all the others.

Sitting upon a stack of firewood in front of the railcars, Serapio and Matías both watched the spectacle with anger, with shame and with sorrow.

Those harpies, depraved riffraff rife with wickedness, would go about corrupting those poor men. It seemed as though they carried fire in their souls and they were spreading it with each step they took.

Five, ten, fifteen men anxiously waited for their loathsome turn, all serviced by the same woman. The prostitutes ran through it quickly in order to waste the shortest time possible and serve the largest clientele. They doubled the price for the guys who were impatient. They pretended to care for the naïve. And they were able to find each one's soft spot in order to milk them for as much as they could, in order to walk away with the wages that it had taken those poor wretches fifteen days of bitter toil to earn.

After the women, with them or even before them, the saloon keepers went around taking their share. If one didn't succumb to wine or lust, then came the decks of cards, the games of chance, and the money would disappear in larger quantities.

What a spectacle for that mourning father and his son, who still cried for his brother! Their hearts were still broken from the tragedy that they suffered that afternoon, when they went to claim the check that belonged to José. They still felt as though that money was blood money. On top of it all, there was the revolting and unbridled licentiousness which had turned their flock into a herd of swine bathing in the cesspool.

The songs, the strumming of guitars, the drunken cries, the vulgar expressions from the prostitutes and their suitors, all fell upon those men like fiery stones. They had already seen that spectacle before, but they had kept their distance from it. The old man grabbed his boys and went into the city, where the bacchanalia was forgotten. But now that José was gone, when they weren't in the mood for having fun, when all they wanted to do was hole themselves up in their cabin in order to continue to mourn their dead, they felt like slapping those scoundrels in the face. They forgot about the favors that those same men had done for them. They felt that the same men now mocked and jeered at the piety that they had demonstrated just two or three days before. Their simple and upstanding minds could not fathom human variations and multiplicities, and they could do nothing but detest those unhappy souls.

A prostitute, jumping out of a railcar, quickly directed her steps toward the place where our men were seated. She had no audience, and she thought to get one. Shamelessly, she threw herself into Matías' arms, whispering sweet-nothings and making obscene invitations. The young man stood up and cast her forcefully off to one side Speechless, the old man got up front his seat as well.

"Oh, you don't want me? How about you then, grandpa?"

Throwing her arms around the old timer and, laughing, mocking at him, she kissed him disgustingly on the mouth.

The old man could take no more. Without any regard for her whatsoever, he flung the floozy a distance and grabbed Matías by the arm.

"Let's go! Let's get out of here!" he told him.

"Sure, pops."

And understanding each other without speaking, both of them went to their cabins. They hastily packed up their pitiful possessions and directed their steps to the foreman's railcar.

The foreman was quite occupied: coming from his car was a more expensive but no less despicable racket. Our men stopped in front of the door. They quietly contemplated the scene inside, ruddy in the lamplight, then they turned around and walked off along the railroad tracks.

"My son!"

"Yes, Dad?"

"Not on the tracks, let's find a road . . ."

"Let's go."

The sorrowful silhouettes disappeared into the darkness of the night, as the voices of drunks and the laughter of prostitutes rose from the work camp, topped off with the languid strumming of guitars.

Chapter VI
Rolling Stones Meet

And so they returned to San Antonio! Now they were really going to get to know an American city! But how? How many trials did they have to endure? And in such a short time! How they had come to taste the greatest bitterness of life in the land of promise, of prosperity and of happiness!

Hobbling along Seguin Road on blistered feet, Serapio, the old man, followed by his son, entered the Alamo city. Upon reaching the first homes, beneath a few miserable mesquite trees, the old man stopped to eat. His helpful young son went about spreading out some serapes so that his father could take a siesta. The August sun was beating down on the earth, provoking shimmering, hot reflections from walls and rooftops, killing the grass and turning the rocks into dust. Along the blue canvas of the heavens, large, languishing clouds glided by mockingly, as everyone hoped in vain that the clouds would dissolve into rain. The dog days were unbearable!

"Lay down, Father. Let's rest a while. We can go into town in the afternoon."

"What about you?"

"I'll lie down, too. I'm not sleepy, but I'll lie down, too."

And, side by side, those men spread out lengthwise, losing themselves in their own thoughts like silent statues.

Serapio relaxed a bit. They had arrived at last. In that city, from which they had departed and to which immigrants would always return, they would finally be able to find new jobs, perhaps something besides that hateful railroad. . . . But, with the physical rest came the reliving of his experiences on the road. What a road it had been! Filled with so much suffering!

He recalled his nocturnal escape from the work camp, his meanderings around until chancing upon the highway, his childish fears each time an automobile passed nearby. How he had feared losing his other son on that road! How he clutched onto his arm as they walked! If one of those machines was also a murderer, then it would have to take him, it would have to take them both!

Later, when they had to spend the night in the mountain thickets, on dry creek beds, because they could not find anywhere to stay, because in that land of radiant houses, hospitality meant something different for Mexicans, and its favors were showered only upon those who had blue eyes, upon those with maize-colored hair . . . but they, they had bronze-colored skin, they were Mexicans, terra cotta fired to be as tough as steel!

How much that old man suffered the first time he went looking for lodging, feverish and completely exhausted, but hopeful to find somewhere to stay, because the gringo who he asked spoke Spanish. But, he received the harshest rejection from him.

"Sir, (How angry it made him to think about the respect he had shown that man.) sir, the city is very far away. We can't walk any further. Please, sir, could we please stay in your barnyard . . . ?"

"Not in my barnyard, not on any of my property!"

More than his words, the memory of the look on that gringo's face cut him to the bone: a scrutinizing and scornful inspection. Suspicious and cruel, each one of his gestures seemed to say: No, you're Mexican. You'll rob me! You'll kill me!

When they reached another town, starving . . . When they unraveled those green bills that would represent José's last paycheck and asked for something to eat . . . What an insult! What a disgrace! The restaurant manager stared at the weary travelers, looked at the paper money extended in their hands, and then said gruffly, with a voice full of contempt, "No, we don't serve Mexicans here!"

Matías (The old man would remember so well!), imagining his father's pain after such humiliation, ran over to a rock, picked it up, intent on cracking that fool's skull. But the old man stopped him.

"No, son, we may be hungry, but we still have our dignity. C'mon. Let's go."

And this wasn't the only instance. It happened so much that they didn't even try to go back to another gringo café again. They would always pass through the towns, avidly searching for a Mexican place where they could satisfy their hunger, where they could quench their thirst, so that they could keep moving ahead.

A fellow countryman asked them why they didn't just take the train. They had enough money to buy the tickets. They could reach their destination more quickly and it would even be more economical.

"No, not the train! Never!"

And the old man violently grasped his cane and walked on, recovering his strength with all the pain and anger he felt inside.

Take the train? Another one of those beasts, brother to the one that killed his son! It seemed as though from all the railroad tracks, in the trembling of every locomotive, he heard the tortured scream of his murdered son! No, he would walk himself into the ground if need be. But take the train? Not if his life depended on it!

Among those bitter recollections a single restful thought came to mind, and only one was enough for that patriarch from Cuitzeo, upstanding and wholesome, to feel his gratitude spill over that earth.

One day, the sun burned hotter than ever. The road was dry and barren. It blinded their eyes. Their feet bled. Matías attended tirelessly to his father. At each shady spot, as miserable as it may have been, they had to stop and eat in order to be able to continue. During one of those rest stops, a truck driven by a friendly, old white man passed by them. He stopped the truck the instant he spotted those two men; then he called out to them: "Hey, guys, hop in."

Serapio could not believe his ears. Them? A gringo was offering *them* a ride? And he looked around nervously for some other gringos to whom that invitation may have been directed.

"Hey, get in. Where are ya'll headed?"

"He's talking to us, Father. Come on. We can pay him for the ride."

They climbed in and left with that man who not only spoke Spanish, but had also been to Mexico. He had lived there for many years and made a lot of money. And he attested to his love for the Mexican people.

"But, why you didn't get in right away, guys?"

"What did you expect, after having to endure so many insults . . . ?"

"But from whom?"

"From a lot of people, from your countrymen."

"Oh, well, it's just that they don't know anything about Mexicans. They think they're all bad people, that they're . . . " (And here he let loose a prolific and scathing diatribe that Serapio savored with malignancy.)

"Yes, siree, that's what they are. As if you didn't have any bad people around here!"

"They should all go to Mexico and then they'd see. . . . It's a real shame that you guys have so many revolutions, my friends! Because, it really is a beautiful country over there . . . "

"Revolutions? But what kinds of revolutions can we working men create?"

"Yeah, I know, it's not you guys. It's the politicians' fault. They're the thieves who, on top of stealing the sweat from your backs, force you to come here to suffer and put up with the punishment that they've overcome!"

And the conversation continued like this, giving the migrants a moment of peace and relaxation. The man in the truck drove them to his own house. He had them over for a day. He looked around for jobs for them. And, on the following day, when they resumed their journey, because they were unable to find the means for sustaining themselves there, he even drove them a good stretch of the way in his truck.

"If only the cotton had come in . . . But it's too dry! Too bad I can't have you stay with me! Good-bye, I wish you the best!"

Half asleep, Serapio continued to repeat the thanks and praises that he heaped upon that kind soul. Yes, indeed, there were some good men as well. There were also some gringos who recognized Mexicans as their equals. The hard part was finding them.

After that, there were more hardships, more hungry days, more half-eaten meals in order to save as much of that money as possible. That money! The money they intended to send home, that José had asked that all of it, all of it, go to his mother and brothers and sisters!

Burdened by memories and fatigue, Serapio continued to sleep. Matías was snoring. His young age, his clear conscience, made it easy for him to fall asleep.

The electric lights had already been turned on when Serapio woke startled. He called out to Matías and both of them prepared to finish the day's journey. They had to reach the Mexican barrio. On the way, they encountered some nice people who told them about more inexpensive ways to live in San Antonio and pointed them to an address where they would find a low-cost inn.

Before starting out, they discovered that they had a lot less money, in spite of all of their attempts to save. They could barely put fifteen pesos together, just enough to survive on—with even more scrimping—for one more week.

They continued down the street and finally reached the downtown area of the city. The first nocturnal hours had already elapsed, and the nightlife was at its height: cinema billboards attracting attention with bright, blinking lights; restaurants and cafés full; the echoes of music, laughter and gaiety from every direction. It looked as though those people weren't suffering!

Our weary travelers passed through and finally made it back to Haymarket Square once again. They sat down next to one of those tables where they served *chile con carne*—a dish forcibly introduced into the Mexican cuisine—and some murky water posing as coffee.

But it didn't matter! At least they could eat peacefully, among their own people, without having to worry about whether or not they'd be refused service, despite having the money to pay for it, just because they were Mexicans!

Matías ate with such eagerness, Serapio with such sadness. Oh, how he missed his other son!

When a street musician came up to them, singing tunes from their distant homeland, Serapio stopped eating, and Matías still had his mouth full.

They could have never imagined how one of those songs, heard so many times with utter indifference, would stir such profound emotions within them! They ignored the fact that it was for that very reason, because they had heard it so many times with indifference, because they took them for granted as something naturally occurring and innate to their fatherland, that these songs would cause them to feel that which words could not describe; but, they did, indeed, know how to show their respect sitting mutely, attentive, as if in prayer!

The old man cried. If only his other boy could have been there to listen to them, too!

Suddenly, a voice, half fearful, half pleading, ripped them away from their thoughts: "Hey, *paisano*, would you like to buy this fine scarf from me? It's real silk. . . ."

Serapio limited his reply to merely moving his head in a negative fashion, without even turning his face to look at the vendor. Matías told him no and did not try to go on eating, but the man insisted.

"Look how pretty it is. I'm selling it to you because . . . How about it, amigo? I have a family and I don't have any money . . . Please buy it. . . ."

Then both of them seemed to recognize the voice. They spun around quickly toward the salesman. All three of them stared at each other in silence, motionless, then the ones who were having dinner got up and they all became one body lost in a warm embrace. It was Quico from Los Guajes!

"How in the world, Don Serapio, Matías . . . But where's José! Where's Chepe?"

The old man started to cry, sobbing profusely. Matías explained: "He's . . . dead. He got hit by a train . . . "

Quico's face turned pale, his silence spoke more strongly about his pain than any words could have, and carefully wrapping the scarf back up, he slipped it into his pocket. He took his friends by the arm and invited them to his home.

"No, let's eat something first. C'mon, eat with us, Don Quico."

"No, no, I've already eaten. Yeah, I just had dinner."

But the opposite could be seen in his eye, and after extending him one more invitation, it was he who rushed to hide his tears in Don Serapio's arms.

"No, my friend, the truth is—we're all men and friends after all—I haven't eaten, nor has my wife. We barely had enough for the kids today! What an awful fate!"

So Matías ordered food to take with them, and they all left for Quico's house, where, as promised, they would learn of the bitterness that, over the course of the last few months, years, centuries to him, he had suffered.

Chapter VII
The Mexican Barrio

Leaving Haymarket Square, San Antonio's Mexican barrio can be seen stretching out in a southwesterly direction. Gigantic, disfigured, its forward outpost is in the very heart of the city and extends out into the woods. Its branches spread out at various points and deviate here and there. For this reason, there are clusters of Mexican homes popping up in every direction of the city, often whole rows of houses, block after block, but nothing like the southwestern region, which is considered to be a typical Mexican neighborhood.

Their cemeteries are there. The schools with the highest enrollment of Mexican children and where they are best understood are located there. Their places of worship and even their cantinas and brothels are there. More than a few white Americans, tourists who go in search of the exotic, who come for the city's bright sunshine and its warm climate, according to San Antonio's reputation, ask for the Mexican area of town. They imagine they'll come face to face with bands of Indians, people dressed like Aztecs and customs from another planet.

They think that every man they come across will be a *charro*, and every woman a *china poblana*.

They hope to experience moments of living Spanish musical comedy, traditional dance and romantic music. . . . How disappointed they are, when all they see is a neighborhood of more or less poor houses, full of more or less appropriately dressed people, who are more or less dark-skinned but essentially the same as the rest of the city in terms of its buildings, activities and customs.

A few wise guys are in the habit of having their fun with the unwary; while others completely exploit them. The following is a true story.

On one particular sunny morning, two young Mexican men, unemployed and full of good humor, directed their steps toward the downtown. After crossing the San Pedro Bridge and cutting through a narrow alleyway populated by second-hand stores, they found themselves suddenly surrounded by various sirs and madams who, standing around, fearfully, strained their necks attempting to decipher everything that they might find on the other side of the bridge. A handful of pretty young women brightened the group.

Our young men stepped up to the visitors and were asked if the Mexican barrio was nearby there. The teenagers said yes. Then, the newcomers, thinking that they would now have to pay for a ticket like they do in all of the tourist attractions that one goes to, handed fifty cents per person to the pair of young men, believing them to be the bridge's guards!

Huddled together, making gestures, making comments and growing excited, our North American friends moved toward the "mysterious" Mexican barrio, while the other two went to the cinema to celebrate their easy pickings!

In general, the barrio looks poor and neglected. Most of the streets are unpaved, and after the dust of drought, come huge mud traps from the rain, blocking numerous city blocks which are impossible to reach without getting stuck in the mud. Mexicans with money, the intelligentsia and those of distinguished social status all live in nicer neighborhoods. They blend in with both the natives and those of European descent, sometimes intentionally, in order to escape the crowd due to some political peccadillo, or, quite frankly, because of such a painful need to be like the gringos that they bleach their black hair yellow, turn their bronze skin alabaster and speak in guttural tones. These are the ingrates who claim their Hispanic roots but deny their indigenous blood, impostors who throw themselves upon the poor Mexicans—to exploit them without a concern—and the ones who have come to be the community's biggest disgrace, since quite a few cheap flappers and harebrained morons supply the goods for their revelry and debauchery.

Yes, of course, the Mexican barrios are the ugliest in San Antonio. They were destined by city council's providence to be at the forefront of the city, to go conquering land in the field, to go urbanizing today that which was once marshland or grassy pasture yesterday. Once they have been able to change that district's appearance, once our women have redoubled their efforts to fill their gardens with roses, once the men have worked late hours after returning from their jobs to build sidewalks, to beat back the dust and mud, the rent goes up, the person selling the land loses his patience, and the Anglo-Saxon inhabitants come, erect elegant homes and transform it into a distinguished neighborhood. Few Mexicans are actually able to achieve upward mobility; the majority goes along, waiting on the sidelines, to develop a new plot of land!

In this Mexican neighborhood, where the establishment of brothels and cantinas is tolerated, the revelry and debauchery of so many lost people—the majority of whom are not Mexicans—is concealed. The police act as if it's a dangerous neighborhood, home to many birds of prey. It is a fertile ground for the harvesters of various branches, whose roosts, sometimes lairs, are built in wealthy neighborhoods and their only reason for visiting it is to exploit it without conscience or scruples!

Responsible? Who? Nobody! The fate of the Mexican people! There are communities made for the highest highs or the lowest lows. The Mexicans are like that: either they bask in the glory of their indigenous tyrannies or they are bogged down by the weight of their mockery. The thousands of Mexicans that make up this neighborhood possess all of the honor and shame of the Mexican people. To this inheritance are added the influence of their new environment. There are many families that, in terms of appearance, have lost their Mexican identity and are in terms of language (horrible Spanish and horrible English), in terms of their customs (grotesque and licentious), in terms of their desires (futile and fatuous ambitions); a hybrid group which adapts itself neither in this country nor in our own.

But there are also many, very many, who continue to preserve the traditions of the motherland, who still long for her skies and her waters, her peeks and her valleys, who yearn for the day when they can return and who always feel bound to her, whether laughing or crying, in good times or bad.

It's among these people that the poor souls who immigrate here full of dreams can find relief. It's here that all the manners of polite society are observed; and, following the constant exploitation, which has fomented mistrust, there can always be found a source of truth, goodness and generosity.

To this is added . . . I don't know how to call it . . . call it silliness, ignorance, even stupidity!

Currently, the mayor of the city, an enthusiastic and compassionate man, kind and pure of heart, backed by his city council, is making improvements to the Mexican barrio. They've opened and widened streets; they've paved some roads; they've built bridges across the Alazan Creek, a drainage ditch that cuts across the area and upon whose banks are erected the most miserable shanties. This area is looking better.

During the day, under a suffocating, red hot sun, every manner and class of vehicle can be seen traversing the streets. There are big bodied trucks, as wide as department stores, where Russians and Polish Jews bring cheap merchandise to sell on credit and thus earn an astonishing growth on their capital. How many of them, after going door to door for two or three years, leave that business to another one who comes to make his fortune and plant themselves in the center of town with a respectable store, a prosperous business! These industrious men, made to persevere as a result of their people's eternal struggle, surprisingly predisposed to quickly learning any foreign tongue, are the equivalent to our braceros. They are always following behind others, supplying them with their wardrobe and feathering their nests. Among the "drummers", a barbarism that has been introduced into our own Spanish as a way to refer to them, one comes across the life insurance agents. "Asurance," as they say, (another barbarism and, as with the many we have cited, it is the responsibility of the reader to sort through them), insurance, is forced upon them. Death arrives on the day when it is least expected and this natural liquidation always requires a large outlaying of money that has to be shouldered by the survivors. With insurance, the burden becomes lighter. The undertaker provides the funeral on credit. One can buy a headstone that immortalizes the nameless country bumpkin who lived and suffered, and, most importantly, there are even a few pesos left over to take care of any debts, to start some business or to improve the family home and wardrobe.

With tired trot or sluggish step, pack animals can also be seen dragging wretched vehicles, transporting for sale fruits and vegetables, earthenware made of clay imported from Jalisco and Puebla, Mexican herbs, ceramic implements that people buy out of nostalgia.

No few Mexicans are able to learn the art of commerce to their advantage; and, emulating their Jewish counterparts, they set up some sort of shop, a grocery store. And hiding behind the counter, they begin to amass a small bit of capital that turns them into the chieftains of their streets, their neighborhoods or their entire districts.

After the storm usually comes the calm, a time when, despite not wasting any money, the greatest lure for the unwary is to become enticed by a luxurious house, a fancy new automobile and the ease of squandering money on merrymaking, giving a little wink to the laws of prohibition and the city's policemen. And so, Mr. Nobody becomes somebody, and gives himself some showy title as he marches off to victory. How many of these fortunes have been made wrongly by tainted hands taking the low road! How many too have been made as a result of heroic sacrifice, from a life of hard work and worthy ambitions!

Quico, accompanied by Serapio and Matías, crossed street after street. They walked down El Paso Street, the Broadway of the Mexican barrio, then turned and finally became lost among the shadows and narrowness of Montezuma Street. Serapio, the old man, was growing weary, but the joy that he felt upon being among friends, among fellow countrymen, overwhelmed his feelings of fatigue. He felt the semblance of a family, drawing to those other immigrants, and he refused to allow himself to feel tired until, finally, among the last few houses, they came to the small hovel that had sheltered that offspring that Los Guajes sent forth in search of gold and who, up until now, had only discovered overflowing amounts of pain and misery.

"You'll have to forgive the scantiness but, if this were a palace, it would be at your disposal," Quico said as he opened a rickety little door from behind whose walls, all the way to the back of the building, one could predict the shabby shape that the house was in: part tent, part cottage, and built out of discarded timber and granary sacks full of holes.

"Cuca! Cuca! Hey, come on out. Look who I brought for you!"

Before her came Juana, Justa and Little Pedro, who were woken up by their father's shouting. Like little cats, somewhat timid, somewhat trusting, they rubbed up against their visitors, extending their affectionate but feeble hands.

Then came Cuca. And the greetings, condolences, sighs, tears and offers of help were expressed all over again. They ended up making a fire, sitting around the house and getting caught up on the details of each other's lives. Cuca ate patiently, obliging her guests to join her. Quico devoured his food precipitously, and with even greater ease, let out the story of their misfortunes.

For the whole week, he had gone around with Doroteo looking for work, without any luck. There were no accommodations for family members at that time. They had to wait until harvest time. The hotel ended up by finally cutting them off, and, one day, they found themselves back out on the street again, without a roof over their heads or clothes on their backs, because the clothes had been sold off little by little.

First the few jewels, then the fancy, *charro* get-ups, then their finest trappings, the shawl, until finally, even the blankets were gone. They experienced bitter days of sadness and endless nights of want.

"So where's good ole Doroteo?"

"He's the one who's been able to help us out a little bit. He works at a yard, with an American gentleman who is very fond of him. He provided us with this house and he lets us live here without paying anything. But Telo makes very little. It's barely enough to make it through the first part of the week. I'm doing a little here and a little there. My wife and Juana do the wash when they can and that's how it's going for us. . . ."

"We were so stupid, my friends! Why did we leave our country?"

"No," leapt in Quico, "we mustn't lose heart. We have to move forward. In a few days there'll be a some jobs picking in the fields and then we'll really be going places."

"Yeah, that'll be the day . . . " quipped Cuca incredulously.

"Oh! That woman! Always so discouraging! Yes, we will! Yes, we will! You'll see!"

The children had eaten dinner again, and Justa and Little Pedro began to roll around with the dog. Juana listened attentively to the grown ups while looking at Matías out of the corner of her eye. Juana, now more thin and pale, appeared more attractive: there was more of a spark in her eyes, and her breasts were becoming as round as two juicy apples.

As it happens so often, both groups were joined in their miseries, their sufferings and their hopes for the future. Serapio and Matías would stay there. They would be added to that family which, not even having enough for their own needs, opened the door of their home to them and showed them the love in their hearts.

Oh, what an incredible feeling of rest and relaxation overcame the old man! He had finally found a roof over his head where they would welcome him without reservation or suspicion!

It's true that the house was small: scarcely a miserable little shack that served as both kitchen and bedroom. But outside, in the back, a Palo Blanco tree provided luxuriant shade by day and a canopy that blocked the moonbeams and the dew at night. . . . They would sleep under the tree. The weather, moreover, demanded it.

After a long and drawn out conversation, during which Quico's capriciousness, always confident of victory, was contagious and helped to pacify the disillusioned men from Michoacán. The men prepared themselves to go to bed under the primitive tent, and the mother and children went to the other side of the shanty.

Serapio, before retiring to bed, handed Cuca five pesos in order to help with the expenses. That was to be their assistance.

There would a brighter tomorrow, and they would find better luck. God didn't forsake his children, and the Virgin of Guadalupe would show them the way.

As the moon filled the heavens with its rays, pouring down its soft, pure light, they all slept peacefully, confidently, surrendering themselves completely to their destiny.

Capitán, the dog, kept watch, rolled up into a ball in front of the gate which led into the yard.

From the house next door, located in a well-cultivated garden and belonging to a family of quadroons (descendents of blacks and whites), came the detestable hammering blows of a small piano, a musical instrument which called attention to the relative wealth of its owners. But after the din had come to an end, the lights and the house, white and casting an elegant silhouette, was bathed in the silence of the moonlight.

Chapter VIII
THE SERENADE

It was midnight when two emaciated forms, whose wretchedness could be seen even in their silhouettes, stopped in front of the white house . . .

The tattered clothes of the two ungainly shadows, wrought with misfortune, did not even reflect the silver moonlight. One could make out their worn out shoes, their wrinkled trousers, their coats with disemboweled elbows and flabby pockets, made roomier from their fidgeting needlessly with them all day long, and their flattened sombreros, which seemed like the crowing achievement to underscore such misery. Under their arms, they carried the means for earning their daily bread: one, a violin, and the other, a guitar.

They stopped, cleared their throats, took hold of their wooden boxes and music began to spring forth: Mexican music, a slow, sad waltz, a bittersweet and melancholy, like the weeping of a child temporarily resigned to his suffering.

The notes had the tremolo of sobbing. The quavers and semiquavers of the music seemed to express quickly, instantaneously, almost ashamedly, some of the tragedy that the performers had suffered.

These were not happy and carefree revelers about to give a serenade of love. There was no joyful invitation to sing, nor were these two romantic troubadours bewail their bitter lessons of the heart. . . . They were a couple of poor devils, another pair of wretches who had fallen into a river of misfortune, musicians who, without any contract, ignored by all because no one had any money, wandered around each night stopping in front of the houses that demonstrated a bit of merrymaking, in order to play two or three songs in hopes that their generous audience would voluntarily part with some spare change.

What a truly painful and satirical procession! To walk down those long streets, surrounded by houses which —in their misery—they believed to be happy and whole, under a clear and beautiful sky, staring at the silvery leaves of the trees which looked like coins dangling just beyond their reach, receiving on more than one occasion a rude rejection, shouts to let them go back to sleep; fearing, at each house, being bitten by a dog whose teeth were not made to be merciful; always thinking, with each step, about the problematic possibility of earning enough money so that there might be a fire burning in their little hovel for one more day . . .

Their shanty, their home, where their wives and their children whiled away their stomachs' protracted vigil with self-imposed sleep, where clothes were in short supply and the bills were plentiful! That house which required, due to the great necessities created for them by their precarious position as artists, to maintain a constant—albeit distressing—appearance, as not to be out of harmony with the social class to which they believed they belonged and that which had completely forsaken them!

How much happier were those braceros, living in their shacks, working like beasts of burden, and thus, like animals, managing to escape more bitter pains!

Carrying all of their internal burdens, they had to continue to appear joyful! The bow quivered in the violinist's hands. The frets of the guitar were damp with cold sweat. The musicians' hearts had almost withered up, as if compressed by so much misery. But the music played on, rising delicate and pure, as if they could spin their pain into pure gold!

When the cotton was tall, when there was enough money to put on get-togethers and parties for the most trivial pretext possible, one could make a good living, one could get out of debt. But when the harvest was lean, when workers were plucked clean and business became unreliable and credit was cut off and money remained pitifully locked in inaccessible boxes, competition for jobs turned fierce. Then, it was only the most cunning, the most wily, who were able to monopolize the few opportunities that presented themselves. The others, the downtrodden, were left to float adrift upon those stormy seas, thirsting for victims. . . .

"Dag-nabbit! They're not going to open up. . . . There must be somebody in there. . . ."

"And we haven't even made any money yet. . . . What a life!"

"You know, the shopkeeper's already taken my bankbook from me, and now he doesn't want to sell to me on credit anymore. My little lady's in an awful state. . . ."

"But, you guys are really thick: having a new kid each year as it gets harder and harder to put the bread on the table each year, too."

"What do you want, man? You know, 'God gives the poor more mouths to feed.' Like they say, 'Every child come down with his own sandwich.'"

"Yeah, and they sure do come down, but that big joker just leaves it at the bakery and the darn baker won't let go of it, if you don't pay for it!"

"Allright, allright. Let's just play them another song."

"Let's sing them a song. You'll see. The other night they gave us a quarter."

"What should we sing?"

"How about 'Rain No More' They don't speak Spanish, they're quadroons."

"And a one, and a two . . . !"

Guitar and violin were struck so violently, practically thrashed in order to create a louder din, perhaps releasing their profound suffering, in accompaniment the singing of that song which was so much in vogue, a product of the Jazz age.

It was now an ungainly dance of musical notes, an unintelligible deluge of words which strove for correct English pronunciation, but were only able to achieve an incomprehensible gibberish. When the song had ended, a window opened, an arm peeked out, a hand was extended and a coin tossed out near the musicians.

They ran to it. They picked it up. And passing it back and forth repeatedly, they confirmed that it was a quarter. Another quarter! What a wonderful bunch of quadroons! Now they could buy coffee with their breakfast. If they made a little bit more, they would actually have enough for the food!

So they continued on. Now starting to walk, as if it had been choreographed, they spontaneously began to play once more. Again they started with the music first, the sorrowful waltz which spilled forth beneath the moonlight like a cry of love and resignation. . . .

It was deeper now: it was a prayer of thanksgiving to fate, who is so bad-tempered when it scarcely smiled, it forced one to fall to his knees . . . !

The sardonic foundation of the performance was shed momentarily. Now they really were hearts enamored with art, unconscious minstrels intoxicated with beauty, who, forgetting the pain of the prosaic life, began to cut loose their confused and insatiable desires, under the serenity of night, through the beams of star lights and moonbeams which would become woven like an ethereal and magnificent cape of mystery.

A moment of rest! An instant of hope for those who for so many days, for so many months, for so many years, had endured such cruel realities!

Matías woke up to the music. He observed his father's and Quico's deep sleep. He felt the lure of that spell which spoke to him in such a mysterious tongue about his country, about his formative years slipping away, along with Cuitzeo, among the tranquil traveling from place to place and pure, simple and practical dreams. . . . He recalled his dead brother who sang, he knew how to play heartfelt tunes and enjoy them. Like a sleepwalker, he rose from the straw mattress on which he was sleeping and very softly, step by step, went to lay face down on the wall which separated the two houses.

How strange it was for him to listen to that song. It was as if he had been listening to his own mother, as if it was the voice of that saintly old woman whom he loved so dearly. As if, along with her, came the splashing waves from the depths of the lake, the deep murmur of the nearby forest, the singing birds of his homeland and the laughter of Toribia, the most beautiful young maiden he had ever known and for whom he was sure to be destined.

How strange! He thought he could see and smell it all, too!

He saw the ranch where he was raised so clearly. It was as if he could touch it. He saw the large house with white walls and red Spanish tiles burning with the exuberant blooms of the bougainvilleas. He saw the tall and luxuriant sabino grass that grew among the woody liana, the spring where the young ladies would go with their pitchers to fetch clean, refreshing water. And the lake, too, the lake that twisted and turned among the hills and hillocks, with some fishing boat rocking above its white breast. He saw his mother, his brothers and sisters, his bountiful cornfields, his beloved oxen, his faithful work companions, and his dog, his most loyal, most discrete and most lovable friend!

And he could smell! He could smell the captivating fragrance of the rose bushes, the aroma of the herbs watered by his sisters every evening, the sweet breath of the moist earth!

What a dream! What a state that boy must have been in, feeling magically carried off to the heart of his family, to those bygone days when, knowing nothing about hardship or suffering, they all lived cultivating happiness for everyone.

The music had come to an intermission, but Matías continued to dream. He held on to that vision of a joyful life. It wasn't until the musicians played some incoherent arrangement that the young man was suddenly torn away from his musings. What a blow! What inexplicable displeasure he had felt with that boisterous clanging! He was about to retire to his wretched little bed, when he spotted a shadow nearby. It was Juana.

The young lady had escaped from her mother's side; and, without thinking, easily swept up by the natural instincts that comprised her vivacious femininity, she, too, had gone to rest upon the wall, close to that young man, now stiff as a statue.

Juana also dreamt with the music, but about more immediate fantasies. Under the moonlight, she contemplated Matías' handsome figure. Her nostrils filled with the pungent sweat of that wretched wayfarer; and, in that odor, she perceived a mysterious allure. There was a moment when, without thinking, she drew closer to the young man.

Her dreams were not cut short by the discordant song; rather she felt more alive. She imagined herself dancing with Matías as her partner. She could nearly feel the jubilant drunkenness of that dance which she wanted, violently, wantonly, precipitously, until fatigue finally washed over them with sweet victory.

She had those thoughts in mind when Matías, recognizing her, asked, "Did you come to hear the music, too?"

"Yes, one can't help but stay and enjoy it, right?"

"Oh, right. Of course."

"And dancing is so delightful, don't you think, Matías?"

"Yes, it's lovely, but . . . then, you were dancing . . . ?"

"Oh, no, but my word, did it ever make me want to dance. Hey, look, they're going to play another tune. Would you like to dance? There's no one around to see us."

Matías smiled before the innocent young lady. Her lively nature had made him into a gentleman without him even realizing it. With a softness thought impossible for rancheros, he attempted to dissuade the young woman of her desire. Then, assuring her that he was very sleepy and that it was very late at night, he invited Juana to go back to bed.

"You arrogant fiend! And to think that I wanted to dance with you!"

"And I with you. But it will have to be another day. How about Sunday?"

"Really? This Sunday? Hey, they say there's a dance hall called The Sawmill. Let's go Sunday! Everyone is going . . . Wanna go?"

"We'll see. We just might have to do that. . . ."

Juana slipped away gingerly, stepping inside her shack, but not without looking back a number of times at Matías, who walked step by step toward his bed, listening to a new waltz whose echo was lost in the distance of a deserted Moctezuma Alleyway.

Chapter IX
BACK TO THE FIELDS!

At last! The day came when Quico, the man from Los Guajes, would be able to build his castles of riches on more or less solid ground. They were headed back to the fields. All of the areas surrounding San Antonio were suffering from the consequences of a terrible drought. Enormous tracts of land had become barren, without the slightest blade of grass, scarcely offering up a few decrepit, little cotton plants, here and there, withered and dried up, and crowned by two or three measly buds. More than once, Serapio, the old man, had recommended the infallible recipe for calling down the rain: taking out some blessed saint's statue and carrying it in a procession through the fields so that it might attract merciful downpour. But his audience just stared at him with an incredulous smile painted on their faces as they confessed that it would be better for them to pray for the miracle to come from the gringos, those white men who really were the devils.

"Any day now," said a barrio spokesman, "one of those guys is gonna pull out some fancy gadget, full of noise, and spittin' out smoke, and guzzlin' tons of gasoline. But, by the devil, it'll make it rain. You'll see. . . ."

"Could be," replied Serapio doubtfully, "could be. But, if they had San Juan de las Colchas or Our Lady of Refuge with them . . ."

Quico left the discussion and, accompanied by Matías, he went from one agency to another looking for work. "If at first you don't succeed . . ." They found jobs—for everyone. They would have to go far away, very, very far away, all the way to some ranch known as

The King, or something like that, near Houston. When Serapio learned that they would have to travel down the same road that had proved so fatal for them the first time, he nearly stayed back and prohibited his son from going. But Matías and his friends' arguments won him over. There was also the harsh reality of the lack of work in San Antonio. He thought about how sad it would be for him to choose to go down a different road than the others, whom he had already begun to think of as his own family. In the end, he resolved to go with them, thinking that, by going, he might even be able to visit José's tomb and decorate that cross that he made with his own hands in order to know where his beloved dead son was buried.

So they were off. The sun was just beginning to dawn upon a cool morning, when our friends eagerly accommodated themselves in a large truck, already partially filled with other farm laborers, and in which they were going to make the long journey. Doroteo, who was going as well, entertained himself by finding a spot for Capitán, his dog who continued to serve as his loyal and faithful companion, his dearest and most trusted friend.

Little Pedro anxiously watched the preparations being made, wanting for them to hit the road as soon as possible. Juana furtively fidgeted with her hair and dress with the aid of a shard from a broken mirror. Justa and Cuca, huddled up against one of the sides of the truck, took care of their tatters of clothing and the miserable scraps of wood which comprised the entirety of their household furniture.

Matías was singing. Serapio appeared to be indifferent toward everything. And Quico came and went, got up and sat down, shouted out orders, solicited advice from the companions whom he believed to have more experience, and asked the driver how far away they were and how long it would take for them to reach the famous King. His activity multiplied in vain as a way to release his energy and calm his enthusiasm.

Now he really was going to strike it rich. He, his wife, Doroteo, Juana and even the little ones would work in the fields without stopping. They would pick pounds and pounds of cotton. They would overwhelm the men at the scales with the tremendous masses they submitted. And then, my goodness! How much money they'd make! What a haul! And what things they would buy! Retribution was on its way. Every man has his day in the sun, and fortune was decidedly on his side. He even forgot about those bitter days, and almost looked upon San Antonio with fondness. Haymarket Square, where he had passed through so many times—with his mouth so dry—in search of some way to make a little bit of money, now appeared to be the starting point for his good fortune. Yes, he did love San Antonio, darn it!

And how could he not love it, if he had suffered so much there? His rationalizations did nothing but confuse the reasons for his affection, but it did exist. It is the fatal attraction to those places where we have experienced great joy or where we have suffered great pain, the human emotion that, as with cats, causes us to feel passionately about the places where we have loved and where we have lost.

As the truck distanced itself from San Antonio, the landscape passed them by. The fields gradually turned green, and before long, they came across areas where the cotton plants were lush, their stalks nearly collapsing beneath the weight of the remarkably white tuffs of cotton, which appeared to be calling out to the workers, "Pick me! And I'll make you rich!"

The trees that skirted the side of the road were dressed in a happy foliage, and the birds, especially the mockingbirds, were drunk with song.

With each increasingly distant city they reached, greater activity could be seen and more signs of life and of merriment. There was money there!

The town of Seguín still appeared melancholy. But reaching the city of Cuero marked the real beginning of happy living for them. Streets lined with oak trees, people living in a small town where everything looked as if it were a garden, going from place to place with the joy of a paying job, it all lifted their spirits and inspired bigger dreams. They stopped in Victoria for a while and everyone ended up getting off the truck and taking a look around that charming little city, finding everything to be quite joyful and lovely.

Now as night began to fall, they got back on the road in order to reach Wharton in the early evening hours. There, they would need to see the farm owner who had offered them work. That's where the truck that picked them up in San Antonio would leave them, and, on the following day, very early in the morning, they would have to be taken to the fields that waited to fill their hands with cotton.

The truck stopped on an avenue whose hustle and bustle declared it to be the city's main street, and the driver informed them that they had arrived. What would that gringo be like? Many people had said that they had already worked for him and he was very kind. Others claimed that he frequently flew into fits of rage and that he liked to alleviate them by abusing his workers.

Quico decided that it would be better to think positive. He was eager to meet the man who, for him, was like the intermediary between him and his own fortune, the man who would provide him with the money that the blind goddess of justice had destined for him.

After two long days of waiting, the much anticipated farm owner finally appeared. He could not speak Spanish, but some of the field-workers, our friends' travel companions during the voyage, spoke enough English to be understood and serve as interpreters. The agreement was made with few words. The owner conducted a thorough inspection of the people. He appeared to be satisfied with his review and told them that on the following morning, at four o'clock, they should be ready to be taken to the cotton fields. They would be paid a cent and a half for each pound they picked. They would have a place to live, plenty of firewood. And if they proved to be good people, honest and hardworking, and if they really wanted to stay on with him after making him happy with their work, he might even give them some land for their own. Then, he gave each man fifty cents per head and bid them farewell.

"See you tomorrow . . . !"

"What a nice fella!" thought Quico. "Didn't they say that all white people were bad? Liars, all liars! He gave me five dimes and he didn't even knowing me, and for the kids, too! Now we're gonna have a party! And then to offer me land! I'll say, we're gonna understand each other just fine. I'll make him happy, and maybe by next year, I'll be picking my own cotton, mine, all mine, planted and grown by no one but me!

"And, boy, does the cotton grow on these lands! Yes, indeed, the pastures looked like they were covered in snow! Sweet Virgin of Talpa, things are really looking up for us now!" And gathering his family together, with Serapio and Matías trailing behind them, they all went in search of a Mexican food restaurant where they could eat dinner and recuperate from the long nights without sleep.

They found one in no time. In front of the plaza, in a more or less adequate location, there was a restaurant with a very large sign that read, "Restaurante Mexicano." Serapio had already explained to them that all of the restaurants that displayed signs saying "Café" were only for the gringos, and that they would not be served there, and so they would have to go where all of the Mexicans went. The Restaurante Mexicano had a small glass display window. Our merry travelers paused in front of it for a few moments. What incredible things from back home were there! The most beautiful pottery from Guadalajara! What happy books! And what an assortment of cinnamon, cloves, chili peppers and even sweets, piloncillo (the good stuff), sugarplums, pine nuts, and tamarind . . . Yes, indeed, it felt as though they were back in Mexico!

Enthusiastically, they all slipped through the narrow spaces until finally stopping right in front of the establishment's large store counter which, following an American tradition, doubled as a table. Cuca made room for Little Pedro and Justa. Juana was obviously flabbergasted. Serapio, Quico, Matías and Doroteo, all took their seats as well, then called for the waiter. There was a touch of bitterness in him. That waiter was not like the ones from back home. He looked mad.

A cranky, old curmudgeon, who first scanned them with a scrutinizing stare as if to see if his customers would be able to pay their bill, and then, shouting, he asked them what they wanted and he recited the list of different dishes he could offer them: tamales, *chile con carne*, enchiladas, beans, *chorizo con huevo* . . .

"I want tamales!"

"I want enchiladas!"

"I want *chorizo con huevo* . . ."

And in this way, the little ones kept on ordering and ordering, until Cuca brought it all to a halt, afraid that they would not have enough money to pay for dinner.

"Let 'em be, woman! Let 'em eat up, now that their father has some money."

"You know, it would be better if you didn't go and spend it all at once. We still have to pay for our room, then tomorrow . . . God knows if we'll have anything left for tomorrow!"

Facing that tomorrow, Quico began to show some caution, something that he demonstrated on the rarest of occasions. In the end, they were all able to satisfy their hunger completely without being wasteful.

The only Mexican thing about those dishes was their names, but, in the end, they were all full and everyone left happily to a nearby shed where, for a few cents, they could get a room with two or three cots for them to sleep on.

An hour later, those poor souls were sleeping tranquilly, restful in the miserable hand which fate had dealt them, each one dreaming about their wildest dreams coming true.

They had forgotten those bitter days with troubling ease and now were surrendering themselves, without reservation, to all of their rosiest aspirations.

How far off those dog days now seemed to be!

Quico dreamt about picking a lot of cotton, stuffing sack after sack with that rich whiteness, living the easy life, soft living, as soft as those cotton balls. What could Little Pedro and Justa possibly be dreaming about? Only they would know. But their little faces were an absolute portrait of joyous laughter. Juana saw herself covered with shiny necklaces, dazzling Spanish hair combs, dressed up in a gown of pink silk, showing off some elegant and sheer stockings, and . . . with her braid cut off! Yes, she wanted to go around looking like the so many young ladies her age she had seen! Even Cuca, the wise woman, caught the disease. She saw the jewelry they had sold in her hands once again. She could feel herself once again dressed up in her pink petticoats, rustling in the wind, as light as a feather, her beautiful shawl tied in a knot, attracting jealous looks from so many of her neighbors!

Doroteo, lying next to Capitán, saw himself as a driver. He dreamt that he was driving a truck full of cotton that was headed for the big city, and there he would sell his harvest for a lot of money. he would buy another automobile. Matías and his father, lying on their own serapes, in the furthest corner from the family, slept peacefully, knowingly. They already understood disillusionment, they had already seen gilded dreams dissolve into dark tragedy, and they merely surrendered themselves to a simple sleep.

Chapter X
THE COTTON FIELDS

The sun awoke, and as if the Dawn, jealous that the gallant Phoebus might shine, had polished it and pushed it into the skies, it emerged quickly from its mysterious chambers, hastening to drive his fiery chariot down that immense blue path.

The shadowy earth clearly demonstrated its adornments and its scars. It showed off all of its colors. It presented itself, as if rejuvenated by the kiss of morning, with all the prestige that the sacred vestments of forests, rows of happy houses, singing birds and babbling brooks lent to it.

The vast Texas plain created an immense, nearly unbroken, landscape that offered up town after town, highway after highway, ranch after ranch—some displaying the bright, shiny roofs of their houses, the smokestacks rising from their factories, others, their long strip of road that began to shine with the light of the sun, and the last ones, their spaciousness made obvious by the livestock that went out from the corrals, by the hen houses noisily awaiting the morning feeding, and by the little gardens overflowing with fragrant and colorful flowers.

The fields, marking off large squares, had turned to gold with rice ready for harvest, emerald with the greenness of melons and vegetables, and white as snow with the abundance of cotton.

The cotton! How the blessings of heaven had rained down upon those lands! What dreams had been proudly placed upon those shoots to be crowned later with the fat bolls, ready to burst in an explosion of ultra-white fiber, like an enchanting foam, an irresistible lure, ready to be converted into cash.

The novice fieldworkers were wide-eyed and full of anxiety. To them, the truck seemed to be moving slowly. They felt as though for every second spent on the road, pounds of cotton were slipping through their fingers. Not the incipient traffic at the train station, nor the pleasant woodlands on the outskirts of Wharton, nor crossing the Colorado Bridge, whose waters were flowing with fish, were able to distract their imaginations from that farm to which their new master was taking them and where they were going to eagerly submit themselves to picking those beloved tuffs of cotton which, from behind the fenced-in area, incited greed.

How long that road seemed, in spite of the fact that it was so short! But they finally reached their destination. They were now turning off from the long highway. Next they went down a particular path on which the truck barely fit. Then they entered King's lands, scattered about which could be seen farm after farm, group after group of field workers. They finally arrived at the Grand Plaza, a place where the owner's houses and warehouses were located. And, in the end, each one then received his respective sack and they were shown the place where their victories would commence.

To the fields!

"By God, give it all you got, boys!" Quico shouted excitedly. Then, in order to better ensure success, he divided his group up, with the gracefulness that a general might possess when commanding his troops in a pitched battle.

He and Cuca would travel down two parallel rows, Juana and Doroteo down two others, and trailing behind their parents, Justa and Little Pedro would collect the tuffs of cotton that were left behind. The little ones didn't get a bag, but they could easily throw their harvest into one of their parents' sacks.

Smiling at each other when observing their friend's enthusiasm, a resigned Serapio and Matías began the picking of two different rows, quietly, but spiritedly.

And off they go. They're lost in the distance. And now they're coming back, little by little, carrying a heavy load which prevents them from moving with the same poise they had started with.

They've already reached the starting point for new furrows. Now they begin to retreat once again.

As those field workers were coming and going, the sun continued its march across the heavens above, burning feverishly along the way. It was no longer the joyful Apollo running cheerfully into the arms of Dawn. He now became a god of fire, whimsically shooting at the earth with arrows from his igneous quiver.

Didn't those men want abundance? Didn't they pray for fertility for the earth? There they had it: an abundance of fire, an abundance of heat, exerting an abundance of energy so that those seeds might prove fertile, so that they might then grow, so that the land might restore its eternal, life-bearing energies! Fire, a rain of fire poured down upon those tireless beggars.

The earth, as if accepting a sacrifice, breathed a hot air, a reverberating wind that from a distance looked like an enormous transparent flame. The clods of dirt were deaf embers, the rocks burned candescently, and the atmosphere, hot, suffocating, searing as it entered the lungs, drying out the mouths and causing copious sweat to pour from every pore and run through the hair, down the forehead, over the cheeks, flowing down the arms and back, all over the chest and thighs . . . Their clothes were completely soaked, as if they had endured a torrential downpour, and their bodies remained bent, in spite of the strain, crying out for some shade, for some rest.

But they had to keep picking. Those diabolical sacks, devouring so much cotton, and feeling so heavy, they still weren't full. And, carrying an empty sack to the scales? No, full, completely full, to log many pounds. How much would it weigh? Three-hundred perhaps, five-hundred, a thousand . . .

Now close to midday, Quico finally had to leave the fields. His wife had gone before him to prepare some food. Justa and Little Pedro, burning with fever, followed after her. Then Juana, pale, sweaty, completely exhausted, feeling as though she were intoxicated, as if her head had swollen up on her and grew and grew, like a balloon. Doroteo came in after his father; he was still out in the fields, but finally left with him.

Arduously, exhausted, they could hardly make it to the weighing cart, which wasn't far, in order to turn in the first sacks that they had picked.

Quico anxiously awaited the mark of the scale. His eyes, without even realizing it, ran back and forth over the scale until finally stopping upon the highest numerals, those that, he hoped, would reveal the fruits of his labor.

What shock! What a disillusionment! What anger he felt upon realizing that, between them all, they had barely picked two hundred pounds! It took the whole family all morning to make two dollars! Two-hundred pounds! But how could that be? That hunk of tin must have been broken. Those scales were always cheating people. They were a bunch of thieves! That couldn't be right!

Those in charge of the weighing, without even noticing the expression on Quico's face, emptied the sacks and tossed them aside indifferently. How could they stand there, next to the scale, obstructing his view of the next weigh-ins, and tell him so rudely to leave, telling him to get out of the way of the others behind him?

He stepped to one side, but he wouldn't go: he wanted to prove it to himself, to see the weight of the other sacks that were just as full as his own.

And he remained there until the procession of unhappy souls had come to an end. What horror he felt upon seeing those poor women come, body aching, out of breath, completely emaciated, with their faces appearing ghastly with dirt and sweat! What utter astonishment those men had caused him as they struggled to draw near, practically dragging themselves in, and looking like beaten animals! And, worst of all . . .

How little that mountain of cotton had weighed! No, the men at the scales were not the thieves! It was the truth, the terrible truth: those sacks that felt so heavy, and the exhaustion that they had endured to carry them back and forth through the fields in order to deliver them to that cart, they turned out to be all in vain before that heartless machine which never stopped at the higher numerals.

He was about to walk away full of disappointment, when some other fieldworkers came by. The group was made up of a number of brave and spirited young men who were accustomed to that sort of work, men who come year after year looking for work in the fields and wind up becoming immune—due to all of the misery, heat strokes and hardships—to that deadly work. They brought two sacks each. They weighed them, exchanging barbs with one another. Each one had two hundred, two hundred and fifty and up to three hundred pounds. Then, sharing off-colored jokes, they walked away happily to go eat.

Quico continued to stare at them, then said, "How can this be? If these guys can do it, we can too. We have to! Now I understand. We lack experience! We have to learn how to do it and then master it. Tomorrow we'll get better! This very afternoon! Yes, we have to pick just as much or even more than they did!" Optimistic once again, he went in search of his family members, who were already waiting anxiously for him to tell them how much they had made. A large shed had been designated for them to use as their living space, and there awaited their wretched meal, paid for with what was left over from the small advance that the master had provided them and upon which they had spent the last bits of their money. Nevertheless, Cuca was happy, resigned, confident things would get better. It was better to be poor out in the middle of the fields than in the middle of the city! In fact, she couldn't even breathe in San Antonio! She had felt like she was going to die! She hadn't said anything, because: What good would it have done? But now, yes, now she could curse that city which tormented her so, that had taken her modest but beloved jewelry, her best clothes, her finest trappings . . .

Of course, she was very tired: she felt as though her hips were broken, like her back was breaking. But that was the least of her worries. She would soon get used to it. Yes! It was merely a question of getting accustomed to it.

Serapio and Matías arrived shortly thereafter, without Quico's disillusionment nor sharing his dreams for the future. They had already thought about how things were done there. Between the two of them, they had also scarcely put together two hundred and fifty pounds, perhaps a little more . . . And like Quico, they also thought about the days to come. Of course, they would pick more cotton, but with all that being said, that kind of work was still the sort of work for animals. They shouldn't have to be exploited beasts of burden for the benefit of others! But . . . What could they do? That was why they had come—if they could earn a few breadcrumbs, that would be great. If not, they would continue on like oxen, under the yoke of those who carry the whip.

Chapter XI
FIREWORKS

With its scorching hot days, its bright moonlit nights, its agonizing toil, August succumbs to the marching steps of September, which arrives painting a new hue on the earth and onto one's heart. The fields lose their emerald shade and are spun into gold. The trees become clusters of scarlet and gilded leaves, submitting themselves to the sweet agony of fall. The skies characteristically grow dark, then spill forth their monotonous and heavy rains, the precursors of winter. And the "gins," the seed separating machines, and the packing factories start in on a final and feverish hustle and bustle to save the cotton from the rain, in order to pack more bales and send big shipments to the ports and the big cities.

The workers who experience good fortune already know how much money they have earned, and they begin to devise grandiose, new schemes for the future. However, those who were not able to prosper, console themselves with the prospects of the following year, as they search for the means to support themselves in their new struggle. The field workers begin to return, full of dreams or disappointments, to the city in whose mercy they will endure the long, cold, and often vexing days because there's no work, there's no fire in the hearth and no bread on the table.

The lucky ones go along singing through street after street, confident in their lives thanks to the metallic coins that they carry in bundles, and they dream about purchasing one or another of those delicacies that appear before them like some blessed miracle. Now, yes, they can buy a joyous Victrola, one of those large phonograph boxes that replays songs from homeland as often as one would like. Now a piano can come to provide them some comfort with its mechanical and monotonous hammering. Now is the time to purchase some secondhand Ford in order to go hurtling down the highways and byways, to run wild, to go speeding by, to feel the excitement of driving fast, very fast, like the dizzying and vertiginous civilization of this country!

Mothers dream about new clothes for their children, while the head of the household smiles as he puts on new duds that suit him better, that put the final stamp of approval on his naturalization card in this country where he has shed so much sweat, but for which he feels such fondness because it knew how to compensate him for it. . . . The young ladies fantasize about seeing their dreams come true, and they can already imagine themselves wearing elegantly made shoes, silk dresses, hats of every color in a garden, hair combs, necklaces and baubles made well enough to look like real gold and precious stones.

And it's true that all of those dreams are barely realized in some miserly secondhand store where used items are often sold as if they were new, rotten merchandise there as a result of being rejected by wiser people or those of better taste, and always tacky things, spectacularly tacky things.

But, for our field workers, violently transplanted from an archaic and hierarchical civilization to this world where all are made equal by polishing one's exterior, to this kingdom of gilded mediocrity, all of that becomes novel and desirable, and in this way, innocently, they turn over their extremely hard-earned savings to the hands of the most willing and impious gadflies. And, boy, are there ever gadflies! How many people, how many traveling salesmen, how many places of business in the cities have been anxiously awaiting the return of the field workers in order to bring in their own harvest, plentiful and easy pickings . . . !

Some have gone ahead of time, headed for the very same fields, traveling from farm to farm to sell the city's junk, to skillfully convert trifles into a steady stream of currency! They have been able to prune away some of the field workers' money, but there's always something held back whenever a profit has been made, and responsible for these remains are the most crafty people who wait patiently behind the counter, who, at worst, place a crier out on the sidewalk in front of their establishment in order to cast a lasso around each passerby with his endless, "Hey, partner, come on in! Hey, lady, come on in! We've got shoes, very pretty dresses! Come on in! It's all on sale! And it won't last long!"

But above all of this is raised the fascinating spectacle of the Mexican Independence Day celebrations. In the cities and on small farms, active patriotic committees have been formed, which have hurled themselves into a fierce competition in order to host the most ostentatious festivities. In a few towns, those punished by fate with a small of harvest, try to hide as if embarrassed. No sooner do they piece together some semblance of a celebration, than the others, those intent upon maintaining their region's superior status, spare no expense, boast to the four winds and send to San Antonio for ornaments, programs, patriotic galleries, distinctive badges for the gentlemen on the committee who best bear the standard of their hierarchy, raw materials for foods and refreshments from Mexico and even verse and oratory, so that, at the public meetings, the matinees and late night soirees, rhetoric flies from the mouths of the biggest blowhards or the most erudite of men, as if they were their own original ideas, as if it was something that required a great deal of effort on their part, though it cost them no less than two or three days of work in order to put together the money required by that ingenious talent, any old barrio scribe, to play the role of a woman who gives birth and sends the fetus away, so that it might have a surrogate father.

A few publishing houses, monopolizing this market, put on sale editions of *Popular Politics*, *Perfect Mexican Oratory,* and other worthless books of the sort, in whose pages bombastic and superfluous speeches are to be found for all occasions.

The Mexican Blue Cross and the Honorific Societies enter into grand activities. Commercial and local authorities back up the Mexicans so that they might enjoy themselves during this time, now that the former is receiving—in their own special way—the money spent by the field workers and the latter find that those dark-skinned men are useful and hard workers and, moreover, are devoted to worshipping the social and civic order.

In some locale rented to Yankee societies, and for a pretty penny, or in some more or less appropriate park or grove, the patriotic site is put together. They designate the perimeter for the varied and motley booths of eateries, refreshments, fruits, sweets, sentimental trifles and faux jewelry made out of fools' gold. Erected in a very special place is the large wooden platform that doubles as a dance floor and, in front of it, the altar to the fatherland, a platform for the innumerable orators and a small pavilion for the musicians.

The pantheon of Mexican heroes is displayed: Hidalgo and his emulators in the fight for independence, the Magistrate of Queretaro, Juárez, General Díaz, and rarely Madero, adorned with flags and red, white and green ribbons, which are bound to and become tied up with flags and ribbons displaying the stars and stripes.

Sheepishly conforming to protocol, the Mexican insignias are always to the left of the American flag, and so that they can brighten up and preside over those festivities, there is also a sea of banners from the mutual aid societies, the fraternal orders and business organizations which—in an overindulgence in joining associations—are able to multiply their benefactors or malefactors from all of our people's neighborhoods.

To the aroma of the festival flock the crows, to pick among the sparrows and magpies; and, cleverly, making a more ostentatious display of their patriotism and pure Mexicanism than any other, they pitch their tents and their games wherever they can freely pluck the money from the trusting souls who arrive showing off their wealth in order to be the big man of the party, enjoying themselves in order to forget the struggles of the past and to shine a bit of light onto their future.

Yesterday and tomorrow are forgotten there in the name of the fatherland, and some for business, but most feeling a true love for their country, express a genuine nostalgia for their homeland, so beloved despite having at times been a wicked stepmother. Forgotten are the divisions of fortune, forgotten are the distinguished politicians, lost are the religious banners and they all—in that tremendous expanse that stretches from the Atlantic to the Pacific traversing Texas, New Mexico, Arizona and California—throw themselves headlong into communion with their distant homeland, more beloved, more revered, because they have eaten foreign bread with tears in their eyes, because they have received lashes from a foreign tyrant, because they have endured the exploitations of foreign vandals and because they have also had the opportunity to earn money in this country and they have learned to value—almost always unintentionally, of course, but felt very profoundly—the significance of a land where one is oppressed, but at home, before dazzling illusions in a nation where there are no uprisings nor tumultuous extortions, but one in which rings so true the biblical verse: "In the sweat of thy brow thou shall eat bread . . . !" But missing is the phrase: "And in the bitterness of thy tears . . . "

Quico, the man from Los Guajes, accompanied by his wife, trailed by all of their progeny, and practically dragging Serapio and Matías behind them, left his big shack on the King Ranch in order to go to Wharton. Heck, sometimes you just have to cut loose! You have to throw a wild hair into the air! The September Sixteenth celebrations of Mexican Independence were said to be very well-known, and now he was feeling a great love for the Priest from Dolores and had to go before Hidalgo's image in order to cry out three or four words that might express all that he was feeling.

They had money. By nearly killing themselves, in the end, they were able to save a little spare change and they could certainly afford to spend some of it on having a good time. They weren't going to live their whole lives like donkeys, like oxen always tied to the yoke. It was a quiet time, the heat had diminished, however slightly, and the master had given all of his workers two days off.

"Go on, boys, get out of here. It's good for you to celebrate your independence."

The same farm owner arranged for trucks to do the rounds, and those vehicles made trip after trip carrying the two hundred field workers from the King Ranch to Wharton, from Gleen Flora to Wharton, from the areas surrounding Eagle Lake to Wharton, in the end, from every one of that tycoon's vast lands to that town where the Mexican Patriotic Committee was more charitable than any other in the region.

In the middle of a walnut grove located within the city's environs, they had prepared a cite for merrymaking. What places! What decorations! What masses of people! And of cars!

Juana looked upon all of this with wonder and joy. Her heart was like a bird, singing and dancing, jumping up and down everywhere within her breast and growing more ecstatic before such a spectacle. How happy she felt in her new dress! How much happier still wearing those red earrings, that golden necklace and those Spanish combs encrusted with blue stones!

There was only one small point of sadness for her attire: her braids. Still intact was her copious shrub of black, billowy hair that, thanks to her mother's care, would continue to grow and grow. Of course, she had pretty hair, but braids . . . ? How awful! How she wanted to wear her hair short like the other young women! They looked so great like that!

But Quico would not budge on the matter, and she had to be content with enduring the length and abundance of her hair, reducing her sadness by spinning it with a broad, shiny strip of blue silk.

Cuca was not happy. She still sadly recalled her jewelry and her Mexican shawl, but she had been able to substitute for them, first, with pendant earrings that she purchased because they looked as if they were made out of real gold from Puebla, and, secondly, with a very spruced up and pearly white bonnet, that shone about her dark tan face as white as snow. At first she hated that big hat which looked like a baby's bonnet, or a nun's habit, but then she discovered that it was magnificent for the sun and it became the one she used most.

The men, starting with Quico, Serapio, Matías and even Doroteo, flaunted their very massive shiney shoes, their very bulky blue denim suits, their cowboy hats and great, big bandannas that each one wore in a different color wrapped around his neck.

Quico topped off his duds with a large plated chain, from the end of which hung a handsome watch, two or three rings separated by his fat and callous fingers, and a pipe occasionally stuffed with "Lobo Negro" tobacco.

Serapio and Matías continued to smoke cigarettes rolled in corn husks, but, not Quico, he wanted to show those gringos that he, too, could acclimate himself to that land. He even began to holler at Little Pedro in English with a loud "Charap!" and ask Cuca for her to get him his "see-rup", his "hatcaykes" and his "bisketes" at breakfast time.

Doroteo, piqued by his father's enthusiasm and fervent with his own illusions, gawked at automobiles, reciting under his breath the names of each model, an unmistakable sign of his tremendous growth. Before his progenitor's gleeful surprise, he began to enumerate each one: "That is a 'Chev-rollay,' that is a 'Max-gwell,' that is a 'Lean-con' . . . This could only be a 'For' . . . "

Justa and her brother, drooling over such treasures as "i-screen," "pai a la moad," fruits and other trifles, became lost in the labyrinth of their cravings and their desires.

The speeches were about to begin. One after another, the people crowded before the altar of patriotism. Quico dragged along his entire troops, fighting for a spot in the front row. He needed to hear well to know what was going on.

Chapter XII
RED, WHITE AND GREEN

"Ladies and gentlemen, because we are all Mexicans, this is why we are here standing before Don Miguel Hidalgo y Costilla, Don José María Morelos y Pavón, Don Benito Juárez, Doña Josefa Ortiz de Domínguez, Don Ignacio Zaragoza, and all of these portraits depicting our national heroes, our liberators, the men who gave their lives to free Mexico from Spanish tyranny. Viva Mexico, comrades!" Many "vivas" and boisterous applause rose from the multitude. "Here, in this hospitable country where we now live, all of us Mexicans stand united, to demonstrate to those men that we too are civilized people; we, too, know how to honor our fatherland. We need for all of our children to nurse on the blessed milk of our Mexico . . . !"

An anonymous heckler interrupted, shouting, "Your mother's milk would be better!"

A ripple of laughter swept through the crowd. The speaker took some offense, then resumed his tiresome lecture in a booming, almost scolding voice: "My fellow countrymen, I am no great orator. My hands only know how to push a plough and swing an axe and shovel. I am a campesino just like all of you. As many of you already know, I was only able to attend school for a few months back in my pueblo in Mexico, in the state of Nuevo León. If I have agreed to the responsibility that the gentlemen of the Patriotic Committee and the members of the General Ignacio Zaragoza Honor Society have conferred upon me, it was only because it was my duty as a Mexican, that of any good Mexican, to gladly contribute to the success and richness of these festivities. I cannot speak in flowery tones, but I am a proud man, who knows how to stand by his word. And, if this compatriot over there who so wrongly shouted out at me wants to make fun . . . if he thinks that I am not man enough to go one on one with anyone, then he can just wait . . . I'll see him in just a second."

The president of the Patriotic Committee, seated near the platform, said to the speaker from down below, "Don't pay him any mind, my friend, you're doing fine. Just go on with your speech."

The lecturer, happy with the compliment, forgot about the insult and prudently continued with his long—miles long—oration, in which he spilled forth all of his most candid feelings, with incongruous and poorly organized phrases, with obscure and mixed metaphors, but among whose platitudes were many undeniable truths.

When he stepped down from the platform, another went up, and another, then five more. Among those who took their turn were two or three gentlemen with shrill voices, engrossing thoughts and sincere hearts, who ended up with tears falling from their eyes and their throats in painful knots. The band had opened, due to the courteous demands of protocol, with the playing of the "Star Spangled Banner," this country's national song. Then it played its customary interludes and finished with the Mexican national anthem, which was applauded by all.

The ceremonial portion of the morning had drawn to a close. Everyone dispersed themselves among the various venues and shady places in order to give into the pleasures of the flesh and wait for the political diatribes to pour down that afternoon. On the dance floor, numerous couples pranced about swinging their hips and shoulders. The scene was like a fine reproduction of Camacho's wedding, with its picturesque abundance, its cornucopia of food and drink, its gaiety spread across everyone's faces, though it must have cost them more than a little bit, which was the only real difference from the legendary feast given by Don Quixote's rich and resigned bridegroom.

Oh, if that Knight of the Sad Countenance and his squire could have only been here! How much material would Sancho have had for his gluttony and his sanctimoniousness! How much laughter would have sprung from Don Alonso Quijano the Good's mouth and what fears would he have encountered upon preparing his brief, yet optimistic, and quite witty discourse! Perhaps the man from La Mancha, casting his genuine sagacity in the gilded molds of language, would have taken to the word in the following manner:

"Oh, glorious times those when man knew not of borders circumscribed by avarice and greed! Oh, happy, harmonious days when neither color nor language had produced the differences between the sons of Adam, for we were all of one and the same!

"Oh, golden age the time when valiant men exhausted their energies on the caring for and attending to the needy, for no other reason than a burning desire to spread goodness from their large, generous and loving hearts!

"Oh, happy men were those who knew not the yoke of cold, cruel governments, which are formed to exploit the masses, to divvy up the land and human beasts of burden, then jealously and suspiciously submit themselves to their profits!

"How much gentler the patriarchal rod, which was a father's way of indicating the righteous path, the easiest way, the field most filled with sweet, fragrant perfume, the forests most populated with abundant game, the rivers most swollen with savory fish. They found a way for everyone to have access to a good life. And they provided beneficent refuge, in whose sanctuary love perpetuated its sacred rites with the confidence that the offspring, the fruit of joyous pangs, would come like a blessing to multiply the praises and choke back the infrequent, very infrequent, tear . . .

"Oh, bright suns those that knew not the perverse progress of machine and vice! How much more leisurely the stroll along the country road than this dashing about shiny new highways, in carts that, their images improved as if by Clavileño's magic, drive about in a fever of insatiable ambition and a writhing of ever increasing agony . . .

"What necessity, nay, what exigency would these simple men have had to abandon the mountains and plains of their homeland to go in search of the false riches of Egypt?

"What reasons would there be to hold these effuseve festivals, if not for the thirst of oblivion, the need to rest from the deadly fatigue that causes them to recall with fondness those magnificent days in their native land, then turn their eyes and take their dreams to those far away places where they will suffer, where they will cry out, but only after epic struggles, fits of anger and visions for a brighter future . . . ?

"What need would there be for those palliatives under whose influence one tries to forget the sordid and pertinacious martyrdom suffered in this country, in the fullness of Octavian peace, far from the Moorish battle cries, in a monotony of very efficient and extreme exploitation . . . ?

"What reasons have these new times provided to justify these explosions of popular patriotism, to make pleasant those moments in which the awkward and unrefined elements of our culture raise their heads, for lack of something better which never came, with the goal in mind to bring together, join and unite into a single nucleus those dispersed martyrs, cast out from their own homeland by the mule-headed trouble-makers found there . . . ?

"How Fate rains down its mysteries upon our amazement and now makes tangible that which previously we knew as only fantasy! Now becomes reality that which yesterday we believed but part of some wild and unattainable dream!

"Men come and go, led by maleficent and unyielding Destiny. And they are manipulated like puppets on a string by a man speaking a foreign tongue, humbled or exalted according to his whimsy, killed and resurrected as he pleases.

"Now it comes to mind, that the omnipotent created on the earth a model of instruction, of faithfulness and of Fate's capriciousness . . .

"However . . . on second thought, perhaps the lives of men and beings do not revolve around an axis which was prepared with all the premeditation of Divine Providence.

"Ungrateful would I be, thoughtless, deprived of knowledge, lacking faith, if I was not content with the miracles and the appearance of inexplicable acts of God.

"Who would say to me that it is not true that all the moral rectitude of the Golden Age, combined with and enhanced by the conquests that these men have won on this road of suffering and pain, is not the path to resurrection on that far off day?

"Who can tell me that this way of circumscribing nations and people would not be the best means for clashes of mutual penetration, for the fusion of interests, for the development of individual and personal virtues and for future amorous and prosperous unions?

"Why accuse those blonde-haired men of being the calculating and cold-blooded executioners of dark-skinned people? They are guilty of having been the first to rob Providence of this, its power, this, its spirit, and this, its authority, to fully develop an era of capitalism, to put their own special stamp on civilization, to set afloat and facilitate the study and examination of a whole series of perilous virtues and nefarious vices.

"And the others, the dark-skinned men, are they guilty perhaps of their association with these men? Are they to blame for having been begotten of races created for the ages of heroic battles, for having lived epically, for having grand and sweeping enterprises? If they still maintain and still occupy their warm place in the sun, despite the fact these times have worn away the fascination with fantasy and the sword, if they continue to so fervently cultivate the rites of honor and illusion, over there, their secret shall blossom tomorrow! Over there, the page that the finger of God has yet to turn will be shown to our eyes!

"Time will pass, the world will turn and the dawn will come under whose carmine and golden hues a new Phoebus will rise to illuminate new horizons for mankind.

"Perhaps then . . . "

And here Don Quixote, embarrassed by the clatter of jazz music that had unfurled upon the wooden dance floor and was driving young men and women wild, would curtail his discussion. He would pass his left arm through the handle of his shield, lower the visor of his helmet and dig his spurs into Rocinante's hindquarters. He would rush headlong toward a distant field, forgetting about Sancho, who would be wandering around among the chefs and vendors, filling their coffers.

Those attending the festivities, who would know nothing of his discourse, more of a thought than anything spoken aloud by that shade invisible to their eyes, continue to feast their eyes upon the gaudy colors of pennants and pennons. They continue to rant and rave to their chums about the dances that are in vogue, displayed in ridiculous caricature upon the heights of that stage. And they continue to gobble down scraps of food in order to forget about the pangs of hunger.

A few groups slip away from time to time, hiding behind a dense thicket; and, there, they relish in nauseating spirits produced in spite of the law, but for which they thirst, this one for *tequila*, another for Parras, another for Tuxtla, and yet another for *pulque* . . .

Quico, the man from Los Guajes, continues spreading cheer, liberally showering his family with gifts, treating his friends and struggling in vain to tear Serapio away from his distraught silence, which the old man persistently wraps around himself when he sets upon remembering his family, so far away. . . .

The living, together with those from Cuitzeo; the dead, in the here-after . . .

And Matías anxiously repeats to himself, "Mexico! My Mexico! Only Mexico!"

Chapter XIII
ON THE ROAD . . .

October was coming to an end. The fields were stripped clean of those tufts of snow and the farm workers emigrated farther north, headed toward the regions where there was still a harvest yet to bring in or where jobs of another sort could be found, well-paid and permanent work, according to what was being said by a number of people who went in search of those jobs month after month. Going to Detroit, to Chicago, anyone could do it! But transportation was very expensive and the contracts were dangerous, a fruit that only the most adventurous and knowledgeable individuals, or the most desperate, would even dare to taste. All of those who preferred to stay in Texas went scattering themselves about among the various petroleum refineries, the sawmills, the few large factories, where only the most measly chores and the easiest diseases to catch were always waiting for them; but, in exchange for braving all of these dangers, they are able to provide for their hunger, their want of a roof over their head and the lack of clothes on their backs.

Quico had exchanged words with the master. The farm owner was pleased with him: he had a good boy, Doroteo; Little Pedro would soon be ready to help his family in the fields; and, the women were no less dedicated and hard working. And, all of this assured Quico of a healthy fistful of shiny coins to help him with progress toward the purchase his own land.

When Quico finished hearing the conditions for him to become the farm owner's partner, he thought to himself that his future was set. What more could he ask for? There they would give him land, tools, mare mules from a well-kept stock, seed, and, most importantly, weekly rations for the time that it takes for the land to yield an abundant harvest.

Of course, the owner would take a two-thirds cut, the cost of providing necessary materials and a small loan that he would be forced to take, leaving little or no money left over, but how miserably had they lived. The land was good. God had no reason to forsake them and there would soon be enough cotton to repay their debts and be able to start saving money each year, until one fine day, when there would no longer be any need for more loans, when he would have his own livestock, when, in a word, they would be rich.

Yes, he accepted the master's conditions, but first he wanted to go to Houston. Many of the new friends that he made when picking cotton had informed him that there were many well-paid jobs in that city. They would go for two months, maybe three. They would be back again in time to start their work. And, by getting to know a city of which they had heard so many good things, perhaps they would be able to double their earnings and in this way avoid owing more money to the farm owner.

After a short conversation between the two contracting parties, an agreement was made in which Quico would return and they even marked off the tracks of the land that he would work as his own.

Serapio and Matías decided to go with them. They wanted to try their luck in Houston, too. From there, it would be easier to send money back home, something which they had done two or three times already and perhaps they would be able to make enough money to return to their family's side as soon as possible.

They would not take the train. They all agreed that the trip would be easier and more economical to take by car. And one bright, sunny morning, they went filling up the seats of a "For," hired just for them, which underscored the relative bonanza that they had been able to achieve.

How easily they forgot, as they sat comfortably seated in that car, which for them was a magnificent vehicle, the hardships they had endured during those long weeks of working in the fields. Of course it was hard to earn that money, but, in the end, they made it after all and they had the right to spend it as they pleased, to enjoy to the fullest, without worrying about that at their most joyous moment, on the day least expected, it would fall into the hands of some gang of bandits who, calling themselves revolutionaries, using the pretext of the national salvation, strip them of such a precious and costly treasure.

At midday, they made a rest stop in Sugarland. The women diligently prepared a bountiful meal and everyone gathered round the viands.

They were about to finish eating, when another group of Mexicans arrived and sat down beneath the same shade. There were two old people, a man and a woman, who appeared to be traveling with three young men, though visibly tired and sad.

They looked at each other for a moment and soon, by way of female compassion, not to mention curiosity in this case, as well as Quico's mettlesome nature, they each extended their hands of kinship to one another until they had all become friends and each gave an account of their comings and goings.

What an unexpected sensation for our friends, when they heard that old couple's story. They were going back to their homeland where they hoped to find some relief from their suffering and some protection from their powerlessness along side their daughters who had been married for a number of years. Those young men, merely travel companions, were also on their way back, fleeing the misfortune that they had seen with their own eyes prey upon those two grief-stricken parents and upon themselves as well.

Between the old woman's tears and the old man's trembling voice and curses, everyone listened to their tale of death:

The old couple had come to Texas two years before. They already knew all about the miseries that lack of work could cause, they knew about all the bitterness endured in those merciless fields, and they knew something else.

When they came to Texas, they did not go alone: along with them, a comfort in their old age, the joy of their lives, the greatest and most sacred dream of their existence, their son. Pablo, a big boy, who was about to turn eighteen years old, and time had provided him with no more than his health, his integrity, a love for his parents and a taste for hard work. When he was alive, the suffering was light, the penuries were easy, and the setbacks were small . . .

But now . . . He was dead! And how he died! In the most despicable way possible, slaughtered, torn to pieces, like a rabid dog.

And the old man trembled as he explained what had happened, his eyes growing moist and his tears searching for a channel through his wrinkles and becoming lost among the silver threads of his mustache and heavy beard.

"The foreman of the ranch (a ranch like any other in Texas) didn't like me. I don't know why, but he didn't like me. That gringo always kept his eye on me. He was always redoing my work even though I tried to do everything the best I could. . . . He got drunk one night. I had gone to the market to get me some tobacco. And on my way back to the cabin, I bumped into the guy.'

"'You're lookin' for somethin' to steal, aren't you, you lil' thief?'

"Insulted like that, you'll have to forgive me, but I felt like eating him alive, tear him to shreds. I couldn't control myself. And, grabbin' a small stone that was nearby, I jumped all over him and started to beat on him. I pounded on him until I finally calmed down.

"Why did he have to go an' insult me like that? Because I'm poor? Because I'm old? No, siree. Nobody's ever seen me do no harm to no one before. Where I come from, everybody knows who Juan Rojas is and everyone respects him because they all know how honest he is. That gringo was huge, well built, strong, but 'cause he was drunk, he didn't know how to, or couldn't, defend himself from my rage and he got pretty banged up. I ran off with my old lady. I didn't say a word. And the days just went by . . .

"A week had passed when my son Pablo, God bless him, and I were out cutting some firewood out in the brush. It was all really out-of-the-way, the ranches were far off, and we worked hard, a little separated from each other, to finish quickly.

"All of a sudden, we heard some footsteps. We turned around and saw him. It was the foreman. He came toward me. He dismounted from the horse that he was riding. And, not stoppin' for nothin', he came at me like gangbusters and even threw me to the ground. Then he kicked me. Pablo, not because he was my son, but because he really was a man, when seeing me treated like a slave, came running. He brought his hatchet with him to cut that wretch wide open. But, the gringo saw him. He drew his pistol and shot him. He shot him right through the heart, my friends. All I saw was my boy spin around and drop to the ground like jackrabbit. I ran. I held my son in my arms. And I called out to him. He was gone. He was dead. And the foreman laughed to himself, as he got back on his horse then shouted, 'Next time it'll be you. That's how I'm gonna get rid of you, like a bunch of dogs . . . '

"I carried away my son's corpse. I talked to the other Mexicans. They all got angry and went to see the farm owner. That gringo treated us like thieves, like liars, and told us that he answered for whatever his foreman might do.

"When someone yelled that we were going to the law, the old man burst out laughing and said that he was the only law on his ranch and he was man enough to be both judge and jury.

"Then he ran all of us off his land. It was a long way into town. We didn't get any help whatsoever and we had to make do with burying our son like a beggar, with the money that a number of fellow countrymen gave me. Then we left that infernal place.

"Now we're headed back to our homeland, where they might kill us, but at least not like dogs, my friend."

The women cried. Quico got angry. Serapio was visibly upset. And Matías was consumed by thought.

Then came the young men's story. They were another pair of unhappy souls who had fallen into the clutches of a miserable work contractor who had treated them like a couple of animals. He sold them without any scruples or any compassion whatsoever. Taken to a timber mill, far from all human contact, they were treated like mules by foremen and owners alike. They were treated like tireless machines which were miserably primed from time to time with the absolute minimum required for them to continue working.

Night was just beginning to fall and they were all taken to a few large barns where they were locked up like criminals and where they were served a wretched meal. Right at daybreak, they took them back out to work, like a chain of forced laborers. And all day and all night, they kept close track of them. And they always had to endure the mocking and vigilant gaze of those men, merciless slave drivers and heartless executioners.

They couldn't take it any longer and they began to plot their escape. Luck smiled upon them: there were a total of seven conspirators. And one stormy night, they were able to dig under a small partition wall and escape out into the field. How wonderful they felt once they were free. Unafraid of the dark, not worried about the rain, they put to flight. And they had gone very far, when they were caught by the master's bloodhounds, surrounded by those beasts which were as ferocious as their owners. A little while later, the men arrived and they all, dogs, foremen and masters, hounded them, some by showing their teeth, others by brandishing their guns. They fought back: three were killed in the struggle; four were able to escape; with freedom in his sights, one more went down; and, only three remained, starving, exhausted, with their clothes torn to shreds, with large teeth marks in their flesh, and a bullet wound in the arm. But they had escaped. They ran and ran until they reached a town, until they felt like they were safe and there they were. They were also going back to their homeland, to enlist in the army or join the ranks of the revolutionaries, to die in some battle; die in a conflict that they themselves had looked for and not get killed when all they were trying to do was earn a miserable living....

Quico listened with amazement. He had already heard similar stories, but his optimism would not allow him to give them any credence. But this was different: he saw those old wretches deprived of their son who was now their main support and provider. He looked at those young men with pale and frightened faces. He spotted in all of their eyes a residue that revealed all of the bitterness gathered in the depths of their souls.

Cuca felt a great deal of anxiety and began to valiantly advocate for their immediate return to Mexico. Why should they go on? Even there they had experienced hardships, they were remediable hardships. But, further on, who could say what might be in store for them?

Serapio and Matías seconded her. Only Doroteo and Juana insisted on going ahead; they had already found a better road; they were on their way to Houston, a city where there were laws, protection and justice; they hadn't suffered any of those things and they really could achieve many of those things that were just outside of their reach. . . .

Quico oscillated back and forth for some time; but, in the end, he decided to continue to press his luck.

Full steam ahead. They had no reason to go back. The chauffer who drove them began to support his position; and, in the end, they were found sitting in his "For" once again. They said goodbye to those poor souls, helping them generously then traveling with Serapio and Matías always by their side.

"We'll go now because we're men, and we have to stand by our word," started Serapio, then added, "But as soon as we put a few bits together, we'll turn right back around, and we won't try anything else. What's already happened is bad enough."

"Well, my friend," Quico replied, "I should come away with mine. 'If at first you don't succeed, try, try again . . . ' And, after all, 'No one can take away what one has in his heart . . .'"

Doroteo added, "Jalisco will still be here . . . "

"Well, Michoacán," concluded Matías, "never throws in the towel either, but when it loses, it knows how to lose gracefully and wait for a better time to come out winners."

Meanwhile, they went eating up the highway. Cities went by like a dizzying race. A gigantic grove of trees rose on the horizon, broken at intervals by the obvious manifestations of large rows of houses, overshadowed at times by the glass of skyscrapers; and, very quickly, as night began to fall, it was all adorned with vivacious points of light, bright, blinking eyes, a great halo that opened up its fan to the heavens. This was Houston.

Chapter XIV
BLACK GOLD

"An' then they said we were gonna go belly up. Not a chance. It's all about pulling yourself up by your boot straps and keep goin' forward 'til you've made it. Let's see. What don't we have? What is there that we want that we can't buy? Nuthin'. Not even the big shots in Los Guajes are livin' like we do. An', on top of that, here we can be somebody. Everyone in the neighborhood has their eyes on us. You see, just yesterday they asked me if I wanted to become a member of the General Ignacio Zaragoza Honor Society. They were welcoming me in, but I had to say no. You've gotta go about these things little by little. Do it right . . . "

"Well, dear, that's true, there's all of that. But you also have to see how sick I've gotten lately. I've got pains now that I've never had before an' they don't stop all day an' night. An' then . . . an' then there's Doroteo. You see him. We're losing that boy, Quico. Before, he used to be so polite, so obedient, such a homebody, but now all he wants to do is go out with his friends. An' with that darn car, he's never home any more. He just jumps in and out of that car then comes and demands his shirts, clean shirts, pants and more pants, an' he smears his head with all those pomades and perfumes, then goes runnin' around with all those flappers . . . "

"Ah, heck, woman, you're so backward. He's just young. That's what all boys are like at his age. He doesn't need to be hangin' from your apron strings all the time. He doesn't need to be runnin' around crazy all the time either. He'll get his head screwed on straight before long. He's turning out to be such a responsible young man.

Mark my word. And when I give my word, I keep it. You can take that to the bank. You'll see. He never misses a payment on his car, and he's paying for it all by himself. And he never gets behind on his payments for his clothes or his shoes either. He's always right on time."

"Yeah, but we don't see one red cent of his money around here, do we? All his earnings are gobbled up by that darned jalopy of his. This needs fixin' here; that needs fixin' there. An' then it needs gas in the morning, it needs gas in the afternoon, and it needs gas at night. Oh, heck, Quico, that animal drinks as if from the devil's own wine sack. An' he drives those tires 'til they're bare.

"An' the worst of all, Quico, the worst of all . . . Doroteo has started to stay out all night all of the time. And to top it all off . . . he comes home many at night drunk as a skunk."

"Ah, shoot, why do women have to nag all the time? He's not a monk, he's not a priest, and he's definitely not a little girl. He's a man. An' he knows how to do right by his friends. Besides, you're exageratin', you're just exageratin'. I'm sure you think that I'm not watchin' after him well enough. But I'll know when it's time to rope him back in, woman, I'll know."

"Well, I know you're going to get mad, but I might as well tell you all at once. No, don't you leave. It gets worse."

"You're just imagining things. And now you're gonna hit me with more accusations?"

"No, all I want is to open your eyes so that you can take better care of the things that are important to you. Juana is bad."

"Oh, now Juana, too! Well, you're responsible for that one! Or, are you going to blame me for everything, now?"

"I'm responsible for her? So I suppose I'm the one who let her cut off her braids? I'm the one who allowed her to smear that stuff on her cheeks? I'm the one who took her to the store so that she could buy those wrap-around skirts and that provocative hat and those floozy stockings and those shoes . . . "

"Ay! What a worry-wart you've become! What do you know about civilized society, woman? You're still a country bumpkin from Los Guajes, a hillbilly from some Mexican rancho."

"That's right! I'm a hillbilly from a Mexican rancho, a country bumpkin from honest stock. I'm sorry it bothers you so much, Quico."

"Look here, woman, you're provokin' me! C'mon, d'she gotta go around like a Mexican maid? Was it good for her to run around looking like a slave now that we're dealing with so many bigtime people? So what if she cut off her braids! Who cares if she dresses like this or dresses like that? It's fine! That's the style. That's what she needs to do to fit in with society. And all of this jazz about her becoming lost . . . we'll see, dear, we'll see . . . "

"Yep, too much of a wise-ass manipulator."

"So now you're sayin' that you can't keep her in check? It's your responsibility. She's a woman. I shouldn't have to go around badgerin' her. I shouldn't have to spank her . . .

"Let her out with her friends. They're all fine young ladies. And it's good for her to make a little money to buy clothes or whatever her little heart desires. You know that she sews like few others.

"Let's see . . . Do you think she would have been able to learn how to sew so well, earn so much money and act like a respectable person back on your ranch? The poor thing would have to go around like a miser over there, havin' to marry some farmhand who could barely even provide for her, and runnin' with the same awful luck that you and I had when we were poor . . . "

"Well, I'll just hush then. It's better for me to just bite my tongue. But I'll tell you one thing, Quico, I was a whole lot happier with that 'awful luck,' as you say, than I am with this life. I would have been happier to see Juana married to a ranch hand, in a church, with a priest's blessing and a judge's meaningless ceremony, than running the risk of losing her to anyone of those despicable jellybeans. And that's the truth."

And the conjugal spat continued for a long time between that married couple which, because it was Sunday, was resting at home.

Their children were all out of the house, and they took an account of their lives and their work, pitting husband against wife. He was convinced down to his very bones that she was just imagining things, that she just wasn't adapting well to society and that, with each passing day, he was becoming a more popular and influential person.

"All I have to do is learn good English," he said to himself, "an' the world is mine."

In order to demonstrate his steady progress, he repeated all the slang words that he had been able to pick up on the street, which, in addition to the fact that they were few, the words he did know were a mixture of garbled Spanish and even worse English.

The setting for these events was not Houston. They had only been in that city for a few weeks, during which time they worked on the docks. A few of his work companions convinced Quico to move further east, to Port Arthur, or "Poraza," as they called it. So the man from Los Guajes, with his sights set on a large steady and fixed income, with visions of the charmed life his seducers had painted for him, didn't hesitate one moment to forget all about the contract he had made with the farm owner and move his family to that center of petroleum production. Serapio and Matías did not go with them. With heartfelt emotions, the two groups parted ways. And, as father and son continued to work feverishly in order to be able to make an honorable return to Mexico as soon as possible, the family from Los Guajes took the train to go in search of that port of prosperity, a sanctuary from all misery and a point of departure for the kind of brilliant futures that Quico had always dreamed of, there in the depths of his ever-confident and all-consuming imagination.

Winter arrived one cold morning. Our six subjects boarded the train at the colossal Houston station. And soon, the locomotive began to huff and puff, the wheels screeched, the railcars started to quake and they were shot out like an arrow, traversing the city's suburbs, leaving them behind, then passing through the expansive, fragrant, whispering, pine tree forests, a faithful reproduction of those magnificent pines that grow back in the mountainous regions of the fatherland. Bridge after bridge mocked the swelling streams below;

town after town, each bustling and gay, suddenly emerged from the forest or from the flatlands, adorning and populating the plains. Autumn had left behind a healthy flourish of flowers in the fields, and those little valleys made them forget that winter was on its way and deceived them with that vision of spring. The train quickly reached the rice fields surrounding Beaumont. That immense expanse, filled with fine, gilded spears, separated by broad canals and populated with happy—from the look on their faces—happy and carefree field workers, gave Quico and his children a very optimistic impression. Out there in the distance, in the middle of another forest, rose the massive "San Jacinto Building." That was Beaumont, the golden door to the land of petroleum, a small but beautiful and well-groomed city. A little further on and the convoy passed through large and delightful parks and then came to a stop next to the train station's outer covering, located right in the middle of the city. From there they would continue on to Poraza on the local train. What a wonderful, warm new feeling Quico felt with that transfer of trains! He had learned his lesson well. He knew how to move quickly, how to direct his family's movements, and, in the end, how to sit them all down in the car that was going to carry them to their final destination.

The eyes of the children, as well as those of their father, all turned back to soak in that new landscape: an expansive plain, at times golden, at times green and flowering, surrounded on three sides by immense forests that blocked out the horizon, and finally, as if touching the heavens, there was the sea.

And then, the oil rigs stood up like bristles. Said towers looked like gigantic and multitudinous spines that indicated the gushing forth of that miraculous liquid, so black and ugly at the moment of its birth, but so easily transformed into fabulous riches.

In the southeast, partly hidden behind a dense, dingy fog, were the houses of Port Arthur and the buildings of the Gulf Refining Co. and the Texas Co. In the northeast, Port Neches appeared isolated with all its large refineries, where thousands of hands found work, and which seemed to be paradise for many.

Quico was going to work for the Gulf Refining Co. in the Gulf of Mexico. They needed bricklayers there, and he and Doroteo had learned the trade in Houston.

What glowing aspirations! What grand optimism! Only Cuca appeared to be unhappy and uncertain, but, prudent and unpretentious, she allowed her husband and children to relish that glorious moment. Besides, who's to say that things wouldn't go well for them? Wasn't it true that things had gotten better and better for them since they left San Antonio? But it was also true that she had acquired an acute pain in her back while working for weeks in the fields. And it was also true that they had spent a pretty penny on purchasing her medicines, but, in the end, they had money to buy them. And perhaps here they would make that and more. Perhaps here she could begin to heal.

They arrived at last and Quico at once issued the order to march to the refinery on the gulf. He took an automobile, which he hailed down with no small amount of grace. They went down Houston Street, turned onto a long boulevard, left the city behind, they traveled beside a tall embankment and then finally entered the factory's property.

How imposing were those rows and rows of cauldrons! How they filled their heads with noise and smoke. And then there were the numerous, enormous, bulging deposits, spreading out across the countryside and representing thousands and thousands of dollars, in the form of petroleum, gasoline and oil. What activity! What hustle and bustle of cars dropping off and carrying away happy workers in spite of the soot on their work clothes and their bodies.

A few shrill whistles sounded twelve o'clock. The road that our travelers followed stretched out like a grand avenue of work, bounded on one side by row after row of steaming boilers, or "boilas," as the driver called them when responding to Doroteo's questions, and on the other side by a fence and a high wall that opened up to the new apartments. In the middle of that boundary mark, there was a large entrance, with a few others to each side, but this was the one with the greatest amount of hustle and bustle, and near which, among numerous other cars, the little Ford (or "For" as they called it) in which Quico traveled came to a stop so that he could speak with the foreman for the bricklayers.

The driver went with him to the interview, and, after a short while, as Cuca and the children complained about the infinite and insatiable mosquitoes and the filth that continuously spewed out from the columns of smoke, the man of the house returned with his face swollen with pride. They had jobs. They could start right away, on different shifts. They would be working from noon to midnight. The tools were waiting for them. There was no time to lose.

"What about us? Where are we going to go?"

"To our house, dear. They have a house here waiting for us. You see. Doroteo and I will stay here and you guys can go on ahead. This fellow here already knows where to go. He'll take you there."

"And tonight, when you get off work? How are you going to get home? What if you get lost?"

"What do you mean get lost? You're impossible. We'll see you later. Bye." And taking his boy by the arm, he passed through the door that was devouring man after man, as the little For finished making its rounds a little further on, after crossing a point next to a large shed which was divided into small dwellings that were rented at a reasonable rate by the factory itself.

The family was soon settled in. The driver carefully explained to them where there was a store nearby and where they could get drinking water. The women in the neighborhood, unable to hide their curiosity, quickly surrounded the new arrivals. And sticking in the needle in order to pass the thread, they recounted their own stories to hear those of the newcomers.

Just on the other side of a small clearing, there was a canal, behind that, company warehouses and buildings, all in front of the house of the recent arrivals. With still little yet to do, they left to set themselves up in a tiny corridor to see, with startled eyes, the gigantic oil tankers that majestically came and left from the canal, the dredge boats that went churning up the bottom, and, further in the distance, like a mere sketch, the immense bay, placid, subdued, which went losing itself into the heavens above.

A few days later, life was back on track. Quico had made many friends. There was nothing but praise heaped upon him by his foreman, a cheerful and honest, kind and considerate white man who had lived in Mexico and loved Mexicans.

"A gringo, dear, can you believe it?" said Quico. "He even drinks beer with us."

When winter came, when that vast prairie became covered in a blanket of snow and everyone shivered and the north winds howled unmercifully threatening to sweep away everything in its path, our friends were suddenly overcome by a disconcerting feeling. This was such a peculiar place. First as hot as an oven and then as cold as an icebox. First a hellish thrashing and then those gale force winds that gave them headaches for days and days. But they could handle anything. The work next to the kilns was made more bearable by the cold. There were a number of houses that, like a ray from heaven, produced beer, whiskey and moonshine and provided drinks for whomever needed a little relief. They made a good living and there fortune visibly improved. Doroteo's wildest dream had already come true: he owned a car. And even though it was used, it ran well enough. He drove like a madman to Beaumont, to Sabinal, and to the beaches, never refusing to give anyone a ride, always so friendly, so open and so good natured. And with so many lovely young ladies . . .

Juana had also made herself very happy. She had already become the kind of young lady that they would have been so jealous of in San Antonio. She now had short hair, silk dresses, see-through stockings, fine shoes, flowery chapeaus and even a fur coat. None of the dandy girls from the pueblos around Los Guajes, nor even the richest rancher's daughters that she had known in Mexico went around as beautifully dressed as she did. She had learned how to sew and made good money by doing so. So she was able to furnish herself with cosmetics and perfumes and jewelry. Even Justa had grown accustomed to buying a few things. Little Pedro went around very smartly dressed, clothed in a warm and wooly winter coat. And

Cuca, who did suffer more than ever from her pain, was able to purchase all of the medicines she needed and as many coats as she might want. There was plenty of money to go around, and they had more than enough credit.

A phonograph hummed song after song all day long and Juana went crazy always showing off the latest dance steps in front of such an astonishingly gay little box . . .

Now Quico had everything even his *tequila*. Whenever he wanted to spend five bucks on the bottle, he'd go out and get it, real "Cuervo."

"If only Serapio and Matías had agreed to come," he would say from time to time, "they would have made a killing. But no, the old man is yellow-bellied and his son is made for lesser things. There they are struggling to feed themselves, hoping to save the few pennies that they earned one at a time, in order to go back to Mexico."

"Unlike you, it's like you don't even want to think about our homeland anymore."

"No, woman, that's not true. Come what may, my homeland always comes first. I haven't forgotten about it and I know full well that I'll go back, we'll go back, but rich."

"That'll be the day," murmured his wife.

"Go on, hush your mouth. Say what you will about its mosquitoes and its north winds, Poraza has treated us very well, and here we'll find everything we've been looking for . . . "

"Or lose all the things we've ever found . . . "

"Go on, hush your mouth, you ol' nag, always so full of bile. Well, then, I'll be back. I'm gonna have a drink with a friend."

Quico, decked out in his Sunday's best, left in search of a new friend, leaving his wife still absorbed in the nostalgia for her quite uncivilized, poor old rancho, but which for her was the only place where she was truly happy.

Chapter XV
HOLLOWED GROUND

Serapio and Matías were finally preparing for their long awaited return. They hadn't struck it rich, nor did they have fancy clothes, flashy trappings, cars, or many goodly natured friends, nor were they hounded by debt collectors or work contractors. They knew that there, in a well-tied and a more tightly guarded sack, there was enough money for their passage home, a few gifts for the family. They would go back, back to their own country, and again start to reconquer their lost fortune.

How much sweat had those savings cost them! How many sacrifices! But the patriarch from Cuitzeo had bestowed upon his son his stoicism, his strong will, his serenity in life, and both of them were as one in their quest to meet their destiny together. The old man lent his experience and his love for the homeland, while the young man provided his strength and youthful enthusiasm, and, complementing each other in this way, they were able to unconsciously perform a miracle, escape from that treacherous and deadly sea and reach the shore from which they would leave, with happy steps and bright eyes, looking for those that they loved so dearly.

If only all three of them could have gone back together... If they just had the consolation of carrying back those beloved ashes with them. But, no. It was impossible now. Because of the inquiries that they had made with respect to this matter, they knew how expensive and how difficult it would be to transport his remains, so they were limited to purchasing a small, marble gravestone, which they would take themselves to place on the grave that one day, they hadn't lost all hope, had to be opened in order to return those mortal remains to the heart of their native land.

Still feeling affection for and devoted to their old comrades in the struggle, they had written to Quico inviting him to go back with them and providing him with an address in Laredo where they would wait for them for two days. They wanted to have enough time to plan and arrange for their return.

Then, always preferring automobiles to the train, they traveled by "bos line" and began their march toward that little town in whose cemetery there would be a cross marking the final resting place of the deceased.

They reached the town, barely ate, if they had eaten anything at all, and, entrusted with the tiny gravestone, Matías walked behind his father, who strode hurriedly in the direction of the cemetery. He had already trimmed the distance, despite it being so long, and the edge of the graveyard could now be seen. They were already at the gate . . .

But . . . What happened? What foul wind had dragged its feet across that ground of sacred repose?

There were only a few broken crosses left scattered about. Shreds of decorations were swirling around, catching themselves on the brambles. The grave mounds had been flattened, torn apart. The flowers that were planted with pious hands to honor the dearly departed were pulled up from the roots.

What could have happened? Where was José's grave? Was it this one? Was it that one? How could anyone be sure without any markers, when they were all made to look the same at the hands of that senseless and barbaric desecration? The father looked upon all of this with inexplicable horror. Wasn't this the cemetery? There must have been some kind of mistake . . . Matías looked around anxiously. Yes, that was the cemetery for Mexicans. There was a sign, almost entirely destroyed, on which the name could be read. What could have happened?

Our men could only guess as to what had happened, when a large group of Mexicans arrived on the scene. They came accompanied by a person, an envoy dispatched from the respective consulate, who was commissioned to investigate what had happened. And thus they learned the truth behind that devastating sacrilege.

The night before, some gringos, maybe the Germans from a nearby town who had always hated Mexicans, or maybe the Bohemians from the surrounding area, or maybe . . . who knows, but a number of heartless and inhuman hands had unleashed their fury upon that land and converted it into a place of mockery and desecrations. They had pulled up crosses. They had torn the wreaths to pieces. Many of the human remains, from this person or that one, were found in neighboring pueblos serving as objects of ridicule. It was unbelievable. But the reality of it all was absolutely undeniable.

The ignorance of hate, the stupid lack of understanding between races, had inspired that desecration. The hollowed ground, the earth upon which only love and goodness had been displayed, had been profaned as well, because it was Mexican! It wasn't enough that those poor immigrants had to endure unjust recriminations, being treated like animals, and bloody hatred in life; it wasn't enough that they were the flesh of martyrdom, torturing and killing themselves in the most arduous work, in the most abject occupations.

They never considered that those men of bronze, ever tranquil, ever resigned, were at the vanguard with pick and shovel opening up roads, improving the railways, erecting ships, broadening canals, pouring cement, in the end, ensuring the progress of this nation, its achievement, its wealth!

That wasn't enough. They had to deride them even in death. They had to humiliate them even there, in their graves, where the mystery of death destroys all differences and humbles all pride . . .

Astonishment overwhelmed those men's simple minds, searching in vain for some reason why, the disjuncture between the virtues sung about that land and those events that had never, ever been seen—not even in the most backward pueblo in their country, which many Americans see as barbaric! What could one make of this heartfelt care for the weakest among us, of this passion that obliges one to defend even the birds in the trees, but, at the same time, provokes this rabid and morbid flurry that leads one to desecrate a cemetery?

The victims were not reflecting upon the various intermingling of races and communities that are blended together more and more in this immense ensemble with each passing day and did not understand that the waves of numerous, new immigrants brought all sorts of things with them. Honest and dedicated workers, men who came in search of a dream, a peaceful land to call home, as well as men, birds of prey, who, perhaps violently expelled from the disgraceful land where they were born, came full of its venom and its maliciousness. They could not see this and, in their grief, in their profound consternation, they cursed everyone.

The consular representative tried to no avail to provide explanations and request reasonableness.

"What we need is calm. The proper authorities would like to exact a just punishment, but sufficient evidence must be collected, eye witnesses must be located. These are very delicate matters. . . ."

"Evidence? Witnesses?" someone asked. "How much more evidence do you need, sir? Do you think one of us would have done something like this? Who? Maybe we wouldn't be so shocked by such an act, but who would have imagined that even our dead were at risk?"

"We keep a good eye on the social halls. We already know how they've burned down a number of places where Mexicans get together. But the cemetery?"

And the discussion continued between the commissioner and the victims, the former struggling in vain to persuade them to follow legal channels and the latter rejecting those convoluted and time-consuming methods which would delay exacting justice to the point of making it seem impossible.

Serapio and Matías continued to anxiously search for the slightest possible clue that might reveal to them with certainty which was José's grave. The others had left, and they were still there. Finally, after a thousand trials and tribulations, they located the tomb. Yes, there was still a piece of the foot of the cross there; it was the very same stick that Serapio had carved with his own hatchet. That was his grave.

But the old man thought to himself: "I found it today. But, after a year, after the two or three that it will take before I'm able to come back, could the same thing happen again. And, if so, will I be able to find it again? No, my son will have no rest here. I can't leave him here...."

Matías, occupied with laying the gravestone, thought the very same thing. He rose up suddenly and told his old man, "Father, how about we just take Chepe with us right now?"

"Yeah, that's what I was thinking, too. Right now. What other choice do we have? Even if it means that we have to come home empty handed, but his ashes are gonna go to a place where no one's gonna ridicule them or dishonor them."

And they suspended the work of cementing the gravestone. They followed after that consular representative to whom they expressed their desires. The matter turned out to be less difficult and less costly then they had imagined. They would have to wait another two or three days, but that was easy to arrange. Our friends did everything that they were told. The next day, legally authorized, they exhumed that half-rotted, blue box, in order to turn it over to two indifferent individuals, who took it to the crematorium and who, a number of hours later, would hand them a small urn which contained José's ashes.

The old man received the box with tears in his eyes. That black powder had once been strong and healthy flesh, bright and cheery eyes, good will, and a magnanimous heart. There was his son, the pride of his old age. He was there to go with him, to make the pilgrimage with his loved ones and return to his fatherland, to take shelter, without fear, beneath the cypress trees of their humble graveyard, which was no less sacred, nor less respected, because it was humble.

"After all of this, we were lucky, my boy. You saw how well the consul treated us. He's not the bear that they make him out to be. You saw that other fella who was good enough to make the switch for us. He fixed our papers. An' he gave us a few good pointers.... It's true what they say, if everyone who suffered here went and saw our consuls, it would be another story. But, of course, they usually take more than they give. . . ."

"There's all kinds, Father. We got a good one this time, thank Goodness. And so, let's get goin'."

And off they went, feeling more complete, more content, accompanied by those sacred mortal remains.

What joy they must have felt as they contemplated their own advance. With each town they reached, each town they left behind, they grinned more brightly. But now it looked like there was a long road ahead of them, with San Antonio far off in the distance, despite the fact that the driver and their travel companions assured them that by the next day, as they were just waking up, they would already be in the Alamo City once again.

"We'll leave right away, son. There's no reason to stop till we reach Laredo."

That vehicle would only take them as far as Victoria, having to go to Port Lavaca. Those who were headed to San Antonio had to get off at the aforementioned city and, there, look for new means of transportation.

Serapio and Matías stepped off the vehicle, as the skies grew dark, to go in search of a place to stay for the night, or, if luck was smiling upon them, immediately finding the means to continue their journey, and take it right away.

Matías, entrusted with the headstone, which he carried with him along with a few of his belongings, walked behind Serapio, who clutched the cinerary urn tightly above his heart and still had enough strength to carry the rest of his baggage and even to step lightly, as if he were rejuvenated, as if he were anxious to finish that journey as soon as possible. And in that way, with father leading the way and his son bringing up the rear, they traversed the city's commercial district, left behind the town whose quasi-jovial silhouette shone in the heavens above, and took the street that led directly to the Mexican barrio. They quickly found lodgings and were about to surrender themselves to sleep, resigned to wait one more day for the departure of another vehicle, when someone appeared, asking for them.

"For us? Are you sure you're looking for us, sir?" asked Serapio. "But nobody knows us here. We're just a couple of poor farm workers on their way back to Mexico."

"Yes, sir, I'm looking for you. Aren't you Serapio and Matías Quijano? Aren't you both from Michoacán? And aren't you carrying the remains of your son José with you?"

"That may all well be true. But who would be looking for us, sir? We haven't done anything wrong. I swear."

"Oh, calm down, my friend. I'm from the Blue Cross and I've come by to get you so that you can be among your own people . . ."

"The Blue Cross? Who is he? Who is that . . . that . . . that thing . . . What is that?"

"You'll see. Wait for me. I'll be right back. I need to go by the office."

And the stranger disappeared, leaving our friends confused, startled, afraid and just about ready to leave that place at once.

And that's what they were preparing to do, when the aforementioned officials arrived.

Chapter XVI
THE BLUE CROSS

What a pleasant surprise awaited our weary travelers. Charity had arrived. True, it came a little bit late, but is it ever too late to receive consolation? Is it ever too late to know that you have not suffered alone, to feel sympathy in your time of need, to experience some relief from your bitter anxieties that will only end with death?

And, wouldn't it be a fond memory for them to take with them from that land where they had suffered so much? It was better this way. So Serapio and his son went on repeating their thanks, expressing their gratitude one hundred times, for all those compatriots who had behaved in this way.

From the town where they had collected José's ashes, a place where they had recently installed a brigade of the Mexican Blue Cross, they informed the brigade in Victoria that those two men were traveling with the ashes of a victim of exploitation and expatriation. It is for this reason that the Mexicans in Victoria, rallying around that organization, would be waiting for those sojourners in order to show them their ethnic solidarity, to offer some consolation, now that it was impossible for them to avoid their disgrace.

José, whose burial had no more prayers than those of the short, but sincere, words of his co-workers, was now going to be honored, almost a year later, like they honor every Christian in his country. In an ample locale, a glowing chapel had been built. The women's auxiliary, dressed in the blue and white of that organization, accompanied by men who paraded the insignia of "The Bearers of the Axe" (the Mexican branch of that fraternal order in the United States), received the urn in order to place it on top of a pedestal surrounded by flowers. Those women, with all of the celebrated warmth of the Mexican mother, of the Mexican sister, of the Mexican wife, swelling from their breasts, answered the call to attend to those two men who were in such need of womanly presence on that ill-fated evening.

Though, true, that tribute painfully revived their grief, this sorrow would now be transformed into something serene, resigned, renewing their hopes and dreams.

If those saintly women could have only been there then. How could they have not known about the existence of the Blue Cross, that gathering of such charitable and selfless Mexican women?

Matías and his father's thoughts took on this tenor, as group after group of compatriots entered the enclosure, as the women's auxiliary and those they brought with them kindly took turns providing them rest and food.

How many new stories of catastrophe did they hear there? That's what it was: a trail of suffering in which Mexicans fell as a result of their innocence or misfortune, giving rise to the need for an institution that would stand up for them all, that would bring them all together. It was founded and it grew. There were now brigades in almost every corner in Texas where there was a consistent mass of Mexicans, then it extended to California and now there were branches in the north of the country. It worked, it worked slowly, still without precise direction, without much efficiency, but . . . time would remedy all of that.

The most important, the most beautiful, the most useful, was the fact that those women would bring together their Mexican warmth, their patriotism, their selflessness and they would commit themselves to searching out a fallen comrade in order to assist him, to raise him up . . .

So it was that the poor soul who had fallen, often unjustly, who ended up, shall we say, in the penitentiaries, would not remain forgotten forever, the whereabouts of their loved ones unknown and bemoaned as if dead by those who had once seen him depart full of dreams, who would soon stop receiving letters from them and from whom they would never hear from again. . . . This has happened before, but not now; those women visited the prisons, they went to the penitentiaries, they reestablished communication with families and they even mounted legal defense campaigns, which were often successful.

Those women, with their work, though not perfect, represented a tremendous honor, a great vindication for the Mexican people. They came from the masses of the pueblo, from the backwoods where they recruited peons and field workers, from those tents like serfs on their own land, as if incapable of anything noble, and here, in the face of such disgracefulness, they emerged courageous, decisive, blind perhaps, but full of love and faith, to help those who have fallen, to comfort the inconsolable, to demonstrate Mexican traditions and to provide everyone a pleasant reproduction of Mexico with their solicitousness and self-sacrifice . . .

Of course, perverse elements could often be found among the Blue Cross, profiteering people always looking for a way to make money for themselves, who put themselves in charge of the masses, under some sacred pretext, in order to take advantage of them to their own taste. But, time will remedy that, time will improve that clearly justified institution, so long as there are Mexicans being exploited in Texas.

To lend credence to what had been previously stated, a few stories were shared regarding the organization's good deeds. A number of people knew all about them, and they recounted them, and they continued to share them, in order to gain the full confidence of those two men who needed everyone's sympathy to feel better and to better fulfill their sacred trust.

"In the year . . . " said someone, "the such-and-such city bank was robbed. The Mexicans were immediately suspected, because they were the poorest, the most exploited. Arrests were made and three or four of our people were headed for the hoosegow. Then to the trial and to the courts. And since they didn't speak any English, it was much easier to bring false testimony in against them. So they were convicted. The one who received the lightest sentence got twenty years in the state penitentiary. . . .

"After some time had passed, there was another robbery. But this time they were more vigilant and they discovered the truth: it was a member of their very own police force who had robbed the bank this time—and the other time as well. He was the one who had declared that the Mexicans were innocent. The Blue Cross worked hard and was quickly able to free them from the penitentiary, for, despite their proven innocence, they were still being held there on a thousand different pretexts. But they got out. And the first thing they did was go to the sisters of the Blue Cross who had visited them in their cells, who put them in contact with their families, who had taken them packages of cigarettes and fruit and books and newspapers. . . ."

"And," interjected another, "how about the guy that they saved from hanging?"

In this way, stories were proliferated about the good deeds performed by the organization that grew in strength and purpose with each passing day.

Struggling together with the aforementioned institution was another Mexican organization, the Honorific Society, which also had had its fair share of bad leadership, which also demonstrated an excessive amount of torpidity, but it was also improving, it too was moving forward. . . . And some day both groups will be up to the height of their responsibilities. . . .

That's how the ceremony went on, until the sun proclaimed the beginning of a new day and the Quijanos, graciously accompanied by many others, boarded another vehicle which would take them to San Antonio.

They were in the Alamo City barely long enough to arrange for transportation to Laredo, something that was very, very easy to do. And, at last, they reached the much anticipated border.

"I wonder what could have happened to the Garcías, my son? Do you think they'll be waiting for us here?"

"I wouldn't bet on it, Father. They've gotten used to this land already, all of them, and they are all here. They're here to stay. Maybe they'll really get rich. . . ."

And that's what they were thinking about when Quico, good ole Quico, came out to greet them. But how skinny, how jaundiced, how sad and down in the mouth he looked.

"Allright now, my friend, let's go."

"I don't know, my friend."

"What? Then why did you come? Where's the rest of your family?"

"My family . . . in Poraza. I came . . . I came . . . But, c'mon, let's head on over there . . . "

And the three walked unconsciously toward the river.

Chapter XVII
THE RIO GRANDE

How their hearts raced in their chests upon seeing that river, which appeared tranquil, harmless, as it passed under the bridge. How their nostrils opened wide in order to take in that wind rising from the south. How happy they were to be there, standing before their fatherland, right beside their country, on whose soil they could set foot by merely crossing that bridge. Mexico! In her arms once again, to once more face both good times and bad, but to share the same hard times and to experience the same joys as everyone else. Now he knew what it meant to be home, now he had learned to forgive his town's leaders and the leaders of his country. Of course, they were cruel, but they would be gone soon enough; they too were men, they too would succumb to an eternal rest, while she, that country, that blessed land, that brotherhood of man, would go on forever. She would be free, she would be joyous, and with her so would all of her virtuous offspring, those who made noble efforts, those who had faith in the future, but worked in the present, showing respect and venerate the past. . . .

Those men were contemplating all of this, but never expressed it, for the words had escaped them. But . . . wasn't the sparkle in their eyes, the rapid and steady pounding of their hearts, the sweat on their brows, more eloquent than any babbling of words, words meant to demonstrate their happiness?

Only Quico kept quiet. Seeing the joy of so many immigrants, he appeared to become even more miserable.

Serapio and Matías, carrying their belongings, ready to cross to the other side, continued to ask him about his family members, but he remained silent.

"I'll tell y'all later, after we get past customs. I'll walk with you to the train and tell you everything. . . ."

They reached customs, easily passed through the registration, stepped foot on their homeland, walked upon it with a spring in their step, feeling free from offensive stares, feeling sovereign, equal to all others, like potentates, like magnates in that land.

They reached the train. In the express was placed that beloved box and with it the headstone and their heavy bags. Then the three went to take a seat on a nearby bench as the anxious moment approached.

There, Quico, the man from Los Guajes, spoke: "Yes, my friends, I'm gonna stay. I can't go back now. I'm not a wealthy man. We're able to survive, but no more than survive, thanks to the fact that there's hard work that we can do. I'm as poor now as I was when I got here, and now I have something I didn't have before, a son who is a drunk, a lost soul. . . .

"Yes, yes, it's true . . . And now I'm lacking what before I had more than enough of, honor. . . ."

"What? Are you crazy?"

On the verge of tears, Quico turned red with shame and revealed the bitterness of his heart to those other men, much happier than he. Juana, that happy and charming daughter who he let roam free, had fallen, taking with her her mother's resignation and her father's blindness. One night, like any one of the many nights she had gone to one of the dances, one of many, a bum renowned for rabblerousing, for his womanizing, for his drinking, figured out how to win her over, how to easily imprison her in his web of deceitful words, and that little lady, with her soul full of passion, fell. . . . She left the hall never to return. . . .

First they went to Beaumont, then to Houston, then . . . who knows? Her father searched for her in vain. At first he wanted to avenge his honor, wash it clean and kill that disgrace of a man or at least force him to marry his daughter, then. . . . He would have been happy just to have that poor girl by his side. He forgave her, he felt that he was largely responsible, and he knew that that predator had abandoned her as soon as he had satisfied his most base appetites.

The girl was of age. She wouldn't go back home, she would struggle to fight off starvation, but . . . could she remain on the first rung of her descent? Perhaps she would continue to wander about and then, one day, would she end her march toward infamy in some wretched brothel? Quico cried with rage and with agony, openly, frankly, pressing Serapio's wrinkled but noble hands, Matías' youthful and honest hands. . . .

And then the son, that son who was once such a hard worker, was now a lost soul, just one more womanizer, who went around and around in that damned car going from the brothel to the bar, hardly even showing up for work, destroying his mother with his behavior and his heartlessness.

No, they would never return. They had lost their honor here, and they would stay here in order to avoid dying of shame upon returning to their homeland, upon walking among those that they knew who, very ignorant, very simpleminded, understood it was better to confront their misery than to lose their honor.

He would become another Texas Mexican, but not one of those who triumphed here as a result of hard work, not one of those who establishes himself here by gaining his own land. No: one of the others, one of those left behind because he had been soaked in the stains that fell upon the Mexican people, one of those lost among the riffraff who surrenders himself to the turmoil and the misery, one of those who snakes his way around the law, those who endure all affronts with his head down. . . .

He had one hope left: the little ones. He would work around the clock for them. If he could just save them, if he could just figure out how to put them on the right track, then maybe then they could go back to the homeland. The others were already dead.

The locomotive was ready. The time had arrived. The passengers hurriedly took their seats. Serapio and Matías, showing their sadness with silence, accompanied Quico to the bridge. They remained standing on Mexican ground. With a heavy heart, Quico started the march north. Now far in the distance, he turned around and practically shouted at them: "Go on! Tell our comrades to take it like men, to stay in their homeland. . . . Here, it's easier to find death and dishonor than money or riches."

In the darkness of the night, his silhouette was lost like just another shadow.

San Antonio, Tex. Early Summer, 1926.

Recovering the U.S. Hispanic Literary Heritage
Board of Editorial Advisors

José F. Aranda, Jr.
Rice University

Gabriela Baeza Ventura
University of Houston

Alejandra Balestra
University of New Mexico

Rose Marie Beebee
Santa Clara University

Aviva Ben-Ur
University of Massachusetts, Amherst

Antonia Castañeda
St. Mary's University

Rodolfo J. Cortina
University of Houston

Kenya C. Dworkin y Méndez
Carnegie Mellon University

José B. Fernández
University of Central Florida

Juan Flores
Hunter College of CUNY

Erlinda Gonzales-Berry
Oregon State University

José A. Gurpegui
Universidad de Alcalá

Laura Gutiérrez-Witt
University of Texas at Austin

José M. Irizarry Rodríguez
University of Puerto Rico, Mayagüez

Donna M. Kabalen de Bichara
Tecnológico de Monterrey

Luis Leal
University of California at Santa Barbara

Clara Lomas
The Colorado College

Francisco A. Lomelí
University of California at Santa Barbara

Agnes Lugo-Ortiz
University of Chicago

A. Gabriel Meléndez
University of New Mexico

Genaro Padilla
University of California at Berkeley

Raymund Paredes
Commision of Higher Education, Texas

Nélida Pérez
Hunter College of CUNY

Gerald Poyo
St. Mary's University

Barbara Reyes
University of New Mexico

Antonio Saborit
INAH Dirección de Estudios Históricos

Rosaura Sánchez
University of California at San Diego

Virginia Sánchez Korrol
Brooklyn College of CUNY

Charles Tatum
University of Arizona

Silvio Torres-Saillant
Syracuse University

Roberto Trujillo
Stanford University

Tomás Ybarra-Frausto
Independent Scholar